小说眼·看中国 丛书

天眼

杜斌 著

山西出版传媒集团 北岳文艺出版社
BEIYUE LITERATURE & ART PUBLISHING HOUSE
·太原·

图书在版编目（CIP）数据

天眼 / 杜斌著. —太原：北岳文艺出版社，2020.1
ISBN 978-7-5378-6043-7

Ⅰ. ①天… Ⅱ. ①杜… Ⅲ. ①中篇小说 - 小说集 - 中国 - 当代②短篇小说 - 小说集 - 中国 - 当代 Ⅳ. ①I247.7

中国版本图书馆CIP数据核字（2019）第238666号

书名:天　眼	策　　划:续小强　陈学清	书籍设计:尚书堂
主编:杜　斌	责任编辑:赵　勤	印装监制:郭　勇

出版发行　山西出版传媒集团 · 北岳文艺出版社
地　　址　山西省太原市并州南路57号
邮　　编　030012
电　　话　0351-5628696(发行部)
　　　　　0351-5628688(总编室)
传　　真　0351-5628680
网　　址　http://www.bywy.com
E - mail　bywycbs@163.com
经 销 商　新华书店
印刷装订　山西省美术印务有限公司

开　　本　787mm × 1092mm　1/32
字　　数　261千字
印　　张　11
版　　次　2020年1月第1版
印　　次　2020年1月山西第1次印刷
书　　号　ISBN 978-7-5378-6043-7
定　　价　48.00元

转型中的困惑与坚守（序一）

/杜学文

对很多人来说，杜斌是一个“新人”。也就是最近几年，他似乎有些突然地活跃在文坛。长、中、短篇小说接二连三地发表，并被转载。有的还获得了比较重要的奖项。而他极度贴近现实的表达又令人惊叹。这也证明，在当下，在中国文坛，仍然有一种突出的创作现象，这就是对现实生活的直面与关注。但事实是，杜斌是一个“旧人”。20世纪七八十年代，他已经发表了很多作品。如果从出现的时间点来看，应该与被称为狭义的“晋军”是差不多时代的人。正在逐渐被人关注的时刻，杜斌突然“消失”。直至今天，当他重新拿起笔时，人们才发现了一个具有独特风格的作家，并为他旺盛的创作力而感叹。我们很难说清楚，在那些“消失”了的日子里杜斌干了些什么。人们知道的是他当过兵，开过矿，经过商，在市场的大潮中翻波逐浪，在转型的历史必然中成为一名亲历者——直接参与的亲历者，而不是理论上的观察者。无论如何，文学的情结仍然在他内心跃动，并越来越强烈，以至于不能遏止。那些文学之外的经历恰恰又成就了他的文学——为他的表达提供了丰富的土壤——素材、人物、细节、灵感等等。在他终于下定决心回归文学时，新的定位与旧的积累纷至沓来，“归隐”的杜斌成为“回归”的杜斌。当人们还在谈论他的一部新作时，他又完成了一部更新的作品。时光渐离散，新作已成旧。我们不知道他在什么时候写出了一部又一部的小说。

杜斌的重新登场，有一点悲壮的色彩。在他这个年龄，大多数人已马放南山，刀枪入库，或者才华散尽，无可奈何。但杜斌却掀开了人生崭新的篇章。他重新以一个作家的身份出现，不停地书写，并表现出属于自己的风格。也许，这与山西这块土地上的文化特性有关。有论者言，山西文学有一种“衰年变法”的现象，就是说很多人在退休之后焕发出了创作的“第二春”。他们并不因为年龄老大就再写不出东西来。恰恰相反，他们在这一时期表现出更旺盛的创造力。这块土地上的人有点文化上的异样，就是非同一般地执着。认准了是干这个的，就要一直干下去，直到真的干不动为止。比如李国涛先生，本来以理论与评论为名。但因为眼疾，不能长时间阅读，就转向回忆，以“高岸”的笔名创作小说，也是长、中、短篇联袂接续，以至于不明就里的人以为“高岸”是一位颇具实力的文学新人。后来不再能写长一点的东西，就不停地写各种读书小品。直至离开我们，仍然有书在出版。在山西，像李国涛先生这样的人，不是一个两个，而是一批。人们说，称之为“衰年变法”不准确。因为他们虽然年岁有长，但生命力并未进入“衰”状，反而日见其盛。所以，应该说是“长年变法”或“高年变法”更形象。虽然从年龄的角度来看，杜斌当然是大幼于李国涛等人。但从对文学的执着而言，他们实在是同一种人。

还有一个十分重要的方面是杜斌创作的艺术追求，亦与山西的文化有着沾血带肉的联系。一直以来，山西文化品格中对现实的关注是十分突出的。从思想源流来看，山西地域的哲人贤者特别强调“用”，就是理论要与实践结合起来。也正因此，能够在儒家中析出法家，壮大兵家，成长出纵横捭阖的纵横家；能够在学理中强调“致用”，身体力行西行求法，在西北广袤的土地上考察辨识，兴盛一派。从文学的意义讲，关注现实成为悠久绵长的传统。从《击壤歌》《南风歌》到《唐风》《魏风》，到中国戏曲的兴盛与小说的蔚为大观，乃至于中国新文学的革命、民族化的完成，均一脉相传，承接有致。进入改革开放的新时期，山西文学之所以在中国文坛拥有重要的地位，与其呼唤改革、表现民生，关注国运、直面现实，并在艺术表达上不断新变有着密不可分的关系。山西一代一代的作家成长起来。不论艺术表达如何多变，基本精神没有变。表现在杜斌这里，似乎更为突出。他的文字粗犷凌厉，一泻千里；结构以纷至沓来的生活细节为重；描写注重情节与细节；描写的人物是生活中有具体身份的、可触可摸的行动着的人。凡此种种，杜斌为我们描绘出一个特殊的历史阶段——中国从传统社会向现代社会转型期间的历史情状——带有生活意味的、烟火气息的、生命质感的，以及价值判断的现实世态。

如果说杜斌的小说是现实生活的表现，似乎还应该再准确一些。他其实描写的并不是当下的“现实”，而是社会进入实质性转型之初的“现实”，也即20世纪最后一二十年间，中国从传统农耕社会最终实现工业化，进入信息化时代的转型时期。这是中国能否实现现代化的关键时刻。如果这一转型停顿，现代化将被迟滞。而要完成这样一个具有超长历史文化传统、超大国土幅员、超多人口的国度的转型，确非易事。历史的潮流滚滚向前，但也泥沙俱下，鱼龙混杂，呈现出所有国家转型时期的多样性——顺应历史必然的社会变革动力，以及与之相应的各种非理性、非道德行为。资本成为十分活跃的因素，逐利被更多的人视为目标，竞争不再羞羞答答，而是转化为可以言说的手段与工具。旧的规则被打乱、打破，新的、有序的规则尚未建立、健全。但是，在这样的变革与纷乱之中，良心悠久，道德依然。人们到底该如何面对现实，如何走向更远的未来，面临考验。

尽管不是全部，但仍然可以说收录在这部集子中的小说比较集中地为我们勾画了一个从事太阳能热水器工程的“世界”，与杜斌之前出版的长篇小说《天上有太阳》一以贯之。其从业者来自四面八方，汇聚于改革开放的前沿城市珠海。他们在激烈的市场竞争中各显其能，各有神通——并不是按照有序的竞争规则，而是在此之后的利润角逐。利润几乎是他们唯一的目的。为了获取更多的利润，这些市场中的“弄潮儿”用尽了手段，要尽了花样，可以翻手为云，覆手为雨；当面一套，背后一套；明修栈道，暗度陈仓，甚至不惜制造事端，嫁祸他人。在这千奇百怪、花样翻新的“竞争”中，资本与利润展示了其赤裸裸的本性。但是，生活并不仅仅属于“利润”，仍然需要对构成生活的“人”之情感与精神的拯救。获取了更多的金钱亦难以跳出金钱的诅咒。在这种转型初期的困惑与紊乱中，仍然需要人的自省与自救——源于道德自觉与法的意识的约束与超越。杜斌显然意识到了这个问题，设计了一个相对而言不屑于此道，或者对人生有了感悟的形象王高峰。他对这种恶性竞争充满忧虑，希望大家能够和睦相处，甚至希望从商战的一线退出。他的人生观是不浮不躁，不计较浮华之事，只想做一个淡淡的人，淡淡地为工作和生活努力。而在《天眼》中，作者使用了“魔幻”的手法，让一个带着三千年沧桑的声音不断地、神秘地出现，告诫因金钱而痴迷的张高美：人在地上做，神在天上监察。这似乎是一种来自“天”的警示，是对无序现实及其人生的反正。

在《天眼》中收录的作品，基本上体现了作者的这种思考。这些小说是对中国社会实质性转型初期现实形态的表现。从某种意义讲，也揭示出了人类社会转型中的阵痛与迷茫。以先发国家言，均经过了这样一个痛苦的阶段。在距今一百年左右的历史时期，正是美国这个新出现的国家完成转型的关键时刻。原住民已经不再是美洲的社会中坚。他们对整个时代与这块土地的影响已不复存在。新移民带着发财致富的梦想在美洲的土地上左冲右突，以获取最多的金钱。经济生活极度混乱，造假、垄断，官商合流、腐败成风，财富、金钱、利润、利益成为那一时代的中心。在疯狂地利益追逐中，人迷失了自我。以至于在美国建国一百周年的时候，人们呼唤：上帝，救救我们的共和国吧！在这样的混乱之中，促成了美国的变革。但是，资本的本性并没有因此而改变。资本的贪婪以新的形式不断膨胀，以致“贪婪是个好东西”成为里根时代的名言。他们认为越是贪婪就越能努力赚钱。当这种不顾一切的贪婪在某一刻爆发时，危机来临。2008年，雷曼兄弟等一系列举足轻重的公司就要倒闭。英国学者哈里·宾厄姆在他的《资本主义万恶吗?》一书中，借用一位在摩根大通任职者之口说道：“美国资本主义失败了！”哈里·宾厄姆认为，这种资本主义不值得尊敬。但是，他希望有另一种“资本主义”存在。这就是富于创造力、不断推陈出新，活力十足、遵守道德、满怀激情的“资本主义”。我们不知道他所说的这种“资本主义”是否真的能够存在，或者仅只是他的一厢情愿。但我们可以看到，他所强调的充满活力的社会形态是与遵守道德等密切联系在一起的。也就是说，人并不能够仅仅以获取财富为唯一目标、唯一手段。人之所以为人，乃是因为人所组成的社会还必须依靠金钱之外的道德、道义、伦理、奉献、同情与爱心等来维护、协调社会的有序性。人的生活并不是仅仅以获取完成的。在金钱之外，仍然有很多更有价值的东西存在。这是人区别与动物的一个重要标志。动物可以获取食物为维持生存的绝对目标。而人则是超越了这一目标的社会生物，是具有情感与意志、理性的生命体。他之所以尊贵，就是因为不甘于匍匐在欲望的泥沼中喘息，而是希望能够在广阔的田野中仰望、升腾。杜斌所言的“天眼”充满了象征与隐喻，是人的理性与情操在无序现实中的警示与拯救之眼。它的一瞥一睁，熠熠发光，直击人心。

应该说，杜斌的这些小说是很好看的。首先是他为我们描写了现实生活中的另一面——与我们日常生活中的所见所闻并不相同而让我们感到讶异的行为——在激烈竞争中的不择手段，以及由此而引发的后果。胜者未胜，且不可能是长久的胜。在道德与法律面前，这些手段只是一种将要被时代抛弃的存在。但是，它的确存在着，或者存在过。其次，他很会设计情节。或者使故事逆转，一切皆在预料之外；或者让人物进入莫名的连环套中，使读者急欲了解之后的故事；或者不断地铺陈一个又一个使人感到新鲜的“手段”。你永远也不可能知道下一步会发生什么，但你总是会被他的故事牵引。最后是不断地向读者介绍一些相关的“知识性”内容，如某种美食的特点、做法，甚至吃法，某种材料的性能、功用等等。他不知道节制自己的素材，也不注意调整叙述的节奏，不精雕细刻锤炼自己的语言。他就像用语言来给读者下一场接连不断的倾盆大雨，劈头盖脸，直泻而下，雨花四溅，直至故事结束。这既是他的特点，也形成了他的局限。常常令人感到，杜斌真是奢侈啊！他竟然如此毫不顾惜自己的素材，竟然如此任性不忌。虽然相对而言，他的生活积累比较厚实，但是，也不能这样张扬吧？

在这部集子中，有一篇《清明吟》的小说，写一位早早离开家乡，在珠海打工的农民张宝贵。他不属于前述的商海中的“弄潮儿”，而是一个在异乡漂泊的普通人。他胆小、老实，没文化，缺乏超前的眼光。在珠海二十多年也没有赚够可以买一套商品房的钱，以至于一家人一直挤住在租来的民房中。与他身边的很多人比，他是一个“没出息”的人，却又是一个回不了故乡的人。在离开家乡若干年后，突然想在清明时节回去给父母上坟，以表达他对故乡、对父母的怀念之情，但是，故乡已非昨日，发生了巨大的变化。他连自己的家也找不到了，甚至连自己父母的坟也没有找到。但是，这并不是张宝贵一个人的悲哀。因为，找不到家或者找不到坟的人即使是在他曾经的故乡也绝非自己。他只能望着一眼看不到头的坟地，一脸茫然，束手无策。人虽在，家已无，根亦断。他那被荒草覆盖的家只能成为一种记忆，一种心结，一种回亦无可留，走又无可处的惆怅。在市场化、城市化的大潮中，张宝贵成为一种时代的象征——社会转型时期给每一个人带来的迷茫。但是，四月，春色正浓。张宝贵的生活仍然在变化。他的儿子似乎在另一个城市闯荡得渐有起色，并且给他生了孙子，即将上学。他改变自己、改变生活的希望也没有消失，甚至更为强烈。像更多的普通人那样，张宝贵没有失去做人的底色，而是在这越来越浓的春色中面对自己。也许，从对时代表现的深刻性而言，我更尊重这种变化中的惆怅。这是一个时代的阵痛，是即将迎来新生活的前奏，是千千万万的人们在困惑与迷茫中的坚守与追求。

2019年10月22日于并州

2019年10月23日改于并

（杜学文：山西省作协主席、书记）

透视当代人的精神价值（序二）

/杨占平

近些年来，描写商战现状的中长篇小说比如《输赢》《圈子圈套》《对决》《胜算》《浮沉》《商不厌诈》等，在读者中的反响非常广泛，销售也看好，与其他体裁文学作品普遍滞销的局面，形成了鲜明的对照；这种状况引起文学评论界的一定程度重视，称其为“商战小说”创作现象。人们对商战小说一般性的理解，指的是故事情节主要围绕着商业活动而展开的小说，作品中大量穿插着市场动向、项目攻关、竞争策略、谈判技巧及客户问题的解决情节。具体而言，一定是在写商海中人如何发现项目价值和利润率，如何调查清楚竞争对手底牌，如何与客户及对手谈判，如何采取多种形式取得主动，如何解决商战过程中所出现的一切问题。我认为，这样的概括还是有一定道理的。

不可否认，商战是当代社会生活中一个很重要的层面，它能够集中反映一个时代的本质，也可以深刻展示不同性格人物的心理世界，还是体现各种文化观念的地方；尤其在如今社会转型期，商海中人的心态更为多样化，既有以实力赢得市场、占领一个行业的精英，也有小打小闹、守法经营的商户，更多的是那些一方面诚心诚意干事业、一方面也为自己利益使用手段的商界老板与员工。小说集《天眼》则刻画了多个商战中不同性格的人物形象。与其说杜斌是在写商战，实则上他是通过这些商战故事，进而透视当代人的精神价值。

杜斌是一位有着丰富的生活阅历、独特的思考能力和敏锐的文学感觉的作家，分析事物或研究问题，往往是在尊重事实基础上，坚持己见，不愿意附和别人。但是，读他的这部小说集《天眼》，我却感觉到，很少有那种苦涩的理性思考和个人心态的宣泄，更鲜有那种居高临下的发言姿态，他是以一颗平常心去感受和体验现实世界，感受和体验商界风云，感受和体验复杂人生。这样，就能够把他思想内涵的独特思考和文学感受的探索精神渗透到作品中，准确地把握住故事的基本特征，准确地洞察出人物的心灵奥秘，人物和场景在作品中既表现得真切、自然，又具有比较鲜明的文学个性。可以说，在这部作品集中，不光中短篇小说所要求的深刻内涵、明确的线索结构、复杂的人物性格、真实的生活细节等等基本要素，全部体现出来了；更主要的是有属于杜斌自己的独到之处，比如对身处商海不同位置不同角色不同实力的人们心灵世界的细腻刻画，看似松散却又有紧密内在关联的故事结构，等等。

眼下的杜斌，社会身份是一位企业家、商界精英，日常主要从事商业活动；业余却醉心于文学创作，喜欢跟文人交流。他写作的素材，多数是来自于自己的商海生涯和真实生活，小说叙述方式追求曲折生动，故事结局总有出人意料又在情理之中的效果，能给读者造成极大的心灵共鸣。读者喜欢读，更激发了他的创作热情和冲动，在不到十年的时间里，写出长篇小说《天边一片火烧云》《活法》《天上有太阳》，中短篇小说近二十部，总字数已经超过一百万字，其中，中篇小说《天眼》获得了“2013—2015赵树理文学奖·中篇小说奖”，长篇小说《天上有太阳》被中国作协主办的《长篇小说选刊》2018年第5期全文转载，并获得该刊当年优秀作品特别推荐奖。这些实绩与一些职业作家相比也不算差，证明了杜斌的小说创作才华与实力，圆了他的作家梦。

收在小说集《天眼》中的八部中短篇，大多数作品是以杜斌打拼数十年的珠海特区为背景，讲述了生活在其中的一批实力有别、角色不同、性格各异商界中人的一个个故事，透视出当代商界人精神价值的状态，在一定程度上挖掘出了商人心理的深层历史与现实原因，颇具时代感。或许是杜斌在透视当代商人精神价值的特殊性时，感觉到这种价值的守护与失落并不单单表现在商人身上，其实整个当代社会中各类人都如此，老板大款如此，普通打工者同样如此。

八部作品中，最有代表性的当数《天眼》。这部作品发表后，受到专家和读者的好评 。评委会对《天眼》的评语是这样的：“这部小说选择当代商战为题材，以天眼为比喻，通过一个莫名其妙的电话，点出人在做，天在看的主题思想，富有独特性。写法极具南派小说特点，铺陈细节，设置悬念，对几位商场人物的个性刻画非常成功，表现了不同人物性格的复杂多变性。作品整体结构完整，语言老道成熟。”我在几年前就阅读过《天眼》，基本上认同上述评语。这次重新仔细阅读作品，又有了新的发现，明显感觉到，杜斌有着很强的设置故事情节能力，在他的笔下，一系列商界惊心动魄却意味深长的矛盾冲突，吸引着读者欲罢不能，几个主角张高美、李春生、刘成等人物，围绕利润丰厚的黄杨中学太阳能工程的投标与中标，真是处心积虑、手段用尽，只有你想不到的，没有他们做不到的，残酷性、激烈性，显示出商战的本质，不深入其中，是绝对体会不出来的。

杜斌在《天眼》中使用的文学表现方法，是采取冷静叙述的笔调，在你死我活商战氛围下，着力描写张高美、李春生、刘成以及他们周围人的生活方式、处事原则、价值观念、心灵世界，这样，整部作品就主要是由事件过程、矛盾冲突和生活细节组成，没有多少理论阐释，也没有多少抒情式描绘；但是，每个人物、每个细节，都显得非常真实，非常自然，非常合乎情理，经商的人在现实生活中，随时都可能遇见。我以为，这样的表现方式，更符合文学作品尤其是小说的艺术审美特性。

《清明吟》是与商战比较远的一部作品，讲述了出生在黄土高原中条山下的张宝贵，为了改变家庭贫困生活，能够盖几间新房子，给儿子娶上媳妇，到了珠海打工。只是由于他天生不善于经营，缺少经商的才能，二十多年过来还是个最下层的打工仔，依然过着捉襟见肘的日子，连老家都没回过一次。某年清明节前夕，他在梦中几次梦见父母亲跟他要钱，于是，咬牙决定要回一趟老家，给父母亲祭奠祭奠。然而，经济实力的不足，让他的回乡路复杂且多事，甚至于祭奠父母亲竟然上错了坟茔。整个故事真切朴实，苦涩中不幽默，读来令人唏嘘不已，感慨万端。透过张宝贵回老家过清明节的故事，也让读者感受到了几十年中国社会的发展与变化，理解了人们的生活方式与心理状态伴随着社会大环境的变化也在变化，同样是精神价值在嬗变。可以看出，杜斌是把写这部小说作为一种体验人的生命历程的方式，所以，他的叙事方法，就是着重刻画人性复杂的心路轨迹。不论是描写主人公张宝贵内心世界的状态，还是对其他相关人物的表现，都紧紧地扣住人性的复杂，动荡的情绪、简洁的对话、特定的环境，都是为了加强人物的复杂性。尤其是故事详略的处理，看得出杜斌是颇费了一番思考的，一些必须出故事出性格出深刻之处，写得很详尽很透彻，而一些可有可无的过程，则是简略到最小，这样，叙述的魅力就显示出来了。

从文学性方面总体上分析《天眼》中的作品，我以为，杜斌在小说创作中核心是描写人物，他把握的原则，是要让每个人物真实可信，让读者感觉这个人物就生活在大家中间。因此，在故事情节设置，在人物性格定位，在叙述方式的选择等方面，都围绕真实性来确定，这个真实性，是既有生活中的原型，又经过艺术创造，成为真实的文学形象。如此，故事情节跌宕起伏，却非常自然流畅，没有显出刻意为之痕迹；人物性格鲜明，却合乎情理，不是为了突出某一个人而有意贬低其他人；叙述则采用了传统的起承转合方式，由开头、发展、高潮、结局组成，中间穿插有回忆、倒叙、心理活动等手法，张弛有道、详略得当、少有漏洞，能够吸引读者产生读下去的兴趣。

杜斌中短篇小说的语言文字都比较有质感，有张力。这种语言特色，首先是跟故事情节、跟人物性格是相吻合的。可以看出，他追求的效果，是将语言与故事和人物融为一体，语言是为故事和人物服务，同时，故事和人物也离不开这种风格的语言。文学作品赖以生存的重要因素是语言。有特色的语言，会让作品上一个档次；如果语言一般化，那么就是有很不错的故事情节，有性格鲜明的人物，也会大打折扣。杜斌的语言，很好地提升了商战小说的品位，是作品成功的重要因素。

正处于创作亢奋期的杜斌，凭着不懈怠的性格，必将会写出更多精品力作的，继续用实绩证明他的实力。

（杨占平：从事文艺评论与创作四十年，曾任山西省作协副主席、副书记）

现实主义的蓬勃力量（序三）

/付秀莹

大约，小说家有两种，一种是拥有无边的想象力，在未知的经验世界里任意驰骋，用想象的火焰把沉默未知的部分点燃，或者擦亮，从而创造一个复杂幽深的艺术世界。如卡夫卡。他即便是终生困于斗室，亦能够漫步星空大地，心怀山河万里。另外一种是，把生命的根须扎入生活土壤的深处，拥有丰厚结实的情感体验与材料积累，以及对复杂经验强大的吐纳与反刍能力，他们能够在泥沙俱下中点石成金，让艺术的楼宇从现实的大地上拔地而起。如曹雪芹。《红楼梦》里的盛世繁华以及末世苍凉，此中况味，非亲身经历而难得其真义。历经世事风霜磨砺，情天恨海浮沉，才演绎出如此不世经典千古绝唱。自然了，小说是虚构的艺术。虚构是小说第一道德。这是常识。生活真实和艺术真实，这二者之间需历经怎样的艰难转换，以及蝶变，以及新生，从而使得我们笔下呈现的世界获得令人深信不疑的力量，这是小说之门的魔咒，也是小说家秘而不宣的功力。

杜斌应该属于第二种。

对于杜斌，我知之不多。然而，从他的文字里，从他的小说中，从他创造的艺术世界里，我仿佛真切触摸到，一个饱经沧桑的人，他在尘世间走过的每一条小路，小路上那一串串或深或浅的脚印，那时而清晰、时而模糊的背影，背影消失处，淡淡的征尘飞扬，把十字路口慢慢隐藏、遮蔽，而后，尘埃落定，我们才得以渐渐辨认出，他的另一种神情——不只是商界精英，做收藏、搞影视、投资文化产业，那些显见的身份符号背后，分明站立着一个小说家杜斌，清晰的，确定的，沉稳有力，并且从容自信。他把在这世界上走过的所有的道路，那些道路上留下的所有的印迹，那些曾经遮天蔽日而今渐渐消散的征尘，那些汗水、叹息，以及奔涌的热血，飞溅的热泪，那些伤痛和笑容，那些梦想和荣光，苍茫的心事，尘封的野心，都放进他的文字里，放进他的叙事中，放在他的人物上，时隐时现，明灭可见。

大凡世人，或许都渴望着妥帖安稳的世俗日常吧，人生平顺，岁月无惊。而小说家的隐秘愿望却可能是，生活充满戏剧性的变数，坎坷不平，辗转难安，有冲突和挣扎，有歧路和支流，有审美的意外，有经验的溢出。从这个意义上，作为小说家，杜斌可能是幸运的。他丰富多样的生活累积，充满传奇色彩的人生起伏，尤其是，在历经波澜和跌宕之后，依然不灭的文学理想的烈焰，以及重新投身写作的勇气和激情——这是命运对于他的补偿、安慰，抑或者是奖赏以及馈赠？

这本名为《天眼》的小说集，应该是杜斌近年创作结出的果实。其中的同名中篇小说《天眼》，曾经获得赵树理文学奖。尽管，这是一篇商战小说，仅就题材而言，与赵树理的山药蛋派创作风格有诸多差异，然而，《天眼》所蕴藏的强烈的现实主义精神，鲜明的现实主义品格，强劲的现实主义力量，却与以赵树理为代表的山药蛋一派声气相求，灵魂相通。太行之西，黄河之东，三晋大地，表里山河，这是一片神奇的土地，这片土地孕育和滋养的现实主义精魂，有着生生不息绵延不绝的生命力，蓬勃而厚重，古老而充满新鲜悸动的生机。《天眼》写商海沉浮中的人性，写个人命运与大时代之间的复杂关系，写人心的幽微与时代的秘密，写心灵世界烛照之下，我们这个时代令人一言难尽、一唱三叹的广阔生活，以及广阔生活背景之下，广大人群的情感和命运，具有强烈的现实质感和深沉的反思力量。小说中，“天眼”其实是一个隐喻，具有丰富的暗示性和象征意味。那每到关键时刻的陌生来电，仿佛是一个画外音，无处不在，叫人无所遁形。是提醒，亦是警告，是道德劝阻，亦是灵魂训诫。《天眼》给予我们的启示是，面对庞杂坚硬的现实生活，面对变动不居的时代经验，小说家何为？如何潜入沸腾的生活，汹涌的人群？如何把艺术的触角扎入时代激流的肌理？如何寻找并且打通个人命运与时代精神的秘密通道？

艺术源于生活，而又高于生活。这是老生常谈了。然而，真正做到却是艰难且充满挑战的。大约，正是这种迷人的难度，才令写作充满无限魅力吧。我们在生活的河流里俯仰、沉潜，以文学的方式，耐心打探每一道波纹的秘密，寻找深藏于河床之下的珍珠，珍珠的璀璨光芒，以及这光芒里映照出的世道与人心。

是为序。

（付秀莹：当代作家，《长篇小说选刊》主编）

生活的力量（序四）

/ 李晓东

初识杜斌的小说，是他发表在山西著名文学刊物《黄河》上的《风烈》。《黄河》是我读大学时期就非常景仰的刊物。我同学田晓宇大三时即在上面发表中篇小说《学府流行色》，山西大学校园一纸风行，尤其中文系1992级，大家都暗暗在作品中寻找自己和自己宿舍的痕迹，怕找到，又想找到。读了三年中文系，才切身感受到文学，特别是以虚构为本质的小说，真的能和现实的自己发生血肉联系，真的源于生活，真的可以我手写我口、我心、我事。田晓宇兄后来深研历史地理、训诂考据、太原文物，在同学三十年的期盼中厚积不发。我对《黄河》的兴趣，也雪落黄河静无声了。

《风烈》却令人震撼，最撼动心灵的，不仅是情节的紧张激烈，人物的血脉偾张，更本质层面，是对生活本来面目的原生态刻画。虽然风格不同，我却忽然接续上了这本刊物的传统，也更深刻理解了山西现当代文学的传统。那就是，直面生活，直面生活的粗粝和矛盾，直面生活的卑劣和窝心，期待人性之善和光明。

一个偶然的机会，我见到了杜斌。身材不高，非常精干，浑身上下充沛着活力，看起来比实际年龄要年轻很多。一问才知道，他本人创办了山西消防职业培训学校，并担任校长。小说《风烈》中的许多事情，都是他亲身经历过的。唯实有所感，才更其痛切。从小说理论技巧而言，《风烈》有不少可挑剔处，如人物形象不是性格复杂的“圆形人物”；情节叙述缺乏技巧；人物冲突过于直接粗糙；语言也不优美，甚至还有粗口；主人公最后也没有醒悟或“被救赎”，没有终极关怀……但是，他如江湖草莽般“野路子”冲入文坛，却给读者别样的冲击和震撼。入选《小说选刊》，并获得茅台杯小说选刊奖。究其原因，根本在于，深厚的、和着血与泪的生活基础。有这些独特的基础与真实的经历，不需要刻意的技巧或曰技法，依然能震动读者。我们常说，文学，特别是小说，要“源于生活，高于生活”，其实，第一位的，是真切的生活积淀，是否“高于”倒不一定。有言道，生活永远比文学更出人意料，当下文学最缺乏的，恰恰是带着深深印痕的、真的生活。而这一点，正是杜斌的长处。

这本名为《天眼》的中短篇小说集，同样体现了杜斌这一特色。杜斌曾经在广东珠海从事过十多年太阳能热水工程，小说集中的相当一部分作品，都取材于这段经历。从作品里，我们可以看到在技术门槛不高，充分竞争的太阳能热水工程领域，为得到项目而进行的残酷竞争。常说商场如战场，不入其中的人，即使想象丰富，“移情”能力超强的小说家，也往往有“隔”。杜斌的小说里，却实实在在闪耀着商战的刀光剑影、尔虞我诈，甚至你死我活。因曾多次经历，故细节非常到位真实。更到位真实的，是他描述太阳能热水系统运作的专业水平。谌容《人到中年》发表后，好评如潮，其中写眼科医生的工作细节非常准确，后来有人透露，是作者到医院亲自体验生活所得。“体验生活”，就其深入真实上，远不及“生活体验”，杜斌的小说最本质的基础，就是自我的生活体验。甘肃省作家协会主席、著名作家马步升提出，现在小说存在“知识空载”现象，即缺乏对情节所涉及之事或物相关知识的具体展开，而在中国传统小说中，一饮一食，常叙述入微。究其原因，盖生活丰歉之故也。杜斌的小说中，对消防培训、考试的过程细节，对太阳能热水工程各种情况下的运行和危机处置，笔笔都在点上，这些知识，不是学来、看来的，而是亲身经过的。做事，是“事非经过不知难”，写作，却是事已经过则不难。

离开故乡闯天下的，并非都是不屈不挠的坚强奋斗者，不争气者也大有人在。在多篇商场战争包围中，《天生我材必有用》就是一朵奇葩。“80后”朱明明家境普通，大学毕业，从山西到经济发达的珠海工作，本应像他“50后”的舅舅般勤奋谨慎敬业谦逊，他却一样品质都没有，大事小事都不屑做、做不来，梦想通过彩票一夜暴富，被“心灵鸡汤”灌得晕头转向，把亲情视作可以无限支取的“提款机”，最终无可救药地堕落。这样的年轻人所在多有，但刻画得如此细节生动者，却不多。作者写这篇小说时，并非刻意“脸在山西，衣服在浙江”，塑造一个“拼凑起来的人物”，更可能的，是在珠海的现实中，的确见到了这样的年轻人，甚至这个年轻人。最终，朱明明没有觉醒，作品似乎失去了亮色，其实未必一定要有光明的结尾，因为生活本身就不是事事可以大团圆的。

离开故乡，乡愁随之而起。“回乡”也是小说集的主题之一。《清明吟》让人想起费翔的歌，“我已是满怀疲惫……归来却空空的行囊”，但故乡的风、故乡的云，不仅不能抚平创伤，反而让游子味尽世态炎凉，父母的墓找不到，故乡再也回不去了。

但杜斌归来了，回到了他的故乡——河东。羊肉炖鱼翅，有点无厘头的错位对接，无论真假，蕴藏其间最核心的，其实是故乡河东的绿豆粉丝——故乡的粉丝赛鱼翅啊！多少人发达了，升官发财，飞黄腾达，天天鱼翅海鲜，忘却的，正是故乡的味道。不忘初心，故乡的羊肉和粉丝，就是人的基因，无论走多远、飞多高，一碗下肚，立马露出本相。

杜斌正是河东人，籍贯山西运城永济市，柳宗元同县老乡。韩柳发起古文运动，文起八代之衰，反对六朝以来绮丽空洞的骈文，所兴起的，正是直面现实，不尚虚文，明白晓畅的文学。杜斌文学成就当然和柳河东不可同日而语，精神却相一致的。

作为一个山西人，我认为，现实主义一直是山西文学的灵魂。今年6月，《小说选刊》组织中国作家长治行采访采风活动，到了离申纪兰的西沟村仅一公里的平顺县三里湾，就是赵树理写作小说《三里湾》的地方。农家小院，人迹罕至，景象依然，和数十年前赵树理起居其中时，几无差别。南下房有赵树理像，坐炕上，面前一炕桌，放稿纸、算盘。山西农村院子，北为正房，东西厢房，坐南面北者，是为下房。赵树理回乡深入生活，住的是南下房。没有京城大作家的优越感，唯有谦虚向人民学习的诚恳。我在甘肃天水挂职工作时，瞻仰过毛泽东长征中路居天水武山县的故居，屋里屋外，保存完好。房子是西厢房。院子没有南房，依北、东、西的顺序，毛泽东借住的，是最下之屋。只有这种态度，才能得到民心，才能为人民所认同，才能得天下，出精品。三里湾本名川底村，是著名劳动模范、申纪兰的领路人李顺达创办全国第一个农业合作社的村子，先进人物、感人事迹层出不穷。赵树理却把眼、心、笔对准了常有理、铁算盘、糊涂涂，写了“不好不坏，亦好亦坏，中不溜的芸芸众生”，刻画出思想的转变，没有高大上的人物形象，却光照中国文学史。一代代山西当代作家，捧着这颗“山药蛋”，把根扎在大地上，不虚、不媚、不娇，真实地书写着真实的生活。现实主义，就是山西文学最鲜明的特色。

习近平总书记要求，文学要记录新时代、书写新时代、讴歌新时代。记录是书写、讴歌的基础。新时代，有许多具有新的历史条件的伟大斗争，幸福是奋斗出来的，现实主义文学第一的责任，就是为时代、为新时代留下文学的记录。唯有真的记录，才能有美的书写和善的讴歌。

杜斌年轻时候，曾在我家乡山西长治做消防员，赴汤蹈火的生涯，为他办消防培训学校奠定了基础，也为《风烈》做了先期准备。文学，也是血与火的事业，经过生死，他性格已淡然，唯文学小说，依然充满力量，如刻刀般，一下下刻出生活的原生状态。没有技巧，不需营构，不事雕饰，却别有一种力量——现实的力量，真实的力量，生活的力量。

打开《天眼》，透视人生。

是为序。

（李晓东：文学博士，副编审，《小说选刊》副主编）

为流氓与“奴隶”传（序五）

/李昌鹏

中国不缺乏为奴隶传的作家，五四新文学运动中，不知有多少作家以锋锐的笔，揭示了千百年来人们的处境。塑造底层人民为被奴役者的形象，乃至在后来的很长时期，由许多作家带着阶级感情，持续、反复塑造。鲁迅的出现并未能遏制这一风气，但他审验国民劣根性，以新视角剖露流氓性和奴性共存于国人骨血中，却把人们对流氓与奴隶的认识提升了一大步。1986年2月，王朔发表轰动文坛的中篇小说《一半是火焰，一半是海水》，他开启以流氓视角讲述流氓故事的先河，这样一种全新的视角，这样一种全新的“流氓传”，开始被中国的许多读者接受、追捧。评论家严锋后来说：“王朔在这部小说中有一个重大突破，或者说对当时的文学乃至整个思想观念的挑战，那就是以一个流氓罪犯为主角，而且是第一人称，这个在当时真不得了，前所未有，极具颠覆性。因为在中国人的文学观念里，坏人是不能做主人公的，更不能用第一人称——第一人称等同于作家的视角，‘我’的想法也因此等同于作家的想法（其实这是一个误解）。”

改革开放带来思想解放及审美维度、人际关系的变革，为文学带来了意想不到的发展和书写契机，也塑造了新的文学接受者；以经济建设为中心后，在经济层面，私营经济崛起是一大社会变化，中国因而迅速诞生了无数大大小小的老板，但对于这一新的社会人群，中国小说中缺少与之对应的文学经典形象。近几年，小说中给笔者留下了较深印象的老板形象有，石一枫中篇小说《借命而生》中越狱后成为老板，多年后前来找警察投案洗白自己的许文革，王十月中篇小说《国家订单》中那位从打工者中拼搏出来后却被情势所逼自寻短见的小老板，艾伟短篇小说《在科尔沁草原》中那位断指被续接后找活佛加持开悟的大老板，张楚短篇小说《忆秦娥》中的一个睡了八十九个女人不再相信爱情的牛奶供应商，不少优秀作家在试图塑造留得住的老板形象。

山西有一位叫杜斌的作家，他以老板视角叙述的商战叙事，塑造了众多有个性的老板形象。杜斌笔下的老板多是“老板式的奴隶”，即：金钱和欲望的奴隶。因无法成为或做稳“老板式的奴隶”达成欲望的满足，这些“老板式的奴隶”要尽流氓手段。与之前文学作品中被压迫和奴役的底层不同，杜斌笔下的老板大多是主动选择成为金钱和欲望的“奴隶”的，他们不出现在社会的底层，恰恰是出现在新兴的中产阶层，似乎还带有一定的“觉醒性”——他们是率先投身商业，能看得见商机，先富起来的那群人中的若干鲜明的个体。鲁迅所说的国民劣根性不唯老板身上有，但在新兴阶层中选取“时代弄潮儿”来表现时，杜斌秉持鲁迅的“刚冷”（毕飞宇对鲁迅小说基调的命名），用时也保留《一半是火焰，一半是海水》以流氓视角叙事的那种“颠覆性”（严锋对王朔小说叙事的看法），将人物形象塑造得十分鲜明。杜斌是为流氓与“奴隶”传的作家，留下了极具时代特征、典型意义的老板形象，在我看来他沿着现实主义传统进行的人物形象塑造是成立的，有说服力的。

吴天明、李长安、张高美、刘成、李春生、王高峰，杜斌将这些人物放在商业竞争的丛林法则进行了反复的、多侧面的书写，塑造了珠海太阳能产业的老板群象。他笔下具体的故事大多发生在改革开放后，讲述的是太阳能热水器及相关产业在珠海的野蛮生长史，以及相关企业家的野蛮发迹史。杜斌不仅完成了对一个独特行业题材的深度书写，还在人物形象塑造的普遍性与差异性上，表现出色。本质上，杜斌的作品写的大致是一群名叫企业家的男性流氓，他们以流氓的手段攫取社会财富，这样的老板形象在改革开放初期商业竞争失范的状况下颇具代表性。老板吴天明，是杜斌长篇小说《天上有太阳》中性格塑造得最为立体的一个人物，原因在于，吴天明奴性和流氓性并存，而且都是刻画得入木三分的。流氓也有性格差异，可以分“硬流氓”和“软流氓”，杜斌还写出了同类人物形象的差异性。他笔下的吴天明和李长安，都是让人读了觉得可怕的人物，这两个流氓一个“硬”一个“软”。吴天明硬气，疯狂。吴天明说话硬气，像他挥舞的拳头一样硬气。面对财富面对女人，吴天明表现出的是疯癫般的迷狂状态。作品中的另一个人物李长安，则是柔软、狡诈的。李长安狡诈，话语柔软，长袖善舞，笑里藏刀，翻脸不认人。

在杜斌的中篇小说《天眼》中，张高美总是接到一个陌生人的电话，张高美无法拉黑这个电话号码，陌生人总以“熟悉的、沙哑的、雄浑的、带点三千年沧桑的声音”反复指出张高美正在“干坏事”，这个“电话中的声音”是这部小说的最高视角，它是参照性的视角，是以天眼看张高美的。《天眼》的故事讲述，却是贴着人物进行，进而将视角缩小为人物视角的。小说中的张高美、刘成、李春生的性格因不同而相互突显，但他们都不是善茬儿，因而尽管时而以张高美的视角写，时而以刘成、李春生的视角写，都是以坏人的视角写坏人的故事。按照美国评论家塞米利安在《现代小说美学》中表述的观点：写作角度不仅仅是小说创作中的一个技巧或美学问题，在作为叙述方法的写作角度背后，存在着一个道德角度。天眼这一视角是一种道德提示，一种参照式的坐标，而以坏人的视角写坏人，所产生的是不受道德守门人屏蔽的坏人世界——这也必将是一个奇异的世界——它满足了文学表述所需的陌生化、差异化效果。

从杜斌的中短篇小说《天眼》《河豚宴》《招标前戏》，可以看见《天上有太阳》的雏形。《天眼》选取视角的经验被杜斌移植进了《天上有太阳》，《河豚宴》中的李长安后来被杜斌养育成了《天上有天阳》中的李长安，而《招标前戏》中冰山沉底的写法长篇商战小说《天上有太阳》也是绕不过去的。杜斌还有一部中篇《钱本草》，写了老板要流氓，更写了老板也是情非得已要流氓。在杜斌冷峻风格的作品中，这篇《钱本草》所弥散的悲悯简直如同一种抚慰。除了写老板，杜斌在《清明吟》中刻画过老实打工的民工张宝贵，在《无形刀》中描摹过一个大智若愚的招标经理“山汉”，这些人物形象都是入骨的、别致的。杜斌是一个写什么便得什么的作家，他不是那种下笔特别精致的作家，但是他写什么人物的时候，都可以写到骨子里去。杜斌写老板的时候下笔凌厉，但他写张宝贵、“山汉”的时候，我们不时也能在字里行间看到了他内心深藏的柔暖。

福斯特在《小说面面观》中说：“不管哪种生活，其实都是由两种生活构成，即由时间生活和价值生活……故事叙述的是时间生活，但小说呢——如果是好小说，则要同时包含价值生活。”杜斌小说中描述的生活，让人感到震惊，因为小说中土豪们的生活，极少有称得上“价值生活”的。土豪和准土豪们在追求价值，具体说来是在追求金钱，而不是追求有价值的生活。作家描述这样的生活时，已经暗含批判，隐含价值的最低底线。如果站在一个更高的视点，读者便会发现，杜斌小说中的人物吴天明、李长安是非常可怜的人，不在正确价值观下生活的人，都是可怜的——得不到真正的认可，偏离正常的生活轨道。他们孜孜以求追求成功，成也好败也罢，都导致价值生活层面的一无所获。杜斌笔下的流氓与“奴隶”，全是资本原始积累过程中的悲剧人物，他的笔撕开的是有价值的进取心以及没有价值的生活。

（李昌鹏：青年评论家，《小说选刊》编辑）

目录

天　眼

一

自称皈依佛教，不到一个月，又自称开了天眼，张高美得意得像荣登胡润的富豪排行榜。为了佐证自己的天眼来路正统，张高美驱车五十公里，到金台寺礼请了一串方丈开过光的108粒玛瑙佛珠，套在手腕上，动不动就拨一珠，念一句“南无阿弥陀佛”。

刘成说：马王爷有三只眼，人家是长在脑门上，你张高美是长在屁股上。

张高美用广东白话回击：吃唔（不）到葡萄嘅话（就说）葡萄酸。

刘成是乐普太阳能工程公司老板，是张高美的壹加壹太阳能公司在珠海最大的竞争对手，几乎三分之一的工程两家公司都要打得遍体鳞伤。眼下，在黄杨中学学生公寓太阳能中央热水系统工程上，两家公司又拔刀相见了。但两个人每次见面都显得好亲热，勾肩搭背，谈笑风生，亲如兄弟。

李春生对张高美的天眼嗤之以鼻：我家的小狗，昨天晚上长出了一个大象的鼻子。我老婆大惊失色。我说，这有啥大惊小怪的，如今这社会，就是一个产生奇迹的时代，王八都能开天眼，明天我还能去美国接替奥巴马当当总统呢。

张高美神秘地朝天上看，用白话说：无睇到乌鸦点解（为什么）有乌鸦叫？

李春生是天之源太阳能公司的总经理，也是张高美商场的一个无法忽视的竞争对手，曾经为了报复张高美，设计骗他去食河豚，又以中毒需要解毒的正当名义，让张高美吃了一通人屎。张高美对李春生嚼穿龈血，刻骨铭心，但一米五九的他看见一米八九的李春生就像是在海里撞上了一条鲨鱼，血压噌地蹿升到一百九，两三天下不来。

三优太阳能公司的万钢对张高美的天眼心悦诚服。有一天张高美为了从万钢手上买单，请万钢去唐家的威龙俱乐部泡妞，正走着，张高美突然要万钢快往市场方向拐。万钢取笑说：舍不得花钱了？张高美说：我的天眼看见你老婆在跟踪你。万钢说：狗屁，蒙谁呀！我老婆今天去幼儿园参加家长会。你要知道我将要卖给你的单至少能赚二十万。张高美说：讲正经的。我的天眼看得清清楚楚，你老婆就在我们后面。你如果不相信，自己扭转头看看。万钢一回头，肥胖的老婆推土机一样正开过来。

黄杨中学主管后勤的邝副校长对张高美的天眼不屑一顾。

一个星期天，张高美请邝校吃饭。饭后，张高美提出去放松放松。

邝校说：这几个月每天都进行群众路线教育，把人紧张得屁都不敢乱放，我都两个月零十六天没敢泡妞了，全身荷尔蒙泛滥。

张高美说银湖新来几个靓女，听说有个长得很像林志玲，有国色天香之貌，还有长长的玉腿和34C的美胸。还故意用白话讲，嗰个（那个）系为你邝校准备嘅（的）。

邝校满脸春风荡漾：话（就）听你嘅（的）。

银湖桑拿中心坐落在白藤湖，是一座新开发的现代化旅游城，既有浓浓的浪漫的异国情调，又处处弥漫着原始的本土水乡风光，是一个让人乐不思蜀的休闲之地。

邝校身份特殊，为了躲避纪检，他把自家车送回小区，坐到张高美的车上。他们没有沿中兴南路向南直奔银湖桑拿中心，而是从港霞西路向西出井岸，再向南，走小路，绕新青，圆圆转了个大圈。

刚出新青二路，张高美就失声叫道：哇！后面有人跟踪。

邝校赶紧扭转头睇，颈都扭酸了，却连个鬼影都冇睇到。

张高美坚定地讲：肯定有，你再睇睇。

真系冇。

我的第三只眼睇到啦。

哼！你比美国的RQ-4A全球鹰无人机都牛。

不骗你。真有。

我再睇睇，真是冇耶。

我说有就肯定有。

邝校摇摇头：真冇。张老板，我发现你近来是越来越美国了。

不是我美国啊，你再扭转头好好睇睇。

邝校又扭转头，睇了一会儿说：后面老远老远的，好似有一辆车，是——一辆——是泥头车（运土方的车）。

对啦，我讲后面有辆车在跟踪我们。

我明白啦，你是通过后视镜睇到的吧？

我的天眼看到的。

吹吧，吹吧。再吹天上就不落雨，改落人民币了。

我的天眼还睇到，泥头车的副驾驶座上坐着一个人，这个人就是要跟踪我们的人。

冇可能，跟踪我的人咋会开一辆泥头车？再穷也不会开辆吉利吧？

张高美说：我睇到副驾驶座上的人还拎一架摄像机。

省省力气吧，等会儿用到靓女身上去。

不信我们停下来看看。

张高美说着就把车停在路边。十五秒，泥头车过来，张高美一招手拦住了泥头车。

司机摇下车窗问：你搞么子咯？听口音是个湖南人。

张高美掏出一百元给了司机说：师傅，对不起。说着用手指了指副驾驶座的人，我找他。

司机连忙解释说：我不认识他，和他没关系。他是搭顺风车的。

张高美说：我知道。

张高美命令副驾驶座上的人下来。那人是个二十五六的靓仔，留着郭德纲式的寸头，一边下车，一边把手里的东西往T恤里塞。

张高美说：别塞了，我都看见啦。拿来。

寸头果然拿着一台小型摄像机。

张高美看了邝校一眼。

邝校的嘴惊讶得合不上。

张高美打开摄像机的菜单，选择打开液晶屏，触碰观看影像，设置播放模式，浏览画面。

看着看着，张高美乐了，问邝校：你前日晚上在哪儿潇洒呀？

邝校讲：前日晚上，我学校值班。学校是授业解惑百年树人的地方，能做乜嘢（什么）？

张高美把摄像机凑到邝校面前。

视屏上，邝校正和一个靓女缠绵，视屏角上显示有日期。

邝校的脸一下子成了架在火上烧烤的羊肉串。

张高美问寸头：谁让你干的？好大的胆子！

寸头看天空飞过的一只小鸟。

张高美掏出五百元给了寸头。

寸头说：我是艺轩摄影协会的摄影师，受人之托。

张高美问：受谁之托？

寸头又看天空飞过的一朵白云。

张高美又掏出五百元。

寸头接过钱，看看，把手伸得更长。

张高美又掏出五百元。

寸头说：打发要饭的？

张高美只好又掏出一千元。

寸头说：受一个搞太阳能公司的委托，搜集邝校的腐败证据。

哪个太阳能公司？告诉我。

国有国法，行有行规，我要遵守职业道德。

大家这么辛苦，不就是为了养家糊口嘛，何必较真。

人家给了我一万元订金，事成之后，还要给三万元辛苦费。

我给你五万元，可以买你的劳动成果吗？

张高美说着，拨一拨套在手腕上的108粒玛瑙佛珠，念一句“南无阿弥陀佛”。

最后，寸头在金钱的诱惑下，坦白地告诉张高美和邝校，他是受天之源太阳能工程公司总经理李春生的委托，跟踪拍摄几张邝校腐败的照片或录像，以便要挟邝校，其目的好像是要让邝校把学校的一个啥子工程让他做。

邝校心惊肉跳，大骂李春生是个王八蛋。邝校对张高美讲，这都是因为你，得罪了李春生。邝校还讲，前些日子李春生托他高中时的一个同学来找过他，想做学校的太阳能工程，还提出给5%的回扣，为了保证让壹加壹太阳能公司中标，他干脆利索地回绝了李春生。邝校讲，你睇，为了你，得罪了李春生，那个家伙盯上我啦。

张高美说：好在你拒绝了他。你如果真的同李春生合作，你就倒霉啦。李春生的人品和刘成的人品一样，很差的，差得要命。为了钱，这些人啥事都做得出。张高美还向邝校讲了去年李春生的天之源公司中标了三灶吉林学院的标，工程做完了，钱也收回来了，李春生居然拿着他向负责后勤的王副校长行贿的照片，逼着王校把几十万好处费如数退还。张高美说：你说说，邝校，这哪叫人干的事。猪狗不如，冢食丐衣。

说得邝校捂着胸口，半天也没把坐过山车一样的心平静下来。

邝校向张高美保证，就是打死他，就算豁出去不当鬼校长，只要有一口气，他一定会将学校太阳能中央热水系统工程交给张高美的壹加壹公司去做，绝对不会让能赚一百万元的大标落到李春生这种人渣手上。

张高美安抚邝校：坏事也能变好事。你现在了解了李春生的为人，踏踏实实把心放回肚子，不用每天吊在嗓子眼了。

这是张高美最开心的一天中的一天。从银湖桑拿中心出来，张高美笑着问：像林志玲吧？

邝校答：我当真的用。

把邝校送回井岸，张高美开车回市区。过了尖峰大桥，他就打开CD，一路上，宋祖英的《今天是个好日子》在车里反复播放。

车进人民西路，手机响了，张高美调低音响，接起电话。

张高美老板。

是我，你是谁呀？

别管我是谁，反正我知道你今天干了一件缺德事。

你到底是谁呀？

我是谁不重要，重要的是我会给你记住这笔账的。人在地上做事，神在天上监察。

喂，喂，喂！

嘟嘟嘟，对方挂断了。

张高美的心情一下子紧张起来。他胆怯地左右看看，又把车停靠到巴士站，翻看来电显示：1860××××××××。手机号码是陌生的，声音有点熟悉，沙哑，雄浑，带点三千年的沧桑，却想不起来是谁。听对方的口气，好像和他有什么深仇大恨。

张高美的脑袋高速地运转着，但半天也没百度出个所以然来。

他的手不由得拨动着佛珠，两片薄嘴唇快速运动着。

二

张高美陪金湾区隆腾公司的客户吃过饭，又洗了个脚，回公司时，路过乐普太阳能公司的办公楼，看见刘成的黑色奥迪车停在路边的榕树下，就拐了进去。

张高美突然来访，刘成显得高兴异常，小跑着出来，右手紧紧地握住张高美的手，左手亲热地拍着张高美的肩膀，一副久别重逢的模样。

刘成打算让张高美进公司会客室，张高美却先一步跨进了刘成的办公室。

刘成急忙收拾摊在桌子上的图纸。

张高美说：不用收拾了，那是黄杨中学学生公寓的图纸。是我建议邝校也给你们发一套图纸。有我们两家太阳能公司设计，方案一定会很全面。张高美嘴上这么说着，心里却狠狠地照准邝校的鼻子咬了一口。邝校曾亲口对他说，现在的图纸只有你一个人知道，没有第二个人，一定要注意保密，万万不敢泄露出去。

刘成答应过邝校不让张高美知道他也帮着做方案一事。现在事情露馅，心里腾地燃起一股子邪火，脸上还不得不捧着甜蜜，一边热情地给张高美让座，一边冲泡工夫茶。

刘成说：他妈的，我不想做黄杨中学太阳能工程，那种烂工程，看见就烦。可是我手下的业务员说自己有硬关系，非要做。咱们做老板的，也不能打击业务人员的积极性，也不好说这个业务别的公司搞掂啦，你们就不要掺和啦什么的。这不，图纸拿回来在我办公桌上扔了三天了，到现在还没做设计方案。

张高美欠欠屁股：业务嘛，能做就做，谁和业务有仇，和钱不亲？

刘成接过话头说：理是这么个理，可业务员不听话，咱心里就别扭。咱们是谁？在商海摸爬滚打了几十年，客户放个屁都能闻出来是公的母的，对不对？嘿嘿嘿。

张高美连喝了三杯工夫茶，往沙发背上一靠：哦，真累呀。前天老家来了几个人，陪了三天，上午刚送走。中午原想吃过饭好好睡一觉，谁知还没回到家，教育局钟局长就来电话了，叫我过去一趟。钟局让我帮他办点小事。咱这种人，大事办不了，就只能给领导跑跑小腿。在钟局办公室闲聊了一会儿出来，想想没啥事干，好久没见你老兄了，便特地过来坐坐。打扰了，不好意思。

刘成顺着竿子往上爬：还是张总厉害，我连钟局长家的门朝哪边开着都不知道。

张高美说：我和钟局是老关系了，三天两头见面，你刘总又不是不知道。不过，现在的当官的，越来越难伺候，个个都像珠海的雨，你不知道什么时候落，也不知道什么时候收场。

刘成说：太阳能行业里谁不知道你是老大？过几年，我的小孩上学，还需要走走张总和局长这条线。现在小孩想上个好学校，比他妈的咱们搞工程还难，光有钱没关系真不行。

张高美说：这是没法子的事，珠海70%是外来人口，好学校就那么有数的几个，大家都打破脑门往里挤。不过，有我在，刘总，你小孩上学的事，包在我身上。这还不是打个喷嚏放个屁的事吗？哈哈。

两个人接着又聊起了珠海太阳能行业最近发生的几件可笑的事。一件是天泉公司的老板冯东的老婆红杏出墙了，让冯东捉奸在床，放着好好一个老板娘不当，被老公扫地出门，现在在一家家政公司当钟点工。另一件是皇家太阳能公司的老板李长安和小秘生下了第六个孩子。李家八代单传，本想生个男仔，延续李氏香火，谁承想大老婆生了三个没把的，二老婆生了两个也是不带把的，指望小秘肚子争气，谁想又是一个不带把的。

刘成感叹：做一个男人真不容易啊。忙事业，家里照顾就少；重家庭，家用就少；事业家庭两兼顾，身体就不好。

张高美突然打断刘成的话，说：刘总，黄杨中学的太阳能工程方案已经定下来了，你咋还在做方案？

刘成说：我也是这么说的。我知道你和黄杨中学的孙校、邝校关系都好。这不，孙校上个月年龄到点，退居二线，从一中新调了个副校长到黄杨中学当一把手，就是周校了。我手下有个业务员，和周校的外甥是大学同学，两个人好得穿一条裤子。他非要跟进这单工程，我挡也挡不住。

张高美说：这单工程应该是我们来做。方案昨天已经报到教育局了，半个月的作业时间就能批下来，到时候咱们好好合作合作。

刘成说：我的业务员对这个工程信心满满的，他说有绝对把握能拿下来。

张高美说：吹牛吧，他？我在教育系统的关系，别人不清楚，你刘总还不清楚？哪个校长敢不听话，除非他的校长当腻了。去年八中做太阳能，我一切都安排好了，教育局办公室王主任介绍三优公司的万钢过去。我一听就火了，我和你王主任共事五六年了，你不知道我搞太阳能？这不是故意给我添乱吗？你也知道，今年过完春节，教育局要提拔两个副局长，王主任找到我，让我帮帮忙。他妈的，天晴了雨停了想起老子来了，我不但没帮他的忙，还在市领导面前说了他不少坏话。升副局长，滚到他妈的火星上去吧。

刘成笑着说：我知道你在教育系统关系很铁。说实在的，在黄杨中学太阳能工程项目上，按照我的意思，我们配合你们壹加壹，挣点茶水钱就行了。我的业务员大学刚毕业，年轻气盛，又是个死脑筋，不开窍，不撞南墙不回头。就让他先去撞吧，撞得头破血流了，他就听话了。这不，不到一个月，光在周校的身上就花了五六万，还不算在周校外甥身上花的三万多。昨天报销时我才发现，周校很爱喝红酒，一次能喝六瓶拉菲。我靠，真厉害，这人一当了官，咋都这么能喝酒呢？

张高美被刘成说得心惊肉跳。黄杨中学上个月是换了校长，在邝校的带领下，他去朝见新来的一把手。邝校告诉他，他和周校是一个村的，从小学到高中一直在一个班。见了面，周校伸出软绵绵的手，十分亲切地对他说，工程上的事，你和邝校谈就可以了，我相信邝校，我俩就是一个人。说着还对邝校笑笑。现在刘成这么一说，让张高美的心有点不踏实了，如果是真的，事情就麻烦了。要尽快地和邝校沟通一下，把事情落到实处。

张高美说：这个项目我都跟进了两年多了，至少也花了二十万。你们还好，应付一个周校就行了，我还得应酬教育局几个领导，哪头都不敢怠慢呐。张高美说的也不是真话，这个项目他才跟进了半年，花了两万多元。

刘成点到为止，适时地扭转话题：早上，我收到我的好友的一个微信，说的是咱们搞工程的。我看了，差点没哭出来。张总，我给你发过去。

张高美说：我还没设置微信呢。

刘成说：很简单，我帮你搞。

说着，刘成就拿过张高美的手机。在设置过程中，他把里面这两天的通话记录和短信都扫了一眼，记在心里。设置好微信，在新的朋友里，刘成先添加了自己，又进行了验证，便把那个搞工程的微信发了过去。

微信是这么写的：昨晚回家，一民警迎面巡逻而来，突然对一个年轻人大喊：站住！民警问：砼试块的尺寸是多少？年轻人答：150×150×150。民警问：C35P6是什么？年轻人答：砼的强度等级为35Mpa，抗渗等级为6级。民警松了一口气说：你可以走了。年轻人好奇地问民警：为什么问这样的问题？民警：半夜还在街上走，寒酸窘迫的样子，不是小偷就是搞工程的！

刘成的电话响了。是一个客户的电话。刘成出去接电话，顺手把门带上了，明显不愿意让张高美听到。张高美竖起耳朵，还是捕捉到了几个关键词：三灶，方案，尽快。

张高美来乐普公司的目的已经达到。他低头看脚上的新皮鞋，锃亮的健乐士会呼吸的商务男鞋，能照见墙上的格力空调和窗外的蓝天上的白云。他想找个合适的理由告辞。一双带着泥土的懒汉鞋挤进来，不知羞耻地停在张高美的健乐士商务男鞋前。张高美伸脚想把它踢开，就像踢到厕所的墙上。他朝它吐一口唾沫。

懒汉鞋的主人李春生摸着张高美的头：张总，你号称有天眼，你能看出我找刘总干啥？

张高美说：你能干啥？搅屎棒一个。

李春生哈哈大笑：可惜你张总吃过屎，我李春生到现在还不知道屎是啥滋味。

张高美骂李春生：你就是臭狗屎一堆。不，两堆，三堆，一堆狗屎代表不了你！

李春生说：我是啥无关紧要，关键是全珠海人民都知道你张总是吃屎的。

刘成忙打圆场：都是同行，没必要一见面就跟三国似的，我们完全可以成为水浒里的哥们。

刘成招呼李春生坐下喝茶。

张高美瞪了李春生一眼，拂袖而去。

李春生后面又送一句：张总，一路走好。

刘成拍拍李春生的肩膀：老弟，有点过了。

李春生说：一看见他，我就大小脑抽搐，脊髓痉挛。

出了乐普公司的门，张高美就不生气了。在李春生面前，他是胜利者，他把他秒杀了，他还蒙在鼓里。回到车上，他第一时间给阿朝打电话，说刘成要去三灶见一个客户，已经到了做方案的程度，马上给我搞搞清楚。

阿朝是张高美三姨的儿子，前年大学毕业来珠海投奔张高美，张高美让他隐瞒他们之间的亲戚关系，到乐普公司应聘做业务员，给自己当卧底。刘成业务的70%，张高美都能及时掌握。

阿朝在电话里顾左右而言他：对呀，我就打算这个星期天咱们一起带女朋友去翠亨孙中山的故居看看的。具体时间我安排一下，微信联系。

张高美知道阿朝身边有人，说话不方便。

一会儿，阿朝的短信过来了：我在唐家客户处。

张高美回到车里，给邝校打了个电话，邝校说正在开会，大概要一个钟头。张高美看看表，给邝校发个短信约好晚上一起吃饭。

饭桌上，邝校告诉张高美，乐普的图纸是周校让给的。

张高美问：周校咋就认识了刘成？

邝校讲：我问过周校。周校讲，乐普的人是一中的一个副校长介绍过去的，他也就是给那个副校长一个面子，冇其他意思。所以我也就冇讲给你听。

即使如此，张高美晚上也没睡好。在黑暗中，他闭着眼睛，一个劲地拨着佛珠，念着“南无阿弥陀佛”。金台寺的和尚说了，玛瑙是佛教七宝之一，是辟邪护身符，还赋有无量寿佛的信念，遇到难处拨一拨，念一念南无阿弥陀佛，就可以得到菩萨的加持，使自己得到智慧，可以纵横商场，天下无敌。

第二天，阿朝在微信里告诉张高美客户的详细资料。客户名称：珠海华旗注塑模具有限公司，是一家格力空调的配套厂家。厂址：南水；法定代表人：冯三管，安徽省亳州市人；工地负责人：郑通，冯老板的外甥，住在三灶世纪嘉园小区7号楼2单元17号；手机号：19192××××××；爱好：打高尔夫，沟女；软肋：女人，特别是皮肤白嫩的女人。

张高美立即把阿朝的微信转发给公司副总，让他马上去跟进，把客户给我抢过来。经商就这样，寸土必争，没有希望要争取希望，有百分之一的希望就要尽百分之二百的努力，否则，你将永无立锥之地。

三

张总，打扰你了。

张高美正在办公室按照邝校的要求，起草招标文件，琢磨着如何在设计方案中植入陷阱，李春生不敲门就闯进来了。

张高美条件反射似的，腾地站起来，血压嗖地飚升到一百九。你来干啥？声音都成了受惊的鸟叫。

李春生说：不要紧张嘛，没事就不能来坐坐？来看看你张总，不犯法吧？

张高美说：你？夜猫子进屋，能有啥好事。

好事不敢说，最起码不是坏事。

有话就说，有屁就放。

这还算是句人话。

痛快点。

李春生摘下墨镜，放到张高美办公桌上，顺手拿起桌上的五叶神烟，抽出一支扔给张高美，又抽出一支，自己点着，坐在椅子上，跷起二郎腿，悠闲地吸着，喷着烟圈。

一只苍蝇从门缝里飞进来，飞不出去，嗡嗡嗡，到处乱窜。张高美拿起一张《珠海特区报》，卷成筒状，扑过去打苍蝇。苍蝇吓得魂飞魄散，晕头转向，乱碰乱撞。张高美一边恶毒咒骂，一边穷追猛打：我叫你他妈的来找死！打死你个狗日的！他是把苍蝇当作李春生来打，经过十多个回合，终于把苍蝇打爆在窗玻璃上，黏糊糊四溅的五脏六腑把苍蝇倒挂着粘在玻璃上。

张高美扭头对李春生笑道：这叫前来找死。

李春生很尴尬地咧咧嘴。以李春生的性格，张高美如此露骨的侮辱，早就火冒三千丈了。可是来壹加壹洽谈黄杨中学太阳能投标合作是老板由前途的指示，他只能委屈自己，强颜笑笑，岔开张高美的话：张总，我来是想和你说说黄杨中学太阳能投标的事。

张高美重新回到办公桌前坐下：黄杨中学太阳能工程招标，你找我干吗？这是道士进庙，走错了门啦。

李春生说：我知道你把邝校搞掂了。这个标，我们天之源公司配合你们壹加壹。

张高美说：我自己还不知道我们壹加壹能不能中标。

李春生说：在珠海太阳能界混了这么多年了，我还不知道你？你要是心里没底，早就跑着找刘成，找王朝阳，找王高峰，找刘天利，找高富贵，找胡增，还会找我？看哪家公司有把握中标，配合配合，想方设法挣点茶水钱。

我看不起那点茶水钱。

你张总雁过拔毛，放个屁都想向过路人收费，还看不起茶水钱？

不和你浪费唾沫了，打开窗户说亮话，这次黄杨中学太阳能招标，我配合你，你给多少？

围棋盘里下象棋，和我有啥关系？

原因大家心知肚明，你张总把邝校搞掂了。

我有那个能耐？

蒙我。

值得吗？

李春生又吸了几口烟，说：放在前几天，你说你没有搞掂邝校，我相信，因为邝校也答应过我。你可能已经知道，我是通过邝校高中时的同学和邝校拉上关系的。他俩过去曾是铁哥们。我答应给邝校的同学10%的回扣，他负责把邝校搞掂。前天，邝校的同学给我来电话，说我把邝校给得罪了。我一头雾水。我说，黄杨中学的业务我全权交给了你，我和邝校连接触都不接触。邝校的同学说，邝校说你雇用了个烂仔跟踪他，整他的黑材料，给他身上泼脏水。我说没影子的事。邝校的同学说，那个烂仔都承认他是受你的指使搜集邝校腐败证据的，还说你已经预付了一万元的定金，事成之后，还要给他三万元辛苦费。张总，你说说，这是哪来的事，我李春生是这样的人吗？在珠海搞了这么多年太阳能，我何曾干过这号缺德事？

张高美看着眼前笼罩在烟雾中的李春生，装出很关心的样子：李总，你是不是得罪了什么人，人家报复你？

李春生说：我的为人你不是不知道，你说，我能得罪谁呢？

你开宝马，我坐巴士，你得罪了谁，我咋知道？

我昨晚想了一晚上，连我家的老鼠、蟑螂、蚊子、臭虫都想到了，就是没想明白是谁给我头上栽的赃。

这就奇怪了，我觉得你和谁也没有杀子夺妻之恨呀。

我也是这样想的。

会不会是刘成？

我第一个问的就是刘成，他说不是他。

王朝阳？

我第二个问的就是王朝阳，他也说绝对不是他。我知道，他说的是真话，他和他爸王家宝一样，都是老实人。我找他只不过是让自己更放心一些。

那就可能是李贵。

李贵我也找了，他不承认。不过大家都怀疑你。

笑话！我和市领导的关系，我和钟局长的关系，我和邝校的关系，就凭这么多层铁硬的关系，拿下黄杨中学太阳能工程，对我来说，就是分分秒秒喝杯咖啡的事，我还用得着去陷害栽赃别人？忽悠吧，你就不怕全世界的人都笑死？

我也是这么想的，张总屁眼里咋能拉出狗屎？

你立马给我滚出去，你这是侮辱我的人格！

张总，你想歪了，我这个人你不是不知道，是直肠子。我要是怀疑你，会敲锣打鼓找你算账的，就像上次那样，给你吃屎。

你妈的，以后少提这事。

好好好，以后不提，以后不提，绝对不提。我是说，我要是怀疑你在背地里害我，我就会想方设法去报复你，不会今天上门和你张总谈配合。你说，是不是这个理？

张高美靠在老板椅子上，看着窗外，故意出着十分愤怒的粗气，心里却笑得眼泪都在快活地飞。现在，在一米八九的李春生面前，一米五九的张高美是绝对的胜利者。快活是胜利者的专利。

办公室静下来，能听见海浪拍岸的涛声。刚才还蓝瓦瓦的天上，汹涌地奔跑过来一堆乌云，两分钟不到，整个前山地区，包括暨南大学后面的板障山都被乌云淹没了。紧跟着乌云的是呼啸的狂风，把大街上的芒果树吹得东倒西歪。小广告从地上腾起，在空中飞舞，像天女散花。天一下子黑得严严实实，白天变成了夜晚，路灯全亮了起来。

张高美起身打开灯光，站到临街的窗前看风景。

李春生也跟了过去。

天空布满了蜘蛛网一样的红色闪电，一道一道，密密麻麻，把乌云染得红彤彤的，像朝霞，像火烧云。整个珠海也被染红了。街上的车流也是红彤彤的，像披着霞光。

李春生说：啊，云兴霞蔚，色彩绚丽，比在海边看日出还美。

张高美说：怕是要有一场暴雨啦。

老天爷故意和张高美开玩笑，他的话音刚落，东边的天空就唰地裂开一个大口子，露出一片多边形的蓝天。蓝天迅速扩大，两分钟不到，整个前山地区，包括暨南大学后面的板障山又沐浴在明媚的阳光下。

嘁！李春生斜视了张高美一眼，看来你的天眼精确度不够。

张高美好像没听见，脸上平静如水，没有一丝涟漪。

两个人又回到原来的座位上。

张高美不再看李春生，就当办公室里没有这个人，他手里急速地拨动着玛瑙佛珠，嘴唇微微动着。天上的乌云跑到了张高美的心里，沉甸甸的。他还没搞清楚李春生今天来的真实目的，也可能真的是想配合壹加壹投标，也有可能是来刺探情报的。不过情报对李春生来说已经失去了意义，会不会是刘成这个老狐狸派他来的？商场险恶，处处陷阱，不得不防啊。李春生在办公室待得越久对自己越不利，就像自己去同行办公室聊天一样，每一次都是有目的去的，把目的揣在怀里，把对对方的尊重贴在脸上，把朋友的情谊挂在嘴上，眼睛搜罗情报，耳朵捕捉信息，基本上次次都有收获。

拿定了主意，张高美扬扬手，对李春生说：你走吧，我不想看见你。

李春生没想到张高美这么快就让自己走，他愣了，坐着没动：黄杨中学投标不让我们配合了？

张高美眼珠子一翻：咱们是风马牛不相及。

李春生慢慢站起来，语调像刚从冰柜里拿出来似的：张总，水泼出去容易，收回去就难了。

你以为你李春生尿出来的是茅台？我是个子有问题，你是脑子有问题。

嘴巴上积点德吧。

向你学习。

你要是现在同意我公司配合，给三万茶水钱，还来得及。

我不给呢？

我这个人没多大本事，就是成事不足，败事有余。我会用一切手段阻止壹加壹公司中标的。我会用更残忍的手段来回报你。这点我做得出来。

这是威胁吗？

忠告。

有这样的忠告吗？

要是这点面子都不给，别怪我给你添乱。

四

珠海这几天日日落雨。一会儿风跑过，一会儿云驰过，一会儿电闪过，一会儿雷滚过，像没完没了的交响乐。壹加壹的业务员在办公室直叫苦，还不得不夹着文件跑去用热脸去贴客户的冷屁股。要不然，宅在办公室的老板突然间醒悟过来，会把他们骂成一堆垃圾。

张高美闭着眼睛，靠着老板椅，头上永远是戴着七彩斑斓的耳机，耳机里是流行歌曲。他的手下意识地抚摸着桌上的卡通水杯，人在流行歌曲里，心却不在流行歌曲上。

早餐还在桌子上放着，文员阿虹催过他三次了。

他没有胃口。

他的胃处于睡眠状态。

他的脑袋里脑细胞在上下翻飞，高速奔跑。

他还在思谋黄杨中学太阳能工程项目。他把所有的竞争对手放幻灯片一样过了一遍又一遍。面对每一个招标项目他都是这样，投一次标就像是坐了一次监狱，脱一层皮，掉几斤肉，死几亿个脑细胞，还伴有头晕、耳鸣、恶心、呕吐、乏力、视物模糊以及心悸、失眠、烦躁、注意力不集中、思维力低下等症状。他曾和文员阿虹开玩笑说，我投一次标，比你们女人生孩子都艰难。

就目前的状况来看，黄扬中学这个太阳能项目，张高美还是蛮有把握的。过去有优势的几家外地公司，像东莞的五星太阳能啦，深圳的鹏桑普太阳能啦，嘉普通太阳能啦，中山的红日太阳能啦，广州的天明太阳能啦，北京的四优普太阳能啦，经过这几年珠海本地多家太阳能工程公司的运作，已经失去主角的位置，只配敲敲边鼓。珠海本地的张高美、刘成、由前途、刘天利、王朝阳、王高峰等几家太阳能公司，充分利用地理优势、人脉优势、时间优势，成为珠海太阳能行业大佬。像黄杨中学这么大的太阳能工程规模，张高美已大致想好了，扔给外地的几家太阳能公司每家一两万好处费，就能让他们像宠物狗一样听话。关键是要摆平珠海几家大佬。李春生已经让他秒杀了，现在最难缠的就是刘成。如何摆平刘成，这些年，没少浪费张高美的脑细胞。去年在珠海三中太阳能工程项目上，张高美就对刘成使用过手段。他雇了一个小靓仔勾引刘成的老婆，然后又利用天眼无意间发现了刘成老婆的奸情，和刘成一起去捉奸，想以此来造成他后院起火，烧得他昏天黑地，焦头烂额，顾不上投标的事。谁想，刘成早就想甩掉家里的黄脸婆，张高美给刘成制造了一个解脱的借口。刘成不但没有惩罚勾引他老婆的小靓仔，还大度地动员小靓仔立即娶了他老婆。刘成现在的夫人是以前充当小三的电视台节目主持人阿倩。

窗外的雨不知何时停了，阳光透过云层，投入张高美的办公室，在地面和墙上画出几块不规则的几何图形。当地面和墙上的几何图形渐渐消失，最终由马路上的路灯代替时，张高美一个新的大胆的计划形成了。他兴奋得腾地跳起来，对着空中挥动拳头，大叫几声：耶！又不忘表扬自己：张高美，你真是个天才！

不过，张高美清楚，他这一招现在不能用，一定要留到招标文件发出后再用。从招标文件发出到开标一般二十天的时间，招标文件发出后的第七八天使用这一招最合适。那时的刘成只能是惶恐滩头说惶恐，零丁洋里叹零丁了。

高招！高招！不愧是张高美，聪明！天才！张高美又大声赞美自己。

文员阿虹还在外面办公室，老板不下班她不敢走。

张高美全身鲜花，一脸朝霞。他对阿虹一挥手：走，宵夜去！

在五月花饭店吃得津津有味，张高美的手又忍不住摸起了阿虹的大腿：今晚，咱们一起跑五百米。跑五百米是他俩做爱的专用语。

阿虹说：前几天我心情不好，想让你陪陪我，你说你怕给老婆交不了差。今天就不怕了？

张高美说：我老婆来了大姨妈，暂停营业。

阿虹嗔怪道：你好坏，我成了你二十四小时营业的便利店。

张高美说：难道你还想升格为百货商场？

喊，阿虹娇滴滴地搡了张高美一把，轻轻低唱，你永远不懂我伤悲，像永恒燃烧的太阳不懂那月亮的盈缺；你永远不懂我伤悲，像白天不懂夜的黑，不懂那星星为何会坠跌……

两个人亲亲热热渐入佳境，手机不合时宜地响了。

张高美顺手接起，没好气地问：谁？

对方回答：我是谁不重要，关键是我知道你一肚子狼心狗肺。你又要干缺德的事，我会给你记住这笔账的。人在地上做事，神在天上监察。

你是谁？

你不是有天眼吗？

我是在老虎嘴里长大的。

我有必要吓唬你。

张高美站起来。

对方说：坐下。

张高美判断对方就在附近，扭头四下里察看。

对方说：我能看见你，你看不见我，我是神，你是鬼。

张高美吼道：有本事你露出真相来！

对方说：我是神，我出来你也看不见。说着，嘟嘟嘟，电话那边传出忙音。

张高美翻看来电显示：18607××××××。还是前几天打过电话的号码，声音也是那个有点熟悉，沙哑、雄浑、带点三千年的沧桑，却想不起来是谁。

张高美脊梁上流下一道冷汗，想和阿虹共度良宵的打算也让给浇没了。他本能地拉长脖子，又惊恐地四下里看看。没发现半个可疑对象。

张高美把18607××××××这个手机号码拉入黑名单。

108粒玛瑙佛珠在手里不停地拨动着。

浑身燥热，春心盎然，期待着老板下一步熊熊燃烧的阿虹，拧着眉毛，看着张高美，不知道他接了一个什么电话，一下子就从夏天掉到了冬天。

五

张高美把精心设计的招标文件通过邮箱发给了邝校，邝校又原封不动地转发给招标公司。招标公司收取了甲方的钱，就要听甲方的话，他们把邝校发过来的投标细则和项目需求一览表及技术规格一字不动地放在招标文件的模板里，稍做了一些文字上的润色。

买回招标文件，张高美首先翻看评标细则，又翻看投标邀请函、投标资料表、项目需求一览表及技术规格。看完，一颗咚咚乱跳的心才稳当当地坐回到了肚子里。他长出了一口气，享受地拨动玛瑙佛珠。招标文件完全按照他张高美设计的方案和评标细则做的。

接下来的几天，张高美除了以请邝校吃饭放松的名义控制邝校，尽量不给邝校留下和其他太阳能同行接触的空闲外，还抓紧时间给购买了标书的公司打电话，试探对方的态度，以便最终摊牌，以最低的价码让对方配合自己。到了第五天，张高美就把外地购买了招标文件的几家公司全部安抚好了。

第六天，6月29日，张高美用了一天的时间，拜访了珠海的同行们。

他先找了刘天利、王朝阳，很快达成谅解，对方同意接收张高美开出的一万元的茶水钱配合费。接下来他又找到他以前的老板王高峰。进门前他在肚子里拟定了一套艰难的谈判方案，没想到王高峰根本就没打算讨价还价，这让他有点意外。王高峰笑着说，近来学得乌龟法，该缩头时且缩头。

在乐普公司因刘成要价太高，当天没有达成意向。

刘成说：离投标的日子还早，张总你认真考虑考虑。

张高美说：你想想投标的公司有二十多家，每家三万，我就要出去六十多万。要不，你们乐普公司中标，你给我十万，我给你拉标？

刘成说：张总，真的，不骗你，我们真的在周校身上花了近十万。你总不能叫我打不成狼连本钱都搭进去吧？

张高美脸上摊出一堆无奈相，心里却是喜鹊叫喳喳，今天让你先和我讨价还价，后面看我咋让你变成一条搁浅的鲸鱼。

看着不打算让步的张高美，刘成并不着急。他胸有成竹，但将冷眼看螃蟹，看你横行到几时。

和天之源老板由前途谈时，由前途说，我公司的业务由我们李总全面负责。张高美完全可以不见李春生，但现在秒杀天之源的事还不能暴露，他还不得不面对李春生。李春生的眼睛瞪得像要吃张高美：低于五万，我没办法向股东交代。

张高美仰着头，对高出自己一头的李春生说：李总，你还是好好考虑考虑再回答我，谁都想一口吃成个大胖子。

李春生说：我喝凉水都长膘，谁像你，全长了鬼心眼。

死猪胖子！

胖是一时的事，矮是一辈子的事！

懒得和你闲扯淡。

不和我闲扯淡，你就不能踏踏实实中标，今天你不答应我，明天你还得找我。你不找我，我就给你捣乱，让你中不了标，让你在邝校身上花的钱打水漂。

张高美用容我好好想想再给你回答应付李春生。

张高美清楚，摆平刘成才是他的头等大事。

第七天，6月30日晚上，张高美请在公安局工作的老乡一起在新海利饭店吃饭，请求老乡无论如何都要帮忙，还恰到好处地递上早就准备好的两万元钱，说帮忙的兄弟们很辛苦的。吃完饭，张高美和公安局的老乡又洗了个桑拿，回到家已是凌晨两点。

第九天，也就是7月2日，下午三点钟，张高美按计划来到乐普太阳能公司。

刘成笑呵呵地接待张高美，他明白张高美比自己着急。这些天，刘成认真地研究了招标文件，特别是评标细则和项目需求一览表及技术规格。他每个字都咬嚼、玩味、揣摩，他已经有了自己的对策。他想，最终张高美一定会给十万的配合费的，傻子也能掂出孰轻孰重。

张高美和刘成海阔天空地闲聊，等待着请刘成吃饭机会的到来。

不一会儿，刘成的手机果然响了。电话里，刘成在电视台当节目主持人的老婆告诉老公，晚上台里领导安排了个应酬活动，不回家吃饭了。一听是台领导安排的应酬，刘成一脸醋意。

刘成强忍着，心平气和地问阿倩：几时回家？我去哪里接你？

阿倩说：不用接了，我自己回家。

张高美对一脸恼怒的刘成说：晚上我在白藤湖的益利酒店有个饭局，全是野味。你老婆不在家，正好一起去吧。

刘成心存戒心：都有谁？

张高美回答：全是熟人，见了面就知道了。当然，今天晚上如果想报复老婆的话，吃完饭咱们再去银湖桑拿中心沟女。我请客。

话音刚落，张高美的手机又响了，是个座机号码，不熟悉。张高美接起来，对方说我看见你又在干缺德事。

还是那个有点熟悉，沙哑、雄浑、带点三千年的沧桑的声音。

在刘成面前，张高美不得不打哈哈：咱们是老朋友了，有啥事需要我出力的，言一声，兄弟没二话。

对方说：我要你的脑袋，你舍得吗？

张高美对刘成笑笑，对电话里的人说：小事一桩。

对方说：到时候你会哭不出调来的。

张高美说：咱们弟兄俩，不分你我。就这，我先联系着，联系好后通知你。

刘成问：谁的电话？

张高美说：一个老乡，孩子上高中，想转到黄杨中学去，让我帮帮忙。

在去白藤湖的路上，张高美一直在想那个电话，有点熟悉的、沙哑的、雄浑的、带点三千年的沧桑的声音，从他认识的人里面怎么也搜索不出来。有一点张高美是断定的，对方肯定是行内人，这年代，没有根本的利害冲突，谁干这号事！可行内会是谁呢？由于喜好音乐，他对音色特别敏感，啥声音一过他的耳朵，千年万年都能回想起来。张高美头都想成了海边的礁石，但还是没解。

他的手不由自主地伸向玛瑙佛珠，赶紧拨动几下，念几句阿弥陀佛。

到白藤湖的益利酒店，刘成才知道来的全是太阳能行业的人。

刘成笑着对张高美说：看来，今天这顿饭是好吃难消化。

张高美回答：大家聚一聚，高兴高兴而已。

刘成问：和黄杨中学投标的事有关吧？

张高美一笑：你想多了。

李春生在一旁说：有钱道真语，无钱语不真。

张高美搡了李春生一把：又没人把你当哑巴。

天明太阳能公司珠海办事处主任高富贵笑着打圆场：我的观点是，只要有好饭吃，管他东南西北风。

红日太阳能公司珠海办事处主任曾绍开说：天下没有免费的晚餐，凡事都有代价。

五星太阳能珠海办事处主任胡增说：只要值这个代价值，该付就要付。

高富贵说：我们天明公司和张老板是合作伙伴，只要张老板给的茶水钱合适，我就听张总的。

刘成对张高美说：咱们是吃饭归吃饭，业务归业务，两码事。别以为我吃了你的嘴会软。

刘成在王朝阳身边的位子上坐下，寒暄着。

菜品很快就上来了，穿山甲、鳄鱼、蛇、水鸭、野猪、雀鸟，全是野味。

在喝酒的问题上大家起了争执，五星太阳能珠海办事处主任胡增自己开车来的，坚持不喝酒，说是最近酒驾查得太严了，小心为上。

刘成是从办公室亲自驾车来的，马上响应。

高富贵是个酒鬼，一天三顿饭，顿顿离不开酒，他早有准备，叫了司机。他从服务员手中要过分酒器，强行给胡增、刘成、李贵每个人倒上一杯。

张高美暗自庆幸，今晚叫上高富贵算是叫对了。原来高富贵今晚另有应酬，是张高美磨破嘴皮子，把他捧到了天上，才请来的。请他的目的就是想叫他逼着在座的各位全部喝酒。张高美的手不由得伸向玛瑙佛珠，拨了几下，念了几句南无阿弥陀佛。

刘成捂住酒杯，不让倒酒。

高富贵故意拉下了脸，强拉硬扯，把酒杯倒满了：遇饮酒时须饮酒，得高歌处且高歌。今朝有酒今朝醉，明日愁来明日忧。

刘成经常找高富贵配合做业务，在这么多太阳能同行面前，他最终不得不给高富贵一个面子，但提前声明道：我自己开车，本不应当喝酒，但是富贵老兄叫我喝，我就喝，这是面子的问题。不过，在此声明，今晚仅此一杯，请各位老板海涵。

在张高美的提议下，高富贵给晚宴剪彩。别人花钱请客，自己当主角，高富贵当仁不让，马上登台表演。说是按照珠海的规矩，大家一起先连干三杯，三杯之后，再自由发挥。

刘成面露难色。

高富贵利用喝酒的机会，凑到刘成耳边说：干了第一杯，第二杯你不能换成矿泉水？

喝完三杯，高富贵开始打关，接着是张高美，再接着是王朝阳。张高美敬酒敬到刘成跟前说：刘老板喝的好像不是酒吧？

刘成说：这些日子查酒驾查得很严。

张高美说：我也是开车来的，我才不管它呢。再说哪有那么巧的事，正好就查住了咱。

刘成说：没必要惹那个麻烦。

张高美也就不再勉强刘成了。

包间的门开了，进来三个人，高富贵认出是公安局的弟兄。

他们过来敬酒。张高美的老乡也在里面。

张高美的老乡敬酒时，坚持让刘成先清空酒杯，然后亲自倒酒，边倒边说感情深一口闷。

在公安干警面前，刘成不得不老老实实地喝白酒。

不知不觉四瓶白酒见底。

张高美喝到了桌子底下。

高富贵问刘成：没喝多吧？

刘成的舌头已经麻木了，人像吃了摇头丸。

高富贵笑了：平时咱俩喝酒，你一斤都没问题，今天我看你最多就喝了半斤不到，这还叫喝酒？

刘成说：他妈的，电视台……

高富贵明白了刘成醉酒的原因。

高富贵把张高美从桌子底下拖出来。

张高美又一头杵在了餐桌上。

高富贵扭转张高美的脸，拍了几下，喊张高美买单。见张高美还是懵懵懂懂的，便向服务员要了一瓶冰水，打开，浇到张高美头上。

张高美大着舌头说：我头……大……了，你……们先走，我随后……又一头杵在了餐桌上。

高富贵笑着骂道：就这！一扬手，丢下张高美不管了。

包间里剩下服务员在清扫。张高美爬起来，用餐桌布三下五除二地擦擦一头滴滴答答的水，又给头发上加抹一层厚厚的护发素，又给脸上涂一层美白防晒霜，又戴上七彩斑斓的耳机，刚打开手机音乐，又马上关了。他激动地拨着108粒玛瑙佛珠，念着“南无阿弥陀佛"，死死盯着手机。

服务员好奇地看着他，刚才还醉得一塌糊涂，不省人事，怎么一眨眼就明明白白，精神抖擞了呢？他吃的是什么解酒药，见效这么快。

过了十三分钟，手机响了。张高美整个人扑到了手机上。电话里说了两个字：搞掂。

张高美一蹦三丈高，头差点碰到吊灯上，掀起的飓风把服务员推搡出一米多远，吓得服务员啊啊叫妈，以为他在撒酒疯。

张高美连蹦带跳地窜出了包间。

回市区的路上，张高美给阿虹打电话，约阿虹一起去跑五百米，然后说：我的天眼告诉我，乐普死定了！

阿虹惊叫：哇！老板，你好好厉害呀！

六

从益利酒店出来，刘成站在奥迪车旁，看着手里的遥控钥匙，他摇摇沉重的头，犹豫着是开车回家，还是挤别人的车回家？还是打的？晚风带着白天的余温徐徐吹着，空气里飘荡着海浪、鲜花、树木、青草混合的醇香。天上有一个小月牙和一群星星，白藤湖里也有一个小月牙和一群星星；天上的小月牙和星星在天空游荡着，很舒适的样子，白藤湖面上的小月牙和星星，随着波浪晃动着，陶醉着。远处工地打桩机的声音中传来几声狗叫。吃饱肚子躲藏在草丛中、水中的青蛙，呱呱呱地吟唱着千年不改的旋律。反应总是愚笨迟钝的知了没感觉到夜晚已经凉爽，还在拼命地叫唤热热热……

高富贵在叫：刘总，你走不走？不走我先走了。

李春生也在叫：刘总，你是不是喝醉了？不行坐我的车，我送你回家。

刘成回答：今天才喝了几两！上次咱俩喝酒，不是我吹牛，这……这一大瓶……我一口就干完，也没醉……

刘成一边说着，一边按下遥控，就钻进汽车跟着前面的车，出了白藤湖。

上了大路，开出五百米，刘成有些后悔了。他几次想调头回去，把车扔在停车场，明天再打发人来开，可又怕前面后面太阳能的同行们笑话他，小看他，最终还是打消了念头。他掏出一支香烟往嘴里送，送了三次才衔住，拿出打火机，打了几下没打着，才发现打火机拿反了。

路灯在跑，天上的小月牙和星星也在跑。刘成发现右前方的红旗镇的楼房也在跑，但是楼房们没他跑得快，他很快就追上了红旗镇的楼房们，并超过了它们。

拐上珠海大道，刘成就看见白藤头巴士站前面有公安设路障进行车辆检查，他心一惊，手一抖，汽车就扭起了秧歌。他想调头往三灶方向走，可已经来不及了，他的车已经进入警察的视线，只好心存侥幸，希望可恶的警察手中可恶的停车牌举不到自己眼鼻子前。他叼着烟，屏住呼吸，尽力把紧方向盘，让轿车走直线。

可刘成是不幸的。高富贵、王高峰、李春生、曾绍开的车都顺利地通过，驶上了珠海大桥，他的车却被白底红字，还带着圆圈一个大大的“停”字牌给拦住了。

刘成把车停在交警指定的路边。不下车。他给老婆打电话。老婆和电视台领导的关系很铁，希望老婆或台领导能帮帮他。老婆手机却关机，他狠狠地砸几下方向盘。

他想了想，又给台领导打电话，台领导也关机。

交警平静地说：你给谁打电话都没用，我们执勤前手机全部上交。

刘成无可奈何地下了车，把烟扔到地上，对准酒精含量探测器的进气孔吹气，蜂鸣器报警，红灯闪烁，探测器显示呼气酒精含量90mg/100ml。按照酒驾国标，刘成被记十二分，罚两千元，暂扣驾驶证六个月，拘留十五天。

乐普的副总经理王三宝陪同刘成老婆阿倩去拘留所看刘成。

刘成说：他妈的，肯定是张高美设的套。

刘成让王三宝要不惜一切代价，阻止张高美中标。

刘成说：你可以去找一下邵大火。我只要结果，不问手段。我相信你能把事情办好。

王三宝郑重地点点头。

王三宝和邵大火见面离黄杨中学太阳能项目投标日期只剩下五天时间。王三宝把意图向邵大火说明，邵大火要十万元的操作费用。王三宝说太高了，我打电话咨询过秦火火、立二拆四、中条英雄、珠江豪气、水漫金山、神枪手，他们都没有你这么要价的。我找你，主要是考虑咱们都在珠海混，三天两头见面，交给你办我放心，你不会准备金盆洗手，就干最后这一单买卖吧？再说了，咱们没有合作过，对你们的能力，我心里没数。

邵大火说：这个你大可不必担心，你也知道我们网络炒作主要是忽悠网民。

王三宝问：网民就那么好忽悠？

邵大火说：这主要是现实世界的信息不公开、不透明，造成了不对称。对突发事件，政府部门经常反应迟缓，对事实真相捂着、盖着、藏着，把网民逼进了网络谣言的陷阱，所以网民才容易被忽悠。

邵大火耐心地给王三宝讲：我们网站和百度、天涯论坛、猫扑、搜狐、网易、腾讯、新浪、优酷、土豆等知名网站都有业务合作。我们可以按照客户要求完成发帖和跟帖炒作，我们有一千多名枪手分布在全国三十一个省市，拥有四百二十八个大V，粉丝累计达二点二亿！你想想，有这么大势力的，全国有几家？不是我吹嘘，你说的秦火火、立二拆四、中条英雄、珠江豪气，没法和我们相提并论。要做好这么多的工作，每天都要上万的费用，再说了，你也知道，现在什么都在涨价，发一个帖子要奖励五毛钱，网络水军们都是“五毛党”。

看在咱们都是珠海人，抬头不见低头见，以后还有合作，就五万成交吧。

我要组织策划制作，不容易的啦。你还要在三天内就要见效，就九万块钱，不多的啦。

两个人经过一番讨价还价，最后各让一步，八万元成交。

为了抢速度，赶在投标前产生效果，王三宝当面预付四万元订金。

王三宝付钱的时候，张高美也在付钱，只是收钱的对象不一样。王三宝收钱的对象是邵大火，张高美收钱的对象是莲花步行街的商店老板。把刘成送进拘留所，黄杨中学太阳能投标最大的障碍得以清除，张高美的心掉进了春水里，脚下仿佛踩着幸福的祥云。他原打算让阿虹陪着去爬凤凰山，钻进那深山野林，登上那高山之巅，迎着那咸咸海风，呼吸那大山气息，彻底地放飞心情，感受一览众山小的壮观。老婆却非要逛莲花步行街，好在他心情好，也就答应了。沿途的迎宾大道风景如画，每天经过这里的他从没有感到两边的景观树是那么挺拔苍翠，满眼的鲜花是那么娇艳欲滴。

进了莲花步行街，张高美就成了个拖油瓶。珠海的靓女们受港澳流行的影响，什么季节配什么样的服饰，什么季节涂抹什么样的面膜，什么场合着什么样的装，从不含糊。莲花步行街有几百家商店，全是为女人们准备的，汇集了欧美、日韩、港澳台最流行最时髦的服装、服饰。从拱北口岸广场进，逛完最后一家商店，从粤海东路出，张高美的老婆能从上午商店开门逛到晚上商店打烊，中间不喝一口水，不吃一口饭，也不叫一声累，自始至终精神百倍，斗志昂扬，让张高美佩服得五体投地。男人最恐怖最痛苦的事情是陪老婆逛商店，张高美也不例外。陪老婆逛商店，你必须做好充分的思想准备，你要有成熟男人潇洒的挥霍风度和天长地久的耐心，还要有拖不垮打不烂的强悍体魄。张高美爱动脑子，陪老婆逛商店一次就学会了自娱自乐。老婆看商店的时尚服装、服饰，他看街上流动的各色靓女。老婆看服装、服饰要花钱，他看时尚靓女却是免费的，而且是脸蛋屁股随便看，真正的饕餮盛宴。现在的靓女们穿着是千奇百怪，五花八门。以前的衣服是内短外长，现在是内长外短；以前穿裙装，雾里看花，若隐若现，现在门户大开，只剩三点，一目了然；以前流行穿牛仔，露出肚脐眼，现在流行把白嫩嫩的股沟露出来，让男人贪婪的目光从那里随意进出。

七

你还来找我做什么？你不想活，我还不想死！给我滚出去！

张高美一进邝校办公室，邝校就咆哮起来。

把事情搞成这个样子，你还有脸来见我？认识你我倒了八辈子霉，滚远远的！

邝校看看张高美愣在那里没动，更是拍着屁股跳着脚咆哮起来：你不滚，我滚！

一胳膊把张高美拨拉到一边，像一股风刮下楼去。

张高美靠在门后的墙上，木在那里，面如死灰，目光像拍在沙滩上的死鱼眼。

完了，一切全完了。

泪水在他脸上纵横。

总务主任来找邝校，找不见邝校，一脸惆怅：刚才还在嘛，怎么一扭头就不见人了？回头看见张高美站在那里发呆，便走近了，低下头，凑到张高美脸前，两只眼睛从眼镜上方对着张高美，上上下下打量了一圈，最后手指颤抖地点着张高美的鼻子说：还真是你，你还敢来学校找邝校。玩完啦！老实对你讲，今日一早，市委书记就发火了，后果好严重。教育局局长也发火啦，要求严查。教育局纪检的人已经找邝校谈话了。周校已经不让邝校负责那个项目啦。你是珠海市的大名人，市委书记知道你，局长知道你，全天下的人都知道你，你赶紧滚吧，能滚多远就滚多远，大家躲你还躲不及哩。黄杨中学不欢迎你！

张高美浑身发冷，不住地颤抖，像一棵横遭台风蹂躏的小树。他不知道自己是怎么离开邝校办公室的。他忘了自己的别克轿车还停在黄杨中学的停车场。等他有意识的时候，已经来到金台寺。他翻着白眼，看见了慈眉善目大慈大悲功德无量佛法无边普度众生的菩萨，看见了六字大明咒，两腿一软，瘫在地上。听方丈说，六字大明咒象征一切诸佛菩萨的慈悲与加持，内涵丰富，奥秘无穷，蕴藏着宇宙的大能力，大智慧，此真言着于身，触于手，皆得逢凶化吉，遇难呈祥。张高美拼命地向菩萨爬去，向大明咒爬去。南无阿弥陀佛！

昨天晚上十二点，邝校接到总务主任的电话，打开电脑一看，头轰地爆炸了。他第一反应是给张高美打电话，质问张高美这是怎么回事。张高美却手机关机。

今天凌晨两点，王三宝接到邵大火的电话，邵大火告诉他不到五个小时，点击转发量就突破了五万，争取早上八点上班能进军十万。

王三宝抑制不住内心的激动，马上向老板娘汇报。

阿虹早上七点半在路边小摊上打包了一个肠粉，边走边吃。接到一个电话，脸立马和A4纸一样苍白。她扔掉没吃完的肠粉，拼命地往公司跑，打开电脑，输入黄杨中学太阳能工程几个字，百度一下，果如电话里所言，黄杨中学太阳能工程事件已经上了百度风云榜上的热点事件：排名第五名，搜索次数十一万八千八百二十九次。阿虹给老板打电话，老板没开机。平时老板是二十四小时开机的。老板被抓啦！这是阿虹的第一反应。她马上从网上关于黄杨中学太阳能工程最新相关信息中寻找，百姓幸福生活吧—百度贴吧—天涯论坛—猫扑社区—搜狐—网易—腾讯—新浪—优酷新闻短说：黄杨中学太阳能工程行贿人张高美被抓。

张高美昨晚和王朝阳最后敲定了陪标配合费。谈好后，王朝阳就逼着张高美先付了一半配合费。付费后，张高美心里不平衡，要王朝阳请他去桑拿。凌晨三点两个人才离开海湾大酒店的休闲健康服务中心。回到家，张高美发现手机没电了。

张高美是上午十点半睡醒的，打开手机，几十个未接电话。他看到有邝校的未接电话，在第一时间就往回打。邝校冇接。张高美连打了三个，冇接，又发了个信息，也不回。正在这时候，阿虹的电话打进来，把网上的不幸消息告诉了他。张高美不相信，便打开电脑百度了一下：

太超前了！珠海黄杨中学太阳能工程未投标，已确定壹加壹太阳能工程有限公司中标

请看黄杨中学学生公寓太阳能中央热水系统工程投标内幕

张高美证实已经搞掂招标公司和五位评委，招标公司十万，五位评委每人三万

壹加壹董事长向黄杨中学邝×副校长行贿五十万元数额曝光

黄杨中学邝×副校长曾接受张高美性贿赂

爆料人称手上掌握有大量黄杨中学邝×副校长和张高美权钱交易证据

原创：黄杨中学邝×副校长承认六次接受贿赂，两次与张高美有关

珠海接受张高美性贿赂校长被免职 爆料人今赴纪委详谈

官方确定黄杨中学邝副校长不雅视频非PS（图）

爆料人：愿提供黄杨中学某副校长受贿视频证据

黄杨中学邝副校长回应称网传不雅视频造假，称要用法律手段讨回清白

网传不雅视频是造假，黄杨中学受贿副校长不姓邝，姓赵

教育局首度回应：黄杨中学邝副校长受贿事件，会尽快查清事情真相，给社会一个交代

教育局纪委回应：黄杨中学副校长邝×已被停职

张高美被抓照片曝光（图）

黄杨中学邝副校长和张高美共用一个情妇

黄杨中学邝副校长太太在市委工作，今早收一封特快专递，打开一看，是一张老公和两个靓女的裸照

各种传闻像2004年12月26日爆发的印度洋大海啸一样铺天盖地而来。张高美被席卷到了惊涛骇浪之中，无力挣扎，唯有等死。

与此同时，珠海太阳能行业的人都收到了一条短信或微信，四个字：喜大普奔！这是一条网络用语，是喜闻乐见、大快人心、普天同庆、奔走相告的缩写，表示一件让大家欢乐的事情，大家要分享出去，相互告知。在网友的使用中，也含有幸灾乐祸的性质。

八

拘留所提供的标准餐一天十元钱，被拘留人员有银行账户，家人可以往账户里存钱。给老公存了两万元，刘成可以在里面订餐，吃一些别的拘留者吃不到的饼干、方便面、火腿肠、鸡蛋之类。从看守人员那里得到王三宝传进来的网络公司和水军把壹加壹太阳能公司干得是丢盔弃甲的消息，市委书记发了火，教育局长发了火，邝校被停职，张高美一败涂地，成了过街老鼠，人人喊打，心情压抑得快要爆炸的刘成长长出了三口气，铁青的脸有了血色。他一下子订了一万元的饼干、方便面、火腿肠、鸡蛋之类，请监友们尽情分享。

那天晚上，困意迟迟不来，刘成只好闭目养神。也不知过了多长时间，刘成做了一个梦，梦见黄杨中学太阳能工程项目开标了，他的乐普太阳能公司以总分九十八分的最高分中标了。张高美的壹加壹太阳能公司以四十五点四四分的最低分，名列所有投标人的最后一名。张高美大声指责刘成搞鬼，开着一辆大型机器人玩具车朝他冲过来。

刘成惊醒了，再也没有睡着。

第二天，黄杨中学学生公寓太阳能中央热水系统工程项目开标。晚上七点半，王三宝托人把结果传给刘成。综合评审的结果，价格最低的天之源公司中标。天明太阳能公司第二名，乐普公司得了个第四，彻底没戏。如果是第二名的话，身在拘留所的刘成也会鸡蛋里面挑骨头，磨道上面找驴蹄印，用想象出来的问题，用猜测出来的问题，用八字没有一撇的问题，用无中生有的问题，再采用投诉的办法，多方试探，看有没有把第一名推翻的可能性。

王三宝传话说，宣布投标结果，大家有真心地，有虚情假意地向李春生表示祝贺。当张高美向李春生祝贺时，李春生死死握着张高美的手调侃道，作为失败的典范，你实在是太成功了！气得张高美浑身发抖，回敬道，你去申请个吉尼斯世界纪录，世界最贱的纪录，我保证你能入选！

王三宝还让人转告刘成一个消息，投标前一天，教育局局长在听取汇报时都发火了。局长手指苍天，要求评标一定要公开、公平、公正，说人在做，天在看呢。还说，一定要让最低价者中标，只有这样做，才安全，才保险。还听说，招标公司的人不同意最低价中标的方法，说招标文件上写明是综合评分法，最低价中标，和招标文件不相符。教育局局长说，什么鸟文件，老子见多了。招标文件是人起草的，人起草的人就能改，王字正写反写还不都是个王？

出了拘留所，刘成在家休息了几天，就找王高峰，找由前途，找刘天利，找李春生，找王朝阳，找高富贵，找曾绍开和胡增，详细了解那天晚上在白藤湖吃饭前前后后的枝叶末节，最后找到张高美讨要说法。张高美指天发咒，一切全是意外。还说，如果是壹加壹中了标，你怀疑我，我无话可说，因为我是最大受益人。问题是搞倒你，我又冇受益，我冇理由搞你！

张高美仰天长叹一声：输了的是我，赢的不是你。说实话，刘总，你中了标，我的心里还会舒服些，毕竟咱俩在同一个水平上。输给李春生这个傻×，我就死不瞑目了。

他提醒刘成，听人说李春生在公安局交警队有个十分铁的哥们。他建议刘成从这个人身上下手，兴许能查出个水落石出来。

刘成明知张高美在日哄自己，还是忍不住去问李春生。

李春生一听，破口大骂。

要不是刘成拦住，李春生骂到天黑都不会歇息。刘成说：行啦，过过嘴瘾就行啦！

李春生摊开双手：不是我要骂，太让人生气了！

李春生又说：咱俩在太阳能行业混了这么多年，我姓李的啥时候对你们乐普公司放过冷箭？

刘成说：我心明如镜。张高美提供了这么个线索，作为一个受害人，我不可能不搞清楚。

你相信张高美？

我谁都不信，只信我自己。甚至有时候，连我自己都不相信了。

李春生赶紧转移了话题：我听说你雇佣的网络杀手，干掉了张高美，干得好！干得好啊，给咱们太阳能行业的人出了一口恶气。

刘成说：那事与我无关，当时我还在拘留所里。

可我听说是你干的。

张高美说：是你陷害了我，我就能说是你陷害了我？就这么简单？

不简单，这里面肯定有阴谋。

如果从因果角度讲，干掉了我，干掉了张高美，最终受益的人就应该是罪魁祸首。

真的不是我干的，我也没有这个水平和能量。再说了，我就是想干，也得有那么多钱去干这事。再说了，由老板的人品你又不是不清楚，他那号人，能干这种事？我的老板经常对我说，时时处处要给别人留有空间，也就给自己留下了余地。利不可赚尽，福不可享尽，势不可用尽。这个世界不是哪个人的世界，是大家的世界，腹中天地阔，常有渡人船。与人方便，与己方便，别人有路可走，你才不会陷入绝境。

别忘了，人为财死，鸟为食亡啦。

刘总，你这玩笑开大啦，小弟承受不起。

我只是顺嘴说道说道，一点感慨而已。

李春生松了一口气：我投标时心里根本就没想过会中标。投标就是竞争，竞争就有牺牲，谁都想活着。我当时想，横竖都是个死，与其报个合适的价格提心吊胆等待死刑判决，不如报个超低价轰轰烈烈地折腾一场，谁承想瞎猫碰了个死老鼠。

那么低的价，你能挣钱？

你刘总搞了几十年工程，我的本事还不是跟着你学的？

黄杨中学的太阳能这个标，别人中了没事，你中了，张高美心里肯定不平衡。你要防着点，那个人可是个人渣！

谢谢刘总给我的提醒。

不注意是要付出代价的。

谢谢刘总，你也要多保重，留得五湖明月在，不愁无处下金钩。

你也文绉绉起来了。

跟着你学的啦，近朱者赤，近墨者黑。

看着李春生春风得意飘飘然的样子，刘成心里像倒进了一桶地沟油。

这天，他来到王高峰办公室。王高峰正在临帖，看见刘成，便赶忙放下毛笔，礼貌地笑着让座，唤阿秋赶紧泡茶，陪着喝茶聊天。

王高峰和刘成开玩笑地说：谁有资格进监狱？能进监狱的人都是聪明绝顶的人。不过，最终成功的却往往不是最聪明的人，因为成功的更多因素是非智力因素。经历了这件事，我相信，以你刘成的实力，你会成为珠海太阳能行业老大的。我看好你。

王高峰的话让刘成感动得差点掉泪。

王高峰还说：我已经是快六十岁的人了。现在的我，只想做一个淡淡的人，不浮不躁，不计较浮华之事。该得到的，付出努力抓到手，不该得到的，想也不去想。得之，我幸；不得，我命。淡然地过自己的生活，淡淡地为工作和生活努力，维持做人的体面。我给它定义为智慧人生。什么是智慧？智是一种能力，慧是一种境界；智是知道如何进，慧是懂得怎么退；智是拿得起，慧是放得下。

末了，王高峰还发了一通人生的感慨：人生如混凝土，从搅拌机出来就那么一摊，谁知道到了工地会成什么模样。人生如混凝土，不同的标号代表着不同的抗压承受能力。人生如混凝土，看着很结实，一旦承受不了压力就酥了，成了垃圾。人生如混凝土，内心没有钢筋意志，是经不起各种拉扭弯剪折腾的。人生如混凝土，在有限的寿命中，要能抗压力，抗打击，耐腐蚀，抗疲劳。人生如混凝土，不论在什么地方，要有刚度，也要有一定的弹性。人生如混凝土，同样的标号，有的去了人民大会堂，有的成了厕所里的茅坑。

九

拿出了多年受贿索贿的钱财，还赔上和老婆辛辛苦苦二十多年积攒下的家底，邝副校长终于摆平了方方面面，恢复了工作，又可以抬头挺胸做人了。

这天下午，邝校不顾毒热的太阳，来到新建的学生公寓，检查太阳能施工。

天之源公司项目经理看见邝校，马上迎上来，递给邝校一瓶矿泉水：天太热，多喝水。

邝校摇摇手：你们把工程搞好，我就不会上火。

转着转着，邝校看到一个在做防台风支架的人模样很熟，走到跟前，伸手扳起那人的头，看清面孔，一扭身，就用手机把天之源的李春生一顿臭骂。

李春生风驰电掣地赶过来，一脸惶恐不安和绝望。

邝校指着那个做防台风支架的人，嘴唇颤抖着问：那个家伙是谁？你竟敢把他也派来，向我示威？

李春生赔着笑脸：邝校，有话好说，我一接到你的电话，就立马过来了。有话慢慢说。

我能慢慢说吗？

我不知道邝校你在说什么。

你不知哪个知？我问你，你把那个人派到我这里，你是什么意思？

哪个人？

那个，那个，对，就是那个留郭德纲式寸头的人。

噢，这个人，是这么回事，咱们学校工期紧，我让工程部到外面招了几个普工，那个靓仔是刚招来的，我连他叫啥名字都不知道。

邝校双手叉腰，歪着脑袋，从下往上看李春生，嘲讽地哼了几声，说：装，装，装，装得好似有事。

李春生一脸的疑惑。

邝校又绕着李春生转了一圈，阴阳怪气地说：你是中央戏剧学院的高才生吧，要不然演戏的水平这么高。我三生有幸，领教啦。

邝校，你的话，我听不懂。

装，装，装吧，等到工程验收那天，老子不给你签字，我睇你还怎么办。

邝校呀，我是谁你还不清楚？就我这德性，一个连三陪小姐都不如的工程公司的总经理，我有必要装吗？

好好好，有水平，接着说，我洗耳恭听。

急死我了，有话你就直说。我这个人喜欢直来直去，不会绕弯子。

哈哈，我今日才发现，李总还真是个人物，还真有骨气，比我有骨气，铁证如山，就在眼前，还面不改色心不跳，稳如泰山。犀利！邝校给李春生竖起了大拇指。

李春生哀求道：我的邝校呀，我和你高中同学赵星星是好朋友，咱们有事直说，好不好？

邝校说：既然你提到了赵星星，我们也算是兄弟，我就不同你兜圈。那个留着郭德纲式头型的人，真的是刚招进你公司的人？

真的，招进来还不到一周。

你敢肯定？

肯定。要不我叫过来，你问问？

郭德纲式寸头的人站在邝校面前不敢抬头，脚尖不停地踢楼面上的隔热层。

邝校问：你认识我吗？

寸头没有反应，脚尖不紧不慢地踢着。

邝校又问：你不是艺轩摄影公司的人吗？怎么跑到工地当起

了普工？

寸头的脚尖还在踢楼面上的隔热层，眼光移向了天空。

李春生在一旁火了，踢了寸头一脚：邝校问你话呢，你是聋子？

寸头的目光在天空转了一大圈，又回到了楼面，汗珠子雨滴般滴到楼面上，立即就化成了一缕蒸气。

我就不相信你不会说话。李春生说着，一拳头就打在寸头的脸上。

寸头立即感到自己的鼻子开花，流血了，他还没来得及抹一下，一阵老拳又呼啸着打过来。他本能地低下头，双手刚护住脸，肚子上又受到了冲击。他干脆把身子缩成一团，倒在地上。打他的拳头变成了脚板，一下比一下重地踢在他屁股上。他以为自己躺在地上，承受完这一阵子狂风暴雨的打击就会过去，没想到李春生却又把他从地上揪起来，又是一顿老拳，把他的脸打成了一朵盛开的木棉花。

李春生问：老实告诉我，你是谁？不说实话，我今天就让你生不如死。

寸头实在是受不住了，他承认自己不是艺轩摄影公司的人，是冒充的。

李春生问：为啥冒充艺轩公司的人？

寸头说：我表哥让我这么说的。

你表哥是谁？

张高美……

冷眼旁观的邝校抬起脚照准寸头的肚子就踹了过去。

寸头倒在了地上。

李春生看看邝校，他不明白邝校哪来这么大的火气。

邝校朝寸头身上连吐了十多口唾沫。

经审问，张高美表弟交代，这次他应聘来天之源公司当普工，也是他表哥安排来当卧底的，目的是要掌握天之源在施工过程中用了哪些不符合招标文件的产品和材料，等完工验收时，作为重磅炸弹投出去，让太阳能工程无法验收，达到搞垮天之源公司的目的，出出壹加壹公司没中标的恶气。

邝校对李春生说：你可都听见啦，你的敌人够毒辣，想整死你。

李春生说：我的敌人也是你的朋友，前些日子，你不是还要把这个标给他？

邝校说：人心隔肚皮啦。

邝校把三个月以前发生的那件事告诉了李春生，邝校拍拍李春生的肩膀：李总，不好意思啦，误会你啦。

李春生说：我就说嘛，咱们好好的关系，我还做梦想中咱们学校的标，邝校你怎么一下子就对我翻脸了。那段时间，我很委屈的，邝校。刚才你又劈头盖脸打得我晕头转向，摸不着北。

邝校说：好在真相大白。我恢复了清白，你李总亦恢复了清白。我们兄弟俩都是清白之人。今日真是个大好日子啊，中午我做东。

李春生说：哪能让你邝校请客，你这是打我的脸。

邝校自顾自地说：我最想吃的是井岸精品街果度的猪红啊，我超爱！还想吃体育馆的鸽仔饭！煲的汤好滋补的，鸽仔好吃，烤的鸽仔亦好吃。味道好正宗。还有，李总，你应该知道，青蟹是斗门的特色食品。

邝校说着说着，满嘴就咕嘟咕嘟冒起口水。

李春生知道在被停职这些日子里，邝校没有在外面享受过美食，肚子里已经穷得像洗了一百遍的锅。

李春生挥手擦了一把脸上横流的汗水，刚擦掉，又有汗水流出来，擦都擦不及。流到眼眶上的几粒汗珠子反射出好几个邝校，汗珠子里的好几个邝校都没有住口的意思。

邝校喋喋不休：青蟹你知道吧，你要是有吃过，就等于你有来过斗门。青蟹，我们本地人又称膏蟹、肉蟹，味道鲜美，好肉口，比较贵。你不知道，李总，青蟹由幼蟹到成蟹，跟着生长发育过程，不同时期有不同的名和不同的烹饪方法。我们斗门人创造出六种烹饪方法，款款不同，各具特色。未交配时期的雌蟹我们称之为腌仔蟹，烹饪主要是原只清蒸和开边清蒸，其味道清甜。青蟹中的雄蟹，身体较老，全身肌肉发达，接近蜕壳期，这种蟹可原只或开边清蒸，也可姜葱炒，清蒸清甜，姜葱炒清香。青蟹中的雌蟹交配受精后卵黄充满甲壳，原只或开边清蒸，味道甘美有吃蛋黄的味道。再下来是黄油蟹：膏蟹接近产卵，由于盐度偏低，水温不稳定，水质老化不清爽等外在环境不适宜产卵，产卵失败，卵黄在体内超时排不出体外，在体内变成橙黄色。此类蟹甚少，是蟹中的极品。黄油蟹原只或开边清蒸，味道甘美清香。再下来就是松壳蟹：肉蟹在蜕壳间隔期后，又开始蜕壳，但蜕不成，变为一层皮一层壳；此类蟹也比较少，大约一百只里头能挑选一只，因此价钱比较高。再接着就是水蟹啦：水蟹可原只或开边清蒸，可煲水蟹汤，其味道清甜肉质爽口，煲汤可清热解毒……

邝校已经沉溺于美食之中，眉飞色舞，滔滔不绝，无法自已了：白藤水鸭亦好出名，滋味清鲜，补而不燥，是一种好受欢迎的野禽。乾务的软骨鲮，鱼身光滑，煮熟后其骨透明，乳白色，吃起来好似粉丝，肉鲜嫩美味。白蕉禾虫看起来有点怕人，吃起来美味异常。六围、七围、八围，及鹤洲北新围垦区的滩涂，潮田多，每年有两个收获季节，在清明后的旧历初一到十五潮期收获的称荔枝虫，在旧历八月十五前后收获称秋虫。禾虫炒、炸、熏、蒸、生晒、腌制、煲汤都可，味道鲜美，富含蛋白质，是一种风味独特的食品。还有黄金风鳝也是斗门的特产，尤以黄金附近河段所产风鳝历史最长，数量最多，体肥肉嫩，炒食清脆香爽，焖食胶滑甘甜。另外，白藤粉藕，以肥硕、多粉、松化无渣“藕断丝不连”，被称为“无情藕”而驰名。横山粉葛出产地的斗门的上横，所产最佳，松化、无渣，有清香味，其汤好似奶水，闻名遐迩。

李春生笑了，说：邝校你不用讲啦，我已经是口水飞流三千尺，两眼瞪得圆又直啦。你再讲，我就要发癫啦。邝校，你讲，想吃什么，我也就吃什么，叫上你的同学赵星星。

好，叫上赵星星，我俩好长时间冇一起聚聚啦。不过李总，我提前讲好，今日是我做东。

好，好，你请客，我买单。

去饭店的路上，邝校接到一个电话，是他的一个学生打的。邝校多次说过，在斗门，他是桃李满天下。邝校的学生电话里告诉邝校，昨天抓了几只蔗鼠，请邝校去品尝。

邝校看李春生。

李春生说：听你的。

邝校对着电话说：我正好和一个大老板一起，我们这就过去。

对方问：点什么？

邝校说：同以前一样，整多几味。

李春生没有吃过蔗鼠。

蔗鼠就是甘蔗地里吃甘蔗长大的老鼠，斗门人戏称为“蔗子狸”。邝校说：我小时候，甘蔗地里的老鼠成灾，一日能捉到三四十只，而且只只都肥，最大的有二三斤。这几年，蔗田的老鼠少得可怜，广东人喜欢食野味，好多野生动物都食到绝种啦。一般有熟人的饭店我是不敢去食蔗鼠的，蔗鼠量少，贵，有的饭店拿地沟里的老鼠冒充蔗鼠。用来骗外地人的，当地人是不去吃的。

邝校又说：蔗鼠在蔗田边一起过夜生活，每晚都是山吃海喝，穷奢极欲，花天酒地，金迷纸醉，骄奢淫逸，美滋滋的生活把自己养到肥嘟嘟，毛皮鲜亮，给人们准备好了美食。也给它们自己埋下了祸根。

邝校又说：我学生饭店的蔗鼠宴不单闻名珠海，全省都出名，好多珠三角人都为了吃老鼠尝新鲜往那里跑。以前，只有我的学生一家蔗鼠饭店，现在周围正宗本地蔗鼠的招牌到处都是，鼠菜款式多达二十多种，好似铁串烧鼠肉、天麻参炖鼠肉、马蹄竹蔗鼠肉煲、七彩鼠肉丝、油泡鼠肉片、芦笋炒鼠肉片。李老板，包你吃了第一回就想来第二回。讲实在的，有几回吃蔗鼠肉时，我还想就是给我个教育局局长我都不当。当局长哪有吃鼠肉舒坦。

邝校用手擦了擦流出来的口水。

十

张高美约刘成去迎宾广场的红树林喝茶。这里有刘成情有独钟的福建安溪铁观音茶，还有张高美喜欢的云南普洱茶，全是上等货。更主要的红树林是阿虹的姐姐开的，肥水不流外人田。当然，阿虹姐姐会甜甜地笑着收费，这是广东人的习惯，朋友之间消费一百给二百，多多掏钱，叫作相互帮衬。不像北方人，朋友之间互相照顾，拼命打折，或者干脆一分钱不收，叫作免费。一次免费，两次免费，第三次除了脸皮像长城一样厚的人，把免费当作荣誉来炫耀的人，凡是顾脸面的人就不好意思再来了，朋友之间的相互帮衬变成了相互尴尬。

张高美在表弟被打后，听取阿虹的建议，用金钱贿赂天之源的一个小老乡，小老乡给了他两个情报：天之源公司为了中标，采取的是低价策略，所以如何能赚钱，成了首要任务，他们不得不在材料上下功夫。第一，工程上的十六个储热水箱采用的就不是招标文件上要求的SUB430食品级不锈钢，而用的是不锈铁。第二，天之源公司用的太阳能支架不是标书上写的镀锌角铁，而是普通角铁，焊好后，才刷了两道防锈漆，不是平日里做的三道防锈漆一道银漆。

刘成看了张高美提供的照片及书面材料说：太小儿科。我派人去看过了，储热水箱正儿八经是用SUB430食品级不锈钢做的。李春生一直和中山老吴合作，老吴是个很讲信用的人，他绝对不会拿工厂的声誉开玩笑。李春生也算是个大气之人，不可能去节省这两个小钱，在不锈钢上面做文章。

张高美说：我的人明明白白告诉我，他还亲自用磁铁试过，能吸住，真的是不锈铁。

刘成说：你被骗了。

刘成想了一下，又说：你要是真的想把天之源搞死，我可以帮你。

我的天眼告诉我，咱俩有共同的目标。

我是友情客串演出。

好，就算是友情客串演出，咋帮？

现在是商品社会，你当然要付账的啦。

只要值。

指定值。

多少？

我和对方谈过，对方要价十万元，他会给你一个强有力的证据，保证让天之源的工程不仅验收不了，还要全部拆掉，重新安装。

张高美说：真的能全部拆掉，重新安装？

不假。这么一折腾，天之源恐怕要损失一百万元左右。

我的妈呀，太好啦，这下就真让李春生赔了夫人又折兵，赔塌啦。

张高美问：你为什么这么帮我？

刘成说：你给我付费的啦，挣钱的事，我能不勤快点吗？还有一点，实话对你说吧，在搞垮天之源上，咱们是同一个战壕里的战友，我没有理由不帮你。再说了，我也知道，你不仅仅是冲着天之源去的，你是想报复李春生灌你大粪的仇。这点我很明白。不幸的是由前途也要跟着倒霉。

张高美承认这一点。

其实刘成早就准备好了张高美所需要的东西，当然这个东西并不是个真实的，细节是他虚构的，东西是他精心伪造的，但对张高美来说，却是一枚难得的巡航导弹。他早料到张高美会找他的，他不能在黄杨中学白白浪费那么多精力和钱财，何况为了这个项目，他有史以来还进拘留所转了一圈。现在敲一笔，也算是对自己的一个补偿。

刘成说：我在你公司有个内线，你不知道吧？

刘成说完，盯着张高美，看他的反应。

张高美心里一惊，他妈的，这个狗日的，果然在我身边安有钉子！幸好我早有提防，公司最机密的事情只有我一个人掌握，即使公司副总、业务部部长、文员阿虹，他们最多也只能掌握百分之三十。不过也有可能这小子在诈我，让我去做一些无用功。谁能笨到把自己在竞争对手身边安排了卧底的事告诉竞争对手。张高美的心里风起云涌，脸却一块青石板，台风吹过也没有一丝涟漪。

刘成又说：我就是让他帮我去查的，天之源投标书上太阳能集热器用的是北京桑普太阳能的产品，他安装上去的太阳能集热器是山寨货。你只要给十万，北京桑普公司愿意出具天之源没有从他们工厂购买太阳能集热器的证据，有了这个证据，天之源的工程谁敢验收签字啊？

这一点张高美没想到，山寨版的全紫铜镀铬太阳能集热器的价格二百多元一平方米，真正北京桑普产的八百多元一平方米。如果把此事捅出去，天之源必死无疑。

刘成说：如果张总愿意，我还可以把邵大火介绍给你，那家伙在网络上的能量，是航母级别的。

刘成嘴里发出的导弹击中了张高美的心尖。

张高美全身颤抖了几下，脑子里出现的是黄杨中学投标前发生的那撕心裂肺的一幕。他闭上眼睛，拨动着108粒玛瑙佛珠，念着“南无阿弥陀佛”，竭力让自己平静，平静，再平静。他不但想把李春生的天之源公司干掉，更想把刘成的乐普太阳能一砖拍死！他恨乐普比恨天之源多一万倍！他在肚子里骂自己安排在刘成身边的卧底阿朝真够笨的，查了快两个月了，还没有查出刘成在壹加壹的卧底是谁。这件事看来非得自己亲自参与不可，只要抓住这个卧底，自己就能省下十万元。还有，自己也可以策反这个卧底，隔三岔五地给刘成提供一些假信息，折腾折腾这个狗日的！事事都要做到一箭双雕、三雕、四雕、五雕，是张高美的追求。还有，上次刘成用的是网络推手，经落实花了不少钱。张高美还没想好用不用这些人，他最有可能会用纪委的人，用检察院的人，几封实名举报，花不了几个钱，而效果极佳。

这时刘成的手机响了，是来了短信，他滑动屏幕解锁，打开信息。

张高美站起来，背对刘成，仰头看茶店上方空中的一个莫须有的东西，手里从容地拨动着108粒玛瑙佛珠，念着“南无阿弥陀佛”，把隐藏在高尔夫球帽后面的针孔无线高清摄像头对准刘成手中的手机屏幕。

就在张高美津津有味地偷看刘成手机上的短信时，他的手机也响了，顾不上看来电显示就接起电话，又是那个熟悉的、沙哑的、雄浑的、带点三千年的沧桑的声音。他条件反射地打了个冷战，手不由得就去拨动佛珠，血压直冲一百九。

“人在地上做事，神在天上监察”，在耳边挥之不去……

清明吟

一

爸妈跑到梦里来要钱，张宝贵才又想起自己的乡巴佬身份。

来珠海二十年，他已经习惯了当城里人，虽然混得一般般，却很享受这里的生活。特别是有了孙子张章以后，早上七点起床，就着广合腐乳，喝碗大米稀粥，骑车送张章上幼儿园。园费很贵，占他月收入的二分之一。他说，不能让孙子输在起跑线上。幼儿园有早餐，孙子爱吃，多花钱他也心甘情愿。和孙子道声拜拜，调转车头去上班。一路上，空气清新，偶尔还会刮风落雨。他迎着咸腥的海风，缓缓骑行，抬头看树，低头看花，远眺海上日头红彤彤，偶尔和早起的鸟们打招呼，和穿梭的巴士赛跑。到了公司，哼着跟公司的帅哥靓女们学的流行歌曲，把办公室打扫干净，再给花儿浇水，给银龙鱼喂食。这些虽不是他分内的事，但他爱做，愿做。况且老板就喜欢他的老实勤快劲，经常表扬他，还时不时地把宝马钥匙扔给他，让他把打包回来的饭菜拿回家和老婆孙子一起分享。张宝贵能闻到老板身上红得浓烈的亲切香甜味。他在公司里感觉良好，有安全感。他以为，就算老板把公司打工仔炒得只剩下一个人，那个人一定是他。九点钟，同事们来了，他一一笑着点头，亲切地道一声早晨！帅哥靓女们也回应一声早晨。打扰别人时，他会说对唔住，骚扰晒！接电话时，他也会大声地问，你边位呀（你是哪位）？有冇搞错啦！

张宝贵到珠海的第二天，便在老乡的介绍下，拜见了满嘴鸟语的潮汕佬，一干就是二十年。那时，公司刚开张，在香洲长途汽车站对面的一间写字楼里。楼很气派，头顶飘着云，外表全是玻璃，金碧辉煌。过了三天，他才搞清楚，他供职的公司实际上是和另五家公司凑在一个三百平方米的办公室里，共用一个秘书，同使一间会议室。老板手下只有两个马仔，一个是他，另一个叫王朝晖。王朝晖一双大眼滴溜溜转，充满精气神，一肚子主意，把老板伺候得像阿爸似的。虽是四川人，王朝晖却能用流利的白话夹杂着浓烈的四川腔和老板聊得热火朝天。老板和张宝贵说话时就不得不用半生不熟的普通话。老板说，宝贵呀，和你说话比勾女还费劲。老板还说，宝贵呀，你要是有王朝晖一半的靓，我立马提你当副总。宝贵也知道自己不是当副总的料，继续安守本分。下面干活的包工头给他一条烟，他也会主动交给老板。半年下来，王朝晖当了副总替老板独当一面，宝贵不眼红，继续乐呵呵地替老板拎包包。两年干到头，王朝晖学会了老板的一招一式，照猫画虎开起自己的公司。张宝贵还是个马仔，屁颠屁颠地跟在老板后面。

五年后，王朝晖把公司经营得风生水起，点钱点到手发软，买了车，购了房，把全家从四川汶川的山里头迁到珠海，把上了六年高中还毕不了业的儿子送到美国镀金。张宝贵也发生了变化，跟着老板从香洲搬到了前山新租的办公室，办公面积增大了五倍。张宝贵也有了自己一间独立的办公室，虽然只是在工程部大办公室的一角辟出五平方米，打个隔断，安个玻璃门，摆张沙发，但毕竟张宝贵有了属于自己的空间。月工资也由一千多元涨到了两千元。

十年后，王朝晖撒手不再管公司，交给了海归儿子。张宝贵又跟着老板从前山来到了吉大，进驻属于老板自己的办公楼。不过办公楼不是老板主动买的，是公司承揽了王朝晖这座写字楼的部分建筑工程，王朝晖那个龟儿子留着部分工程款不给，用办公楼高价顶债，老板心里不满，却也无可奈何，满珠海的开发商都是这个套路。王朝晖叼着高级香烟，在张宝贵面前骂他那龟儿子瓜眉瓜眼的，成天就是摆龙门阵，冲壳子，涮坛子，把公司做得活色生香，天生就是当大老板的料。宝贵羡慕王朝晖，往上四十五度地看。

六年前，王朝晖的龟儿子在将军山山麓，也就是张宝贵住的出租屋沟口的边上，又开发了富胜楼盘。如今，富胜小区靠山那栋最高的豪宅顶层的六百平方米，只住着王朝晖一家三代五口人和三条狗。听说最近又增加了一匹不到半米高的小马，特地从国外引进，供孙子骑着玩。张宝贵至今还住在出租屋里。一墙之隔，却是贫富两重天。张宝贵租的出租屋当年是备战备荒的军事要地，改革开放后，这里就废弃了。一个有眼光的本地仔便租下来，改建成八十多间出租屋。宝贵在这里面住了二十年，年年都唠叨着攒钱买楼房，赶紧搬走。当年富胜楼盘开工那天，张宝贵找见王朝晖，商量能不能、可以不可以照顾照顾打个比较大的折，让他也能买一套属于自己的楼房。王朝晖笑得上气不接下气，说，我这小区最小最小的房子，也有两百多平，就是给你打个八折，你也连首付都付不起。张宝贵脖子红得像涂了猪血。张宝贵一直折腾着搬离这条沟，无奈满珠海也找不到比这里更便宜的出租屋。

张宝贵不得不接二连三地面对王朝晖，想躲都躲不开。他装作没看见王朝晖，王朝晖却把手挥得像红旗，大声喊他。

他没法再装，故意用生硬的四川话应答，你个龟儿子，气色不错啊！

王朝晖开心地大笑，哈哈，心情靓爆。

宝贵对满脸大汗的王朝晖说，大热的天，你个龟儿子不躲在豪宅里吹空调，跑到这里晒日头，有病啊。

王朝晖说，哈哈，有病，有病，吃得太好，重度脂肪肝，要减肥。

宝贵笑了，见过跑步减肥的，游泳减肥的，没听说晒太阳减肥的。

王朝晖笑话宝贵孤陋寡闻，说，上个月，我那龟儿子回了趟美国，回来告诉我说，想要瘦身其实很简单，只要早起多晒阳光就行。

王朝晖眉飞色舞地说，我那龟儿子有个美国同学，叫雷德，专门研究人和太阳的。他说人应该多吸收早上八时到中午十二时之间的阳光。每天曝晒三十分钟，不但能减肥，还能增强人的体质。我那龟儿子就逼着我每天出来晒太阳。这不，一个月减了三公斤。

王朝晖还说，我选了好几个地方晒太阳。先是在我家楼顶，摆个藤椅，看天，看山，啥都好，就是太无聊。最后才选择这里。你看，这里多靓，面朝九洲大道，背靠将军山，在老子的家门口，又是老子开发的楼盘，看风景像看电影。

每次和王朝晖分手，张宝贵的心情都极度沮丧。他不得不清醒地认识眼前这美丽的城市，宽阔的街道，林立的楼群，与他无缘。他不属于这里，他不是城里人，他属于远在几千公里之外的黄土高原。

他就是个乡巴佬。

二

张宝贵的老家在遥远的黄土高原上的中条山下。二十年前，眼看着儿子张海福快到娶妻生子的年龄，身为人父的张宝贵面对家里仅有的破败的一院房，愁眉苦脸。在农村，衡量一户人家的势力和地位，就是看家里的房子。晚辈能不能娶一房好媳妇，也要看家里的房子。房子就是庄户人家的脸面。老婆凤仙说，为了给娃说一门好媳妇，打死也得为娃盖一座新院子。宝贵发狠，为了张家的列祖列宗，这条老命我豁出去了。要盖房，得有钱。听说临近的张坊村有人在广东珠海发了大财，三年就回来盖了一座新院子。宝贵跑到张坊转了一圈，第二天，一咬牙，就追着老乡南下打工。也指望苦干三年，衣锦还乡，给娃盖座好院子，娶房好媳妇，光耀门庭。

那些年，想挣钱的人往南方跑，就像想当演员的人往好莱坞跑一样。宝贵到了珠海，海福也让钱给搅得心神不宁中断学业，风风火火地来到珠海。一个人在家的凤仙，心也飘飘忽忽地跟到了珠海。凤仙有两怕：一怕宝贵经不住大城市灯红酒绿，簇锦团花，被珠海的仙女们掳走了魂，让她这个糟糠之妻下堂；二怕自己一个人在家，哮喘病发作时，没人照看，一口气上不来，呜呼哀哉。凤仙娘家有哮喘病史，几代人都死于哮喘。随着年龄增大，凤仙的哮喘愈加厉害，有了明显的规律，每天凌晨准时发作，一到冬天就加重。原先家里种地的收入，有一多半都给凤仙看了病，宝贵在珠海打工挣的钱，也有三分之一对付凤仙的病。其实宝贵到珠海打工，放心不下的也正是老婆的哮喘病。前思后想半个月，凤仙一狠心，一把铁锁锁上门也去了珠海。有趣的是有意栽花花不开，无心插柳柳成荫。被哮喘折磨得半死不活的凤仙，来到珠海半年后，凌晨时竟能安静地打起呼噜，又过了半年哮喘病就成了历史。宝贵和凤仙一分析，真正的原因是因为珠海的空气靓，气候好。后来宝贵妈去世三周年，按老礼，他们要回老家给妈过三周年。宝贵可是个孝子。尽管凤仙打盆子摔碗，宝贵泰山压顶不弯腰。最后凤仙只好祭出撒手锏，哇哇哭得泪如倾盆。这是凤仙的核武器，一般情况下，宝贵会慌神的。用宝贵的话说，你流泪湿我面，你伤心我心痛。但那次情况不一般，在宝贵眼里，妈的三周年大过凤仙的核武器。他拉着凤仙就到香洲坐长途汽车去广州，又坐上广州东站到太原的火车，咣当了两天半，回到中条山下。回村的第二天鸡娃刚叫头遍，凤仙的哮喘病就复发了，咳嗽得惊天动地。这回，宝贵真的慌了神。两口子马马虎虎地给妈过了三周年，就火烧火燎地赶回珠海。不出一个星期，凤仙就气定神闲，健康人一个。凤仙发誓，打死再也不回老家。宝贵虽然对老家很是留恋，觉得自己终究是个乡巴佬，珠海不是他生活的地方。但为了老婆，他只能打消回老家盖漂亮房子光宗耀祖的念头，做好在珠海安家立业的打算。

安家，就要买房子。那时宝贵手头的钱，在老家盖一座漂亮的院子，给海福娶一个媳妇富富有余，但在珠海只够买个洗手间和厨房。为了房子，全家拧成一股绳，埋头向钱冲。海福除了不参加舞会不参加宴会不参加黑社会，凡能赚钱的活他全干过。工地搬砖、卖菜、搬家、修理电器、疏通下水道、搞传销、卖A片、发广告、骑摩托车送货，天天跟自己较劲。被人指着鼻子骂成傻×还一脸阳光灿烂。海福说这叫作置之死地而后生。凤仙也不甘落后，从中山倒卖过来一些靓女们喜欢的发饰和手机挂件，在街头摆摊当走鬼。那些年，凤仙真的像个鬼，被城管追得满街跑，却一脸幸福，无怨无悔。成为珠海人的梦鼓舞着全家人。四年时间，一家人硬是从地缝里抠出了十五万元钱。当时珠海的房价是两千元一平方米。宝贵和海福看中了吉大园林花园的一套七十平方米的楼房。就在签合同的前一天，凤仙突发脑血管梗死，开颅手术花了十六万，准备买房的钱一股脑儿送给了医院，海福还借了一万元外债。买房梦就成了一个屁。好在人给保下来了，有人就有办法，有人就有希望。全家人又奋斗了三年，以为攒的钱能够买一套商品房。谁知跑了几个楼盘一问，房子涨价了，别说买一套商品房，就连商品房的首付都不够。海福给爸打气，说，今年买不成，咱们明年再买。到了第二年，房子毫不客气地涨了几乎一倍，海福气得直骂娘。为了尽早买房，海福和三个同样做着买房梦的好友一同辞职，投资办了一家组装音响的工厂。那是海福在珠海最辉煌的时光。三个一身狼性的三十岁年轻人野心勃勃，在将军山沟的出租屋里喝着酒，大谈古往今来的英雄、领袖、大师、老板，个个都是偏执狂、傻子、疯子，不邪性，难成事。他们你一言我一语，描绘着做大做强的宏伟蓝图。第一步冲出广东，占领华北，继而东北，继而西北；第二步，吸引VC，也就是风险投资，进而打得全国山河一片红；第三步，百步变成一步走，直奔美国纳斯达克上市。宝贵像打了鸡血，下了班就跟着海福他们跑前跑后。令他们没想到的是，刚赚了一年好钱，珠三角就一窝蜂办了千家组装音响厂，市场蓝海瞬间变成红海。三个年轻人被打得一夜回到了解放前。那些日子，海福像疯子一样满世界跳楼价推销积压的音响。凤仙和宝贵只能心疼地望天祈祷。一天，海福在拱北口岸推销音响，被公安、工商、税务联合执法队抓住了。警察看了他的身份证说，你不是珠海人？接着问他来珠海几年。他回答九年。警察说你一个农民，哪来这么多音响？就怀疑他是流窜犯，音响是偷来的。海福亮出了他的营业执照，工商人员看了半天，说，真的营业执照不代表你的货来路就正。税务人员数了数音响，估估价，就地开票收税。海福说货还积压着没卖出去哪来的钱交税！最后，公安、工商、税务一商量，所有的音响全被扣压。警察让海福回老家公安局开没有前科的证明。海福说我出了娘胎就没偷过人，哪来的前科！警察说，我们这是在执法，法是不容商量的。无可奈何的海福只好回老家，求爷爷告奶奶，花了三个月的时间，最后在堂弟玉贵的帮助下，从县公安局开出没有前科的证明。这才拿回音响，继续推销。一天中午，忙得没吃早饭的海福在迎宾路拐进石花西路口的一个大排档要了一碗云吞面，刚吃到一半，就看见三个城管老鹰捉小鸡一样抓走了凤仙。海福冲过去保护妈，和城管发生了激烈的冲突。派出所毫不客气地把海福扔进拘留所，关了十五天，还罚了近万元的款。离开拘留所时，海福死活不愿意出来，说是在拘留所住房不花钱吃饭不花钱。宝贵感到海福从拘留所出来后，一条狼变成了一只兔子。海福没回父母的出租屋，也没和父母打招呼，就在离珠海市区五十公里远的高栏港找了个工作。白天吃饭在公司食堂，晚上玩网游在网吧。宝贵用鸡屁眼既生蛋也拉屎的道理开导海福，但已经产生心理障碍的海福不是宝贵这等水平的人所能治疗的。海福对妈的地摊已懒得过问了，连赚钱的话题都不和爸妈说了。

宝贵托同事给海福介绍了一个江西靓女，那个靓女直接把海福约到吉大百货商场，要给她妈买包，给她爸买皮鞋。海福说，用不用给你家祖宗买个别墅住住？

宝贵知道没有房子，海福结婚的希望就渺茫。宝贵急得上火，鼻子都成了红辣椒。有次爷俩聊天，海福反过来安抚老爸，说，你别着急上火。在珠海买房安家，是你的梦想。你知道什么叫梦想吗？实现不了的东西就叫梦想。

那年过春节，宝贵和凤仙把出租屋营造出老家的氛围。门外点燃松柏旺火，门脑上挂着绿绿的柏枝，门扇上贴的是两大门神，窗户玻璃上贴着红红的剪纸，桌子上摆的是家乡花馍和四碟八碗的家乡菜，收音机里放的是家乡方言的蒲剧。

海福要看春节晚会，宝贵就关了收音机，打开电视。爷俩看着春节晚会，喝着小酒其乐融融。中间，宝贵听见一阵锅碗瓢盆的碎裂声，知道小刘俩公婆又大打出手了。沟里八十多间出租屋，稍有点经济条件的，都回老家过年了，剩下的不足三成。宝贵和凤仙忙去劝架。小刘俩公婆的生活目标南辕北辙，小刘老婆一心要扔掉乡巴佬的帽子，体体面面做个城里人。而小刘嫌珠海生活压力大，闹着要回老家过田园日子。年年岁末，小刘老婆都要备足三牲供品香烛鞭炮，领着一双儿女，去白莲洞虔诚膜拜，敬谢观音，保佑阖家安居珠海。年年拜谢，一直未能遂愿。这年，小刘又要回老家过年，老婆不干。小刘心情不畅，灌二两猫尿，一句话不对，就找到了火炮捻子，拿老婆发泄。老婆打不过小刘，就拿锅碗瓢盆出气。劝了半个多小时，小刘俩公婆才鸣金收兵。回到家，宝贵和海福继续喝酒。后来海福喝高了，宝贵也喝高了。宝贵喝高了是迷糊想睡觉，海福喝高了是又哭又闹。海福唱起了《月光族的泪》：月月月光光/什么都在涨/只有我的薪水/薄薄两三张/月月月光光/什么都变样/只有我的梦想/停在老地方……

宝贵不知春节晚会啥时候结束，也不知咋地就给睡着了。被四周狂放的鞭炮声惊醒时，他觉得后脑勺像有一根铁棍在不停敲打，砰砰砰砰。他努力睁开眼，看见肚子上半盖着被子，凤仙就躺在身边。他起身撒了泡尿，上床正要脱衣入睡，发现好不容易回家过年的海福不见了。他赶紧摇醒凤仙，凤仙说她也不知道。宝贵出沟寻找。周围的南航培训中心、富胜小区、格力广场没看到海福，石花西路、九洲大道、吉莲市场也没海福的影子。

宝贵拖着疲惫的身子转回到沟口时，才看见海福坐在沟口的一块三人多高的巨石上，也不知他是怎么爬上去的。

海福拎着个酒瓶子，直愣愣地看着节日盛装的珠海。七彩灯光中，海福一脸的泪水也是七彩斑斓的。宝贵叫了七八声，海福才掉过脸来，居高临下地看着爸，咩事（什么事）？

宝贵仰脸说，天冷，小心感冒，咱回家吧。

海福挥舞着酒瓶子，朝着天空吼叫，家在哪？家在哪？

宝贵指指沟里说，这里就是你的家。

海福另一只手狠狠地拍着石头，声嘶力竭地喊着：这么多房子，哪个是咱的家！

第二天中午，坐在饭桌前的宝贵语重心长地给赖在床上的儿子鼓劲，咱一家三口，再苦干几年，绝对能在珠海安个家。

海福望着出租屋顶上一圈圈一层层文物级的水渍，说，爸，你啥也别说啦。现在，家，在你娃的眼里，就是一碗老火靓汤里飘出的屎巴巴。

海福又说，爸，我想开啦。这辈子我不会再去想什么买房做珠海人。我现在就是想吃就吃，想喝就喝，以后的事情以后再说。你的福仔已经没有前些年的雄心壮志了。现在就是个穷屌丝，每天躺在被窝里幻想着天上掉馅饼的美事，幻想着自己哪天买彩票中个一千万大奖。

宝贵说人不能自甘堕落。海福懒得听爸的唠叨，撅屁股离开了珠海，去上海打工了，现在又去了浙江。凤仙埋怨宝贵，宝贵也不想说留在珠海都是因为你之类的伤人话。凤仙和宝贵电话里老是催着海福早点结婚。第二年，海福就抱回一个男孩。不用问，只看男孩脸上的大嘴和厚嘴唇，就知道正儿八经是老张家的品种。至于娶媳妇结婚的事，海福说，你们不就是想要个孙子给老张家传宗接代吗？海福说，孩子名字叫张章，他妈姓章。张宝贵对凤仙笑着说，从现在开始，咱两口子给咱张章当孙子吧，送他上学，给他买房子，帮他娶媳妇，谁让他身上流的是咱老张家的血。

张宝贵除了去公司上班，心思全在张章身上。

他想让孙子成为一个地道的城里人。

三

谁知，爸妈硬生生地跑到他的梦里来，让他从城里人的梦中醒来。

那天晚上，几天不散的大雾依然弥漫着，一世界白蒙蒙，湿冷湿冷的。张宝贵十多年来在梦里第一次有了爸和妈。张宝贵记得真真的，就在中条山下的老家，刚吃了早起饭，和爸面对面地坐在自家门口的老槐树下，想闲谝谝，又漫天遍地找不到话头。中间，妈驾着一束日光从墙头上下来。妈默默地看着他和爸。宝贵当时感到惊讶的是爸的眼神，他一伸手就能摸到，柔柔的，像妈纺的棉线。爸以前的眼神可不是这样，针尖麦芒一样，扎得人鲜血淋淋。宝贵和爸被一束金色的日光隔开。爸跷着二郎腿，直着脖子看巷子西头。他胳膊拄着膝盖，双手托着下巴看地上的蚂蚁搬家。爷俩谁也没看谁，但知道眼里都有谁。吭吭，爸很有水平地咳了两声，像开场的锣鼓。宝贵扭头看爸，爸的眼里漾出来的神，像是烧了柴火加了温的。这个时候，妈好像已经到了爸的后面，席地坐着。张宝贵记得很清楚，日光穿过老槐树，罩在妈的身上，妈像一尊弥勒佛，嘴角微微上翘，笑了一脸，也不说话，只是看着宝贵，好像一辈子没看够。

他记得爸两片非洲人一样的厚嘴唇动了几下。他浑身绷紧，等待着下文。

爸又羞怯地合上厚嘴唇。爸是个严父，信奉不打不成器、棍棒出孝子、三天不打上房揭瓦、慈母多败儿、有错要罚的传统教子观念。挨打，是宝贵家庭教育中最精彩的一个部分。宝贵从小就怕爸，怕得尿裤子。父子二人在一起，总是没话。

梦里的宝贵壮着胆问，爸，咩事？

爸放下跷着的二郎腿，把全身的力气都集中到嘴上，努力张开，说，娃，敢情你眼下是城里人，忘了你乡下的祖宗啦？

宝贵急忙辩解，有啦。你系我的阿爸，我系你的仔。

爸也用广东白话说，阿爸知你在珠海捱得好辛苦……

妈在爸的后面捅了爸一把，不让爸说。

爸右手在背后扫了一圈，把妈的手打开。他不看宝贵，只看着裤裆上的几片饭痂，问，手头宽松不？

宝贵说：凑合。

大裤裆把爸的话反射过来，就像电视里讲的天坛的回音壁。爸说，有的话，就行行好，给爸妈一点吧。你有十多年没给阿爸阿妈一分钱了。

宝贵的脸一下子红得像老板办公桌上摆的钧瓷上的鸡血红，还带有冰片纹。

妈又要捅爸。

爸一闪，躲开了。

爸又补充道，娃，你多给爸点大票子，大票子好看，花起来也有面子。西头万管去年就给他爸送了好几百万哩。我听说，现在银行有更大的票子。

宝贵老实地说，有，我见过，有十亿一张的大票子呢，天地银行发行的，全球通用。

爸一拍大腿，说，娃，十几亿的咱不能要。人不能太贪心。你给爸拿个三五亿就行啦。对了，你把咱家的房子也翻盖一下。咱家的房子在屋里都能看见天，现在村里哪有咱家那样的烂房！咱老张家的面子就全靠你啦，这是爸最后一个心愿。帮帮爸，噢?

宝贵被爸的气魄吓了一跳，他想上茅房撒尿。就在这时，没脸色的来自老家方向的冷空气硬硬地把他从梦中推醒。日头不见了，爸妈不见了，老槐树也不见了，他做了个梦。

他伸手在空中捞了一把，手里潮湿的空气不像白天那样能攥出水来。

他在黑暗中翻起身，朝睡在凤仙里面的张章看看。张章是他的心肝。他睡得很踏实，黑暗中，他能看见老张家典型的大嘴和厚嘴唇，轻轻地张着。男子汉，嘴大吃四方，张宝贵很满意孙子，正儿八经老张家的血统，根本不用去做DNA亲子鉴定。他怕孙子受凉，隔着凤仙，把孙子的被子压了压，还不放心，又把手伸进被窝试了试，里面很暖和。睡觉前，电视里说要降温，凤仙就赶紧给张章加了一床夏被，还用电熨斗把潮湿的被子熨干。光着身子坐起来的他，感到有股风从窗户方向吹来。他疑心窗户没关严实，便下床去看。窗户关得好好的。他又把窗帘重新拉拉，又用手心放在窗缝处测试，没感到风进来。外面的山，雾蒙蒙的。

凤仙被搅醒，嘟囔道，半夜三更，折腾啥！

他说，降温啦。

凤仙翻了个身，把被窝往紧裹了裹，又睡了。

宝贵钻进被窝，合上眼，想再睡一会儿，却怎么也睡不着。他想起刚才做的梦，想起爸跟他要钱花。他看了一下手机上的日历，清明节快到了，他想回一趟老家。

一想到老家，宝贵就像喝了一杯苦丁茶，久久被苦味道包围。他又意识到自己原来是个乡巴佬，一个地地道道的农民。

那个远在黄土高原中条山下的家啊，是个啥？是个古老的院落，老爷爷手里盖起的四合院；是老爸槐树皮样的老脸，是妈做的一碗热腾腾的连锅面；是一家人围坐在一起，吃着的粗茶淡饭；是左邻右舍茶余饭后，东家长西家短，海阔天空，踯弛不羁；是红白喜事，大块吃肉，大口喝酒。家，是自己唯一的归属。中国人自古就讲究要有个家。有了家，远隔千山万水，都会想家，都要回家，都抵挡不住家的召唤。……我想有个家/一个不需要华丽的地方/在我疲倦的时候/我会想到它/好想有个家/一个不需要多大的地方/在我受惊吓的时候我才不会害怕/谁不会想要家/可是就有人没有它/脸上流着眼泪/只能自己轻轻擦……

宝贵面对记忆中的老家，厚嘴唇抖了几下，眼眶开始发热。

想家，是因为惦记着家。家在的地方，有先人的坟，那是永远散不去的魂。

他把凤仙摇醒。

睡梦中的凤仙很不高兴：又咋啦？

他和凤仙说：刚才做了个梦。梦里头，爸要钱，说是没钱花。他没说爸要他翻盖房子的事，房子这个词，是家里的雷区。

宝贵说：清明节快到了，我想回去一趟，给爸妈烧点钱。

凤仙说：回一趟家要花很多钱，你口袋里有几个钱？说完，又翻了个身，顾自睡去，把张宝贵扔在黑暗中。

张宝贵长叹一口气，又倒下身子。

窗下声声虫叫。不一会儿，虫叫声中便混合着凤仙有板有眼的呼噜声，间或还有一两声很长很长很亢奋的呼哨，穿透夜空。

四

张宝贵心里一直挂牵着清明回家的事。

凤仙的圆脸拉成了长脸，说回一趟家，哪个亲戚不得给个一百两百的。说到钱，就像要割凤仙的心头肉。

宝贵故作轻松地说，我就偷偷地回去，打枪的不要，给爸妈烧点钱就回来了，谁也不见。

凤仙见老公态度很坚定，慢慢地抬头看黑黑的屋顶，一声长叹，泪水就像板障山上的泉水一样滑落。

宝贵一下子就慌了神。

凤仙哽咽着说，我又不是不孝顺。咱每年清明，都要在沟口给爸妈烧钱。

宝贵说，也可能那头的物价也涨啦。

宝贵又说，我明天去吉莲菜市场买点钱，再给爸妈烧些，不行再说回家的事。

第二天晚上，宝贵和凤仙两口子相跟着，在沟口大石头下，找块平地，看准北斗星的位置，款款跪下。恭恭敬敬地烧了两叠一亿元的钱，一边烧一边说一些想爸想妈希望爸妈快快乐乐保佑张家发大财的贴心话。

烧了钱，一连五个晚上，宝贵依然都做着同一个梦，爸跟他要钱。爸很可怜，像要饭的叫花子。尤其是从第三个晚上起，妈也张口了，还说再不把钱拿来，就要断绝母子关系。妈从未和宝贵说过这样的狠话。公司的小靓女见他情绪不对，关心地问他。他对小靓女讲了他的梦。小靓女说，老帅哥，你还有这才能，你快去美国好莱坞当编剧吧。

宝贵心事重重，竟把盐当菜挖了一勺，倒进张章的皮蛋瘦肉粥里。

凤仙呀呀惊叫，急摸宝贵的头，温度正常。凤仙的嘴就哆嗦了，问咋啦。

宝贵无声。

凤仙就滴答滴答落泪了。

宝贵又反过来安慰凤仙。

在凤仙的连连逼问下，宝贵只好讲了一连五个晚上做着同一个梦的事。

凤仙想了两天三夜，对宝贵说，你回老家一趟吧。

要花不少钱，咱还要攒钱买房，不能让张章过得像海福一样。

总比你疯了强。

凤仙又说，咱们的好日子还在后头呢。

宝贵说，这是我的话。那些年，我老是想，咱们要拼命攒钱，给儿子买了房娶上媳妇，就能享福啦。

凤仙安慰说，咱不是还有孙子吗？等孙子长大了，咱俩就享福啦。

宝贵苦笑。

吃完饭，凤仙刷锅洗碗。宝贵接了几桶山泉水，给花盆和泡沫箱里种的瓜果蔬菜浇水。别小看这三十多盆瓜果蔬菜，一年省不少菜钱。浇完水，宝贵去买火车票。

宝贵给堂弟玉贵打了个电话，玉贵是三叔的大娃。爸弟兄三个，二叔英年早逝，宝贵都不记得二叔的眉眼了。二叔有四个娃，和宝贵前后外出打工，多年没联系，只知道二叔大娃在北京开了个食品厂，专做北京蜜饯，混得不错，早早就把二娘接到北京住。二叔一家在村里没人了，也就和村里断了联系，堂兄堂弟之间也渐渐没有来往。宝贵这个家族在村里就剩下他和三叔两家了。所以他和三叔家理所当然地走得近些，和三叔的两个娃联系多些。玉贵在永济县城开了一家有两间门面的小饭馆，经营永济饺子和扯面。既当厨子又跑堂，忙得屁股挨不了地。然而玉贵还是乐呵呵地说，再差也比在村里种地强。玉贵的大儿子鹏程结婚生孩子后，就不去外地打工了，硬是回到饭馆，美其名曰帮爸的忙，实际是啃老子。玉贵也准备再干两三年，就把饭馆交给鹏程，自己回村养老。听说宝贵要回来，玉贵说，多年不见，你可要在永济多待几天。玉贵还说，他不久前刚花钱买了一辆小轿车，正好可以用车把哥送回村，让咱老张家也在村里风光风光。宝贵觉得主意不错。转眼又想起玉贵有三个孙子，去玉贵家，孙子张口叫爷爷，第一次见面，不拿出个三五百，面子上过不去。一个三五百，三个孙子就是一千多。宝贵心疼得直滴血，便打定主意，不在永济下车，也不坐玉贵的小轿车风光回村。他对玉贵说，不巧，我在运城还有点事，我在运城下车，就不去永济了。玉贵说，你回来有空，一定要来永济坐坐，好像永济是他家的。宝贵说，我都十多年冇回过咯，都唔识地咯。玉贵问，你说啥，我没听清。宝贵马上改口说，我都十多年没回家了，从运城回村里咋个走？玉贵说，运城有一趟开往胥村的长途汽车，花九块钱，一个筋斗就到村北头。

出了沟口，宝贵余光往右边一瞄，就见王朝晖仍在晒太阳，面前多了一套茶具。他低下头匆匆往前走。

王朝晖大声喊他，宝贵你个龟儿子，看不见老子坐在这！

宝贵不得不停住脚步。

王朝晖眉飞色舞地告诉宝贵，他前些天回了一趟四川老家，在亲家家里结识了一位百岁老人，叫马识途。马识途和他摆龙门阵，还给他写了一幅《长寿三字诀》：不言老，要服老；多达观，去烦恼；勤用脑，多思考；能知足，品自高；勿孤僻，有知交；常吃素，七分饱；戒烟癖，饮酒少；多运动，散步好；知天命，乐逍遥；此可谓，寿之道。

宝贵由衷地羡慕王朝晖，赞叹道：你个龟儿子活出来啦。

王朝晖说，关键是心态，心态靓，人就靓。

宝贵说，你站着说话不腰疼，饱汉不知饿汉饥。

王朝晖给宝贵倒了一杯工夫茶，叫宝贵坐下慢慢品。多日不见，他要给宝贵好好摆摆龙门阵。

宝贵说你回你家摆去吧。

王朝晖说家里没人。

宝贵说，不是有好多阿狗阿猫还有阿马吗？我要回老家，去买火车票。

王朝晖说，搭飞机啦，不贵，好快，好方便的。

宝贵说，我没那命。

王朝晖说，我给你报销。

宝贵说，不该晒（谢谢你啦），拜拜。

宝贵一边走，一边给儿子海福打电话，让海福清明节从浙江直接回老家。

海福说长三角这边用工紧张，不好招聘，老板把一个人当三个人用，恐怕不好请假。

宝贵说不好请也要请。清明节到了，论情论理，你都该回。

海福让了步，说，那我就做做老板的工作，争取能回老家。

宝贵斩钉截铁地说，不是争取，是必须！

宝贵直奔菜市场东面简易棚里的花店，那里摆了好多花里胡哨的冥币。有美元版的，有人民币版的，有港币版的，还有民国版的。面额小的有两元一张的，大的有一万元一张的，十万元一张的，一百万元一张的，一千万元一张的，还有九千九百亿一张的。两元一张的一叠三元钱；一万元一张的一叠一百张，五块钱；九千九百亿一张的一叠也是一百张，要八块钱。冥币之外，还有金条、金砖、金元宝。金砖一盒九块，要价十元，金元宝太大，携带不方便。还有小汽车、平板电视机、靓女小姐。宝贵问过价，肝疼心疼，他惊叫，哗，太贵！有冇折啦。老板说，好啦，开门大吉，求个好兆头，蚀本都卖你。最后，宝贵还是没买。他托公司办公室的文员阿丁从淘宝只花了不到花市价格三分之一的钱，就买了满满一编织袋冥币。宝贵乐了，爸这回肯定是满意了。宝贵似乎看见爸在天上跷着二郎腿，厚厚的大嘴，笑得合不拢。吭吭吭，很有水平地咳着，抹着泪花。这是爸一辈子见过的最多的钱，恐怕中国人民银行行长都没见过这么多钱。

宝贵对凤仙说，老张家在村里就剩下咱和三叔家。十多年没见了，回去好赖也得看看三叔。

凤仙打开从旧货市场上花五十元钱买回来的二手衣柜。那里面塞满了衣服，都是儿子海福和那个从没见过面的儿媳妇淘换下来的。凤仙一边翻着一边说，这些衣服我保存着，等哪天实在活不下去了，咱们拿着这些衣服还能开个二手服装店呢。

凤仙挑了一件西服，看了看，说，我都舍不得给你穿，哪能给他们。又挑出一件夹克衫，看看，说，这件是纯棉的，环保，挺新的，便放下。又挑出一件，说，给三叔拿件聚酯纤维的就行啦。人老了，没那么多讲究。

宝贵接过来，看看，说，太大了。

凤仙说，现在的娃们吃得好，一个比一个长得高，哪有小号的衣服，将就着吧。凤仙又给三娘挑了一件儿媳淘汰的衣服。

宝贵说，我还想再去你娘家一趟。

凤仙叹口气说，心里怪想他们的。又说，算啦，买礼物看他们，咱舍不得。空手去，脸上挂不住。

凤仙抹抹眼泪，说，再过几年，等咱们真的有钱了，风风光光地开着奔驰宝马，拉着咱们的小张章回去一趟。

宝贵附和着，再请个蒲剧团，唱三天大戏，或是请个电影队，放三天电影。

再办个流水席，请全村人山吃海喝三天。

完事后，咱们再回到珠海，白开水泡饭。

太麻烦，买米还得花钱，咱就天天站在家门口喝西北风。

喝西北风还得张嘴，太累，钻进被窝里做梦吧。

宝贵看看表，到了去南山幼儿园接张章的时间，便骑上自行车，出了沟。

接上张章，拐进石花西路，宝贵问孙子今天阿姨给讲的是什么课。

张章说，阿姨给我们讲理想，还让每个人都说自己的理想。

宝贵问，你的理想是什么?

张章说，我的理想是当大老板。

宝贵问，为啥要当大老板?

张章说，大老板有好多好多钱。

宝贵问，要钱干啥?

张章说，买房。有了房子，爷爷奶奶就不用辛苦啦。

宝贵的眼热得模糊起来，他的厚嘴唇颤抖着说，真是我的好孙子，爷爷没白疼你。

张章还说：我们班的邝勇的理想最大，他说，他长大了要住英国的房子，开德国的车子，戴瑞士的手表，娶日本的女人，坐美国的飞机，喝法国的红酒，吃澳洲的海鲜，抽古巴的雪茄……

石花西路绿树成荫，车流如潮，阳光似火，知了声碎。

五

带着给爸妈准备的一编织袋冥币，头戴海福淘汰下来的高尔夫球帽，脚穿海福淘汰下来的三色阿迪达斯运动鞋，上身是海福淘汰下来的灰色聚酯纤维面料夹克衫，下身是海福淘汰下来的蓝色潮男哈伦裤。时尚魅影的宝贵从珠海坐长途汽车到广州东站，换乘火车直奔中条山下。

一路上，宝贵很激动。车窗外的风景不在宝贵的眼里，眼里全是印象中的老家。老家的老槐树，老家的院子。听爸讲，这座院子本来是标准的北方农家四合院，是从老爷爷手里开始盖，老爷辈才完成的。特别是北房，老家叫上房，建在从中条山拉回来的磨盘大的青石台基上。在村里是数一数二的好房子，椽能当柱用，柱能当檩用。分家时，在老舅的主持下，北房分给了三叔，三叔最小，天下老爱小，没办法。东厢房分给了二叔，爸分得了西厢房，南屋带大门三间，爷爷奶奶住。后来，生产队给二叔三叔重新规划了院基，二叔的三间东厢房拆下来翻盖到新院子，三叔的北房拆下来的全是好木料，翻盖太浪费，便卖了个好价钱。用卖下的钱，又买些便宜的木料，三间上房，变成了六间厢房。北房的旧址上，宝贵爸在西北角挨着茅房的地方垒了个猪圈。每年春天从董村集或是清华市上买回来一头小猪，养一年，过年时杀掉，全家就能过个有滋有味有声有色的好年。

到运城的时间是第二天的后半夜。火车刚进站，车厢里就响起了悠扬又忧伤的萨克斯曲子《回家》。这是美国人凯丽金肯尼·基创作并演奏的曲子，美丽，清秀，几分柔情，几多迷离，不掺杂一点浊音，把人想家那种缥缈缠绵的意境渲染铺陈得荡气回肠。《回家》毫不费劲地就把宝贵俘虏了。

下了火车，他小跑着挤出车站。站在车站广场的关公铜像前，才想起夜里没有发往老家的长途汽车。有出租车司机过来揽活，一问，要一百块钱。他拖着行李，坐在关公铜像前的台阶上，抬头看西天的星星。他的家就在其中一颗星星的下面，很近很近。后半夜，天气凉下来，有了露水。宝贵便来到候车室，没有坐的地方，就找张烂报纸，靠墙坐在花岗岩地面上，眯眼打盹，熬到天明。醒来之后按玉贵说的路线，跑到菜市场前，赶坐最早的一班长途汽车。

长途车厢里，说的唱的，全是老家话。到了发车时间，汽车启动了，却不急着上路，在市里逛起了马路，走走停停，不断有人招手上车。等车里装满了人，才欢快地跑出城，沿着运风公路，一路向西。中条山在路左面千年万年地站着，那石头垒起得高高低低，在宝贵眼里就像村里的老汉老婆婆，像家门口的老槐树。路边的杨树柳树头上已雾了一层绿。出城不久，春天就从路边轰轰烈烈地升起，扑面而来的，除了宝贵熟悉的绿油油的麦田，还有一大片一大片盛开的莹洁如雪的梨花，粉娇似霞的桃花。如此大面积的梨花桃花，让宝贵意想不到。在他的印象中，老家是粮棉产地，除了粮食就是棉花，哪会有这么多的经济作物。他惊喜得眼珠子剧烈膨胀，心跳得浑身充血。他把车窗拉开，梨花桃花散发出的清香，扑到脸上，钻入鼻孔，馋得他大口大口地吸气，神迷意醉。

五十分钟后，长途汽车停住了，售票员告诉宝贵，西村到了。

宝贵看看车窗外，说声好像不对。

售票员说，我天天跑这趟线路，能错?

宝贵急忙提着行李下车。

长途汽车放了两个响屁，继续前行。

宝贵站稳，转眼四望，他像在看电视，跟着中央四台的《遥远的家》节目，来到了一座丢在绿油油麦田里的小镇。眼前一片寂静，寂静得让宝贵汗毛倒竖。

印象中，他站立的地方，过去是一片麦地。他四处寻找能确定这是家的痕迹，终于看见不远处的另一个路口高高地矗立着一座有三层楼高的古香古色雕梁画栋的大牌楼，上面写着“西村”两个大字。他知道真的到家了，眼一下子热胀得模糊，村子化成了一团雾。他脑中的村子，和眼前的村子，实在是融合不到一起，就像自己和珠海融合不到一起一样。脚下，连接柏油马路的是新铺的通往村里的水泥路。一座挨一座新盖起来的院子昂首挺胸，几乎全是一砖到顶的小二楼，间或还冒出三层楼。这些院子的门楼，一个比一个阔气，一个比一个高，比赛着往天上长，都想高出邻居一头。水泥路边栽着松树，还有珍贵的银杏树。以前满世界的槐树、榆树、洋槐花树、杨树，都不见了，只剩下偶尔从院墙里探出头的桐树，炫耀着紫色的花，在风中一惊一乍地翻飞着。

宝贵站在那里，两只脚犹豫着来回倒腾。

他的手捏捏口袋里的烟，在运城刚坐上长途车时他就把香烟从行李里掏出来装进裤口袋，准备进村后，碰到熟人就敬，村里人很注重礼节。可现在，他看不见一个人影。陌生的村子让宝贵不知道回家的路。他只好估摸着自家的方位，试探着走。过了两个巷口，还没看见一个人影。又到一个巷口，宝贵站住两头瞧瞧，还是没人，有两条狗在追逐，还有一条狗在看热闹。一只花猫站在墙头歪着脑袋打量他这个不速之客。走到巷中间，宝贵看见有两个老汉坐在一座新门楼的圪台上晒日头聊天。

宝贵认出来了，一个是小学同学黄千管的爸，叫黄小狗，一个是小学同学，叫马万里。他赶忙上前打招呼。

马万里也认出宝贵，嘿嘿，宝贵！狗日的，你还知道回家？

清明了，回来上坟。

宝贵放下行李，掏出烟递给马万里一支，递给黄小狗一支，并打着打火机。宝贵问，你俩闲着哩？

马万里说，托共产党的福，每天晒日头。

黄小狗指着马万里对宝贵说，我刚刚正说他哩。前两天，他儿子从东莞给家寄回来一千块钱，他老婆给了他一百，让他买点想吃的。他就烧包得成了地主老财，拿着一百块钱，去摸麻将。打头圈时，两眼瞪得像二饼，打二圈，两眼成了白板，不到四圈完，两眼就成了二条。

马万里不服气地说，妈的，我上次拿了十块钱，三下五除二就赢了十五块。心想这回拿一百，咋还不赢它个一百两百！

马万里狠狠抽一口烟，又看看烟卷上的字，赞了句好烟。便看宝贵，问，在广东发了大财，住上了高楼大厦，把老家给忘啦?

宝贵的脸成了猪肝。他忙引开话头，盯着眼前新盖的门楼问，这是谁家的，盖得这么阔气。

马万里说，这是祥富的。

宝贵吃了一惊，祥富发财了?

万里说，发啥财呀，用两条腿换来的。

宝贵急问是咋回事。

黄小狗说，嘿，去年的事。祥富不是在灵石洗煤厂打工嘛，有一天，厂里的电线杆倒了，他那号人，心肠好，爱管闲事，怕伤人，去拉线，结果铲车司机没看见，一铲子过去，两条腿没啦。厂里还算不错，赔了五十万，还给买了个电动轮椅。一回来，就吵吵着盖房子，房子盖好啦，这几天正忙乎着准备给娃娶媳妇呢。

黄小狗说着说着，住了嘴。打量打量宝贵，又街两头瞧瞧，问，你咋没开车回来?

宝贵赔着笑，没有两个字刚到嘴边，急忙咽回去。从脑海里搜索出老家话，说，咱是给人家打工，挣汗水钱。又说，你俩身体看着挺好。

马万里摇摇手说，别提啦，老啦，按天活，今个睡下，明个还不知能不能穿上鞋。

黄小狗说，万里半年前得了脑梗，在医院住了两个月，总算还有口气。

马万里说，说来也日怪，以前吧，要啥没啥，人也没病。现在生活好了，要啥有啥，人也病了。得病的人还越来越多。那天，我数了一下，全村光得脑梗的人就有二十一个，还有八九个瘫在炕上，四五个半身不遂，六七个有言语障碍。得糖尿病的更多，五十多个。都是富贵病。

宝贵说，我就说嘛，进了村连个人影影都见不着。

黄小狗说，你这话说对喽。现在村里呀，啥都有，就是没人。胳膊腿能动弹的，都出去打工了，村里留下来的不是老得走不动，就是小得不能走。

马万里的老婆也是宝贵小学同学，宝贵也顺嘴问了一句。黄小狗说，他老婆这会儿恐怕在家阿弥陀佛哩。万里脑梗后，他老婆就信了佛，他家现在成了尼姑庵。

马万里不服气地说，我老婆好赖信的还是咱中国的，谁像你老婆信了个外国的，每天就是个阿门，以马内利，赎罪的羔羊。

黄小狗说，有事总比没事强，女人嘛，无事生非。

马万里说，宝贵，快回家吧。要不先到我家吃个饭？

宝贵脸红到了鼻子尖，说，我寻不着家。

马万里骂声你这怂娃！站起来，拍拍屁股上的土，给宝贵指路，你端端往前走，一、二、三、第四根电线杆往南走，顶到头，再往东走，就能看见你家门前那棵老槐树了。

宝贵很激动。他没想到，他家门口的老槐树还在。他对马万里感叹了一番，没想到咱村变化这么大。

马万里神气地说，大的变化还在后头呢。我住院时就听县里的人说，现在全国都在叫唤着新型城镇化。按照国家的思路，咱村以后就是新城镇。宝贵，赶快回来吧，咱村成了新城镇，你在家门口就能找到一份好工作，过上好日子。

宝贵心里说，自己家乡是天堂，谁愿意背井离乡。

按照马万里的指引，宝贵往前走。拐进往南的巷子，一辆电动轮椅开过来，他侧身让路，电动轮椅在他面前停下。他这才认出是小学同学王祥富。

祥富也认出了他，拍着轮椅扶手，说，你这怂娃！打扮得这么洋气，我还以为是外头回来的大小伙子！

宝贵的目光在祥富腿部扫了一下赶紧移开。他故作轻松地说：清明节到了，回来给爸妈上个坟。

祥富已经注意到了宝贵的眼神，笑着说：没想到吧？我也没想到。那年你去珠海，还是我骑自行车送你去的董村火车站。一晃，有二十年了吧？人老了，也废了。

宝贵又转移了话题，问，你家的楼房盖得真不赖，花了多少钱？

祥富说，我妹夫是搞建筑的，省钱。二层楼，四十万。祥富自豪地说：我这辈子算是了了心愿喽。

宝贵心里一紧，老家盖房也得花这么多钱。

祥富对恍惚中的宝贵说晚上没地方住就来我家住。

他笑笑说，我回家住。

祥富说，你那家还叫个家？早成了鬼屋。我给你说，你还是住我家。咱俩多年没见，好好谝谝。

他说，我还要去我三叔家。

祥富说，你三娘能要你？还不一脚把你狗日的踢出来？

他说，再怎么说我们都姓张，打断骨头连着筋。

祥富说，随你。要是实在没地方，就到我家。新院子，房子多，你一人住三间都行，想打滚都没问题。

宝贵注意到祥富手里拿的红秆绿叶月月花，想起了妈一到清明就念叨着要吃"月月花"煮鸡蛋。老辈人说，"月月花"鸡蛋吃了，热天身上不起痱子，全年身上不长疙瘩。还说"吃鸡蛋，免雹灾""不吃鸡蛋下雹子"。妈是爸的遥控器，妈一念叨"月月花"鸡蛋，爸就屁颠屁颠地上中条山，弄一把“月月花”回来。妈说，月月花带根煮鸡蛋好吃，爸就扭头二上中条山把月月花的根儿刨回来。清明前一天下午，妈会把月月花冲洗干净，放进锅里，添上水，放上鸡蛋，大火烧开，然后小火慢慢煮，直到鸡蛋壳变黄，鸡蛋清变成绿色。

宝贵问，你到哪弄的月月花？

祥富说，专门有人来村里卖。前两天忘了买，今天要煮月月花鸡蛋了，才想起来。这不，和人家要了些。

宝贵挠着头，讪讪地说，我想吃我妈煮的月月花鸡蛋了。

祥富说，你到我家吃。

祥富往前走了一截路，又扭回头，问，宝贵，你能找到你家吗？

宝贵还没回答，电动轮椅就调了头。祥富说，我给你领路，又说，好几个多年没回来的，回到村里都找不到家了。

祥富让宝贵把行李放到电动轮椅上。

祥富问，在珠海还行？

宝贵说，混口饭。

祥富说，咱们背井离乡，就是为了能过得好一些。不过，在外头闯世界，举目无亲，个中滋味，自己清楚。我在外头就天天想家。

宝贵说，我也是。

祥富说，城里头繁华，高楼大厦，要啥有啥，可那里都是有钱人的天下。咱没钱，像鸡毛，到处飘，没个归宿。

祥富说，宝贵，钱挣多少是个够？差不多就回来吧，把你家翻盖一下，安安稳稳过日子吧。人这一生，就是这么回事，这次事故我算是想明白啦。

又拐一个弯。

宝贵一眼就看见家门口那棵老槐树，还是那样高大粗壮，像一位久经风霜的老人。老槐树的头让春给染绿了，嫩嫩的树叶哗啦啦在微风中摆动着，热情地迎着宝贵。快到家门前，宝贵发现门口那两个形态生动手捧鲜桃的石猴拴马桩没了踪影。那可是很有年头的古玩意儿，是他爷爷的爷爷安放在门前的，有马上封侯、福寿绵长的意思，承载着祖先的美好愿望。小时候，宝贵经常在石猴上爬上爬下，海福小时候也爱爬上去玩。“文革”中，爸怕石猴被当作四旧砸烂，半夜里叫起宝贵，偷埋进家里的猪圈，风头过去后，又把它们从猪圈里起了出来。

祥富说，你家那对石猴村里修水泥路那阵子给弄掉了，先是放在村委会，后来就不知道跑哪了。

祥富又说，肯定是文物贩子从村委会偷走了，也可能是村干部给卖了，那东西现在值钱。

宝贵的目光急着看门石鼓。两面雕有花卉、山石、祥云和飞禽走兽精美图案的门石鼓幸好还在。亲切的门石鼓让宝贵一眼泪花。

宝贵从祥富的电动轮椅上拿下行李，正要上台阶，冷不防一只狗冲出来，“汪汪汪”地叫着，拦住了他的去路。这是一只土狗，周身肮脏得让人分不清毛色。狗的两只小眼睛满怀敌意地瞪着宝贵，龇牙咧嘴，做出一副凶狠的架势。宝贵吓得连连后退到祥富的电动轮椅旁。

祥富厉声呵斥，小白！

狗看祥富，给祥富摇摇尾巴。

宝贵也一愣。看狗，又看祥富，疑惑地重复，小白？

祥富笑着说，这是你家的狗。

宝贵挠着脑门，我家的小白能活到今天？

祥富说，这是你家小白的孙子。

祥富接着说，你家小白的后代天生就是给你家看门的。这么多年了，小白的后代好几茬了，轮流守候着你家。

祥富对小白吼道，还咬什么咬！祥富指着宝贵又对小白说，这是你祖宗！

宝贵再看小白，小白敌意的目光柔和了。

他试探地叫小白。

狗友好地摇摇尾巴。

他又轻轻叫了一声，小白。

狗的小眼睛里闪着泪光，喔喔地叫唤起来，像是哭。

宝贵上前一步，弯下腰，试探地伸手接触狗。问道：你真是小白的后代？

狗匍匐在地上，喔喔着，两只前爪慢慢地接近宝贵，伸出舌头舔着宝贵的手，小眼睛深情地看着宝贵，泪水夺眶而出。

宝贵的眼眶也热了，他摸着狗的脑门。

祥富说，狗通人性。

祥富说，你家养的小白，好几代了，都很忠诚。我听说，要不是这些小白，你门口的门石鼓，早就叫文物贩子偷走啦。西头武家门口的那对门石鼓你记得吧？和你家的门石鼓一样古老，都让文物贩子给偷走啦。那些人很专业，像日本人进村，打枪的不要。半夜里悄悄地来，开着工具车，扛个千斤顶，先把门顶起来，再把门石鼓掏出，最后用烂砖把门支好，一大把人民币就到手了。我听说这些老石雕卖得相当贵，能盖一座二层楼。

祥富说，多亏了你家小白。我听说，偷你家门石鼓那天半夜，小白咬得很凶，五个文物贩子打死了两条小白，自己也伤了两个，最后也没偷走你家的门石鼓。

宝贵感激地抚摸着小白。

宝贵从包里找出大门钥匙。木门上的黑漆，风吹日晒，起皮了，像鱼鳞。大铁锁锈成了一疙瘩，一摸，手就染黄了，从门缝里钻出一股陈年腐朽味。宝贵试着开锁，锁孔锈死了，钥匙插不进去。

他喊住已走出老远的祥富问：你家里有没有斧头。

祥富又拐回来，咋啦？

他说，锁子锈了，拧不开。

祥富笑着说，能拧开才叫见鬼哩。

祥富又说，你不是在家只待一两天就走吗。你把锁子砸了，还得换锁子，干脆到我家住。

宝贵说，大老远的回到家，不进家看看，心里难受。

祥富说，这还不好说。扭头吼小白，领着你祖宗回家去。

在小白的带领下，宝贵来到院墙后面。他看到靠近猪圈的院墙有半堵墙塌了，形成个大豁口。豁口被磨得光溜溜的。小白一跃跳上豁口，回头等宝贵。宝贵犹豫了一下，跟着小白跳进家。

六

进了院内，宝贵被眼前破败不堪的景象震惊了，嘴半张着，像没水的自来水管里进了空气，只是空洞地响。

院子俨然成了野草的天下，野草有半人高。去年的盐蓬、野牵牛、节节草、野苜蓿、马蔺草、芦苇，已经枯黄，东倒西歪。野草下，今年新长出来的嫩芽顽强地向上伸展。除了返老还童的野草，还有眼熟的苦苣、灰条、马齿、蒲公英，也扑棱起来。院子里以前没栽过树，现在却冒出来好几棵，坍塌的猪圈里长着一棵椿树和一棵拐枣树，树已经高出院墙。茅房顶上斜出一棵苦楝树，苦楝树下还藏着一棵紫穗槐和一棵桑树。南房台阶下水道口，冒出一棵开着小黄花的树。宝贵没见过这种树，大概是风从国外引进的新品种。有蝴蝶三三两两在野草间嬉戏。一只藏在草丛里的癞蛤蟆从草丛里跳出，瞪大眼睛看宝贵，像在看火星来客。癞蛤蟆眼睛周围突起一圈黑色，就像戴着一副黑框眼镜，脚趾末端也是黑色，像是涂抹了黑色指甲油。一只灰喜鹊从草丛中扑棱棱飞起，落在苦楝树上。燕子北归了，在房檐下呢喃着。

宝贵早就想象过家的破败，但没想到会破成这个样子。他不敢相信这就是他的家。然而，这确实是他生活了四十多年的家。他一屁股坐在圪台上，圪台上厚厚一层岁月积淀的浮土，淹没了半个屁股。他感到浑身无力。

小白歪着头看主人。

院子里寂静异常。

日头照到院心，渐渐起了温度，野草的气息也有了浓度。宝贵看着爷爷奶奶死后爸妈住的南屋，爸妈仿佛就在他眼前。爸那两片非洲人一样的厚嘴唇不停地动着，像是有话说。他不敢和爸对视，怕爸又说起翻盖房子的事。他看自己以前住的西屋，那里窜出海福哇哇的啼哭和调皮的嬉笑。也不知过了多长时间，宝贵扶着膝盖缓缓站起，他想把院子里的野草清除一下。他走进放农具的厦房，发现挂在墙上的农具锈成了一堆，面目全非，一动就散架，根本没法使用。他返回院心，愣了一会儿，想一把火将野草烧掉，又怕控制不住火势，再把几间破房化为灰烬。他微微张着嘴，傻傻地看着，不知如何是好。他脑子里一片空白，站了一会儿，站累了，又坐在院圪台上，用手狠狠地搓搓麻木的脸皮，来回地搓，把脸搓热，试图让脸皮恢复感觉。

他给凤仙打了个电话，电话通了，又不知该说些什么，只给凤仙报个平安。

宝贵打开他和凤仙住的西房门。一股刺激性的陈年味道不可阻挡地窜入鼻孔，敏感的神经细胞受到刺激，胸部肌肉猛烈收缩，他连头都没来得及仰起，巨大的气体就从鼻孔和嘴向外喷出，惊天动地打了三个喷嚏。宝贵突然想到这应该是爸妈想自己了。他嘴里念一声阿弥陀佛，又对爸妈说，我明天一大早就去看望二老。

宝贵把几间房都转着看看，又回到院子里。仰头看天，鼻子阵阵发酸，他突然想哭。

房檐下的燕子，用翅膀抹着胀酸的眼睛，停止了呢喃。

不知过了多长时间，宝贵感到肚子饿了。他琢磨着午饭是不是去三叔家吃，还有晚上是不是也住到三叔家。

宝贵突然发现小白不见了。说起小白，还是二十五年前的事。那是金灿灿的麦收季节，爸去世了四年，妈还瘫在炕上，他和海福去地里收麦子。刚过河底地，就听见后来被他叫作小白的一条白毛狗躺在路边的壕沟里痛苦地叫唤。这是一条无家可归的野狗，被同类咬伤或是被人打伤了。野狗的眼神，极度恐慌还带着深深的哀求。宝贵觉得可怜，好赖是一条命，便把自己带的一个馍馍拿出来，一块一块地掰开喂它。收工时，它拎着一条腿，一瘸一拐，跌跌撞撞地跟着宝贵来到家门前。宝贵起了怜悯心，不忍心赶走，说了句，留下给我看门吧。狗听到这句话，扑倒在宝贵脚前，喔喔喔地叫着，眼泪汪汪地舔宝贵从鞋里钻出来的脚趾头。从此，每天出家门时，小白都要把宝贵送到巷口。宝贵回头对小白说，回去吧。小白就乖乖地停住脚步，目送主人拐进另一条巷子，转身回家。回到家的小白也没闲着，它卧在宝贵妈的炕下，帮凤仙给老人拿水，倒尿盆。小白给家里带来了很大的快乐，也让宝贵感受到狗的灵性和忠诚。

看看日头，就快到了头顶。张宝贵从行李里拿出凤仙给三叔三娘准备的礼物。

小白领着四条狗来到宝贵面前。小白们围绕着宝贵，大献殷勤，摇头晃尾地撒娇。宝贵明白这四条狗都是小白的后代。小白们的身上不同程度都有缺陷，应该是生活的艰辛打下的烙印。一条小白缺一只耳朵，一条小白瘸了腿，一条小白尾巴剩下一半，一条小白半个下巴没了。宝贵蹲下身子，挨个摸过小白们的头。小白们热泪盈眶地享受着难得的主人的关怀和温暖。

他和小白们从院子后墙的豁豁口跳出家。

再次路过家门口，宝贵忍不住停下，看着自家紧锁的大门，觉得那么陌生，那么遥远，恍若在看远古照片。

张宝贵走惯城市繁华整洁大马路的阿迪达斯运动鞋，在村里静谧脏乱的水泥路上，嚓，嚓，嚓，嚓，发出清脆而嘹亮的回响。

五条小白列队跟在后面，沙，沙，沙，沙，昂首挺胸，整齐划一，楚楚有致。中间从别处传来几声狗叫，接着是一阵狗的厮杀声，两条小白偷偷溜走追着厮杀声看热闹去了，跟随主人的小白剩下三条。在巷子拐弯处，宝贵像以前对待小白那样，回头也对小白的后代和蔼地轻声说，回去吧。

沙沙的狗步声乖乖止息。三条小白摇着尾巴向主人告别，目送主人的脚步嚓，嚓，嚓，嚓，清脆而嘹亮地响到另一条巷子里，直至消失，才扭身沙，沙，沙，沙，回家。

七

三叔家和老院子隔着两条巷子。玉贵分家规划院基时，三叔和邻居调换了一下，把他的院基和玉贵的院基挨住，以便年纪大了，玉贵照顾起来方便。三叔的家还是二十多年前的样子，萎萎缩缩地夹在两座高大的院落中间。宝贵看见三叔门前的圪台上坐着一个人，千年万年的样子。那人盯着巷口在看什么。宝贵认出是三叔，急步上前。他没想到，比自己大十五岁的三叔老成了一块石雕。

宝贵凑近轻轻叫声三叔。

三叔睁大枯萎得像一粒失水黄豆一样的小眼睛，盯着宝贵，哆嗦着和爸一样的厚嘴唇说，玉贵啊，你总算还记得要回来。小轿车开回来了吗？

宝贵忙说，三叔，我不是玉贵，我是宝贵。

三叔黄豆大的眼睛眨也不眨。说，我就知道清明到了，我玉贵会回来的，会开着小轿车回来的。

宝贵明白三叔搞错了人，又向三叔说了一遍，我是宝贵，你侄儿宝贵，从珠海回来的。

三叔没反应，似乎空气介质失效。宝贵只好把声音提高八度，三叔，我是宝贵。

你不是玉贵？

我是宝贵。

宝贵？宝贵是谁？

是你侄儿，你的侄儿宝贵。

我侄儿？

你忘啦？我比玉贵大九岁，属龙的，就是海福他爸。就是那个去了珠海打工的宝贵。想起来了吧？我是你侄儿，你连我都忘啦？

噢，噢，噢，想起来了，宝贵，你是宝贵呀！你看看，你看看，三叔这几年老了，老糊涂了，人都认不出来了，啥都不记得了。有时候，都不知道自己是不是还活着。上回鹏程回来，和我说了半天话，我还以为是和玉贵说话呢。你真的是宝贵？我不是在做梦吧？

我是宝贵，真的是宝贵。

我还以为是玉贵回来啦，是你回来啦？

回来啦。

回来好，回来好，该回来啦。

宝贵说，清明了，回来给我爸妈上坟。

三叔眼里涌出了浑浊的泪，我大哥养了你个白眼狼。

三叔说着，从上衣口袋里掏出一块手绢，想擦眼泪，举了半天，没够着眼睛，在脸蛋上擦了几下。

宝贵赶紧从口袋里掏出好烟，递给三叔一支。

三叔擎着烟，痴痴地看巷口，嘴上说，玉贵该回来啦，应该开着车回来。这两年，咱村在外打工的，家家都开着小车回来。玉贵也买车了，我给玉贵说，要回来就开车回来，不开车就别回来给咱老张家丢人现眼。

宝贵在三叔对面的圪台上坐下，叔侄俩有一句没一句地聊着。过了好一会儿，三叔才想起应该让宝贵进家坐坐。

三叔右手拿起靠在墙上的拐棍，宝贵上前一步搀扶三叔。三叔站起来，却没急着领宝贵进家，仍旧恋恋不舍地朝巷口看看，又把脸朝东看。

宝贵随三叔也往东看。他明白了，三叔在看玉贵的家。玉贵家以前的三间平房变成了一座气派的二层楼房，高高大大，外墙从顶到底，贴着雪白的瓷砖，门楼用的则是红瓷砖，门脑上是家和万事兴五个烧制的颜体字。

宝贵看着沉浸在幸福日头中的三叔，凑近三叔的耳朵，夸赞玉贵能干。说玉贵比他能干，永济的饭馆做得不错，比他在珠海混得好。

三叔脸上露出的笑容像毛毛虫在眉毛上蠕动。三叔很自豪地说，玉贵还行吧，好赖能挣几个活钱，比在家种地强。

三叔指着玉贵的二层楼说，这房子都盖了快七年了，你没见过吧。

三叔不等宝贵回答，继续说，鹏程，你认得鹏程吧？我那个大孙子，你的侄儿，八年前，处了个对象。我给玉贵说，赶紧把娃的事办了，我着急见重孙子哩。玉贵也想早点把娃的婚结了，就急急慌慌盖了这么个楼房。花了不少钱，我还接济了他一千块钱哩，那都是从土疙瘩里抠出来的。那时玉贵刚开饭店没几年，手头还不宽畅。那年啥都搞好了，门窗也做好了，是木头的。鹏程媳妇嫌土气，要城里人装的铝合金。等攒够钱买铝合金，铝合金的又不时兴了，又要改塑钢的。塑钢的还没安上，媳妇那头又提出要在县城买房。现在一家人都到县城生活去啦，当上了城里人。玉贵的孙子都上学了，户口也在城里头，今年六岁七个月零六天。

宝贵问，三娘还好？

三叔说，好好，前年我和你三娘都吃了农村低保，每月能领二百多块钱呢。虽说不多，但在农村，还是挺顶用的。吃的粮食是自己种的，吃的菜也是自己种的，手头有了这二百多块钱，很踏实，给玉贵也省了不少心。

宝贵扶着三叔进家。院南面过去栽树的地方，开垦成了一片菜地，绿汪汪地长着菠菜、韭菜、生菜。茅房还在老地方。门房墙体裂开一指宽的缝，房檐下，放着一个用钢筋焊成的鸡笼子，里面圈养着五只母鸡。宝贵跟着三叔进屋，眼前一片昏暗，让开门口，屋里又亮堂了。空荡荡的屋，让宝贵想起了他在珠海的出租屋。屈指可数的几件破旧家具也很眼熟。三娘坐在脚地的灶火前，择一堆长得粗壮的菠菜。右膝盖上爬着一个小女娃，流着口水，像是睡着了。宝贵进来时三娘的头抬了一下，又低下去。宝贵上前亲切地唤了一声三娘。

三娘装聋作瞎，任宝贵亲切的呼唤贴着耳朵飞过去，继续择菠菜。

宝贵又大声叫道，三娘。

三娘慵懒地抬手把风吹起的白发缕到脑后，抬头看看日头照着的院子。

宝贵知道，以前分家时，为了一口锅，妈和三娘吵翻了。妈活着时，和三娘在巷子里迎面碰上，三娘的脸一下就看了天。妈死时，三娘也没去看最后一眼。

宝贵有些紧张，他小心翼翼地把给三叔和三娘准备的礼物拿出来，递给三娘。

三娘的眼在菠菜上，双手不停。

宝贵尴尬地将礼物放到三娘身边的饭桌上。

三叔很开心，说，我家宝贵，心里头还装着三叔。

宝贵说，打断骨头连着筋，哪能忘。

三娘的眼神离开手中的菜，斜睨饭桌上的夹克衫和花衬衣，最终还是没抵挡住诱惑。她腾出手，提起宝贵给三叔的夹克衫，一抖，脸唰地拉长了，夹克衫被不客气地扔到地上。三娘的话就疙里疙瘩起来，哟哟哟，你看看，宝贵，多年不见，啧啧啧啧，也不说给你三叔买件新的拿回来，这是你家海福穿剩下的吧，还没我孙子拿回来的好……

宝贵的眼光像受惊的兔子一样茫然失措又无地自容，心里直骂凤仙。他脸红脖子粗地弯腰把夹克衫捡起来，拍拍上面的土，放回饭桌。

三叔干咳两声，把三娘的挖苦拦腰打断。

爬在三娘右膝盖上睡觉的小女娃醒了。三叔给宝贵介绍说，这是万里的二女娃，生下来就送回来，让你三娘带，一岁半了。

宝贵问三叔，这是重孙女吧?

三叔自豪地说，三叔眼下是重孙子重孙女齐全，四世同堂啊。咱们老张家多年没有这么人丁兴旺了。三叔说着，脸上又流露出一些遗憾，说，只是娃们都在外头忙，家里不热闹，空空的。

宝贵连忙从口袋里掏出一百元钱，给小女娃。小女娃认生，不要，躲到三娘背后。宝贵便把钱递到三娘手上，说，给娃买点娃爱吃的。

三娘毫不客气地接过钱，揣进口袋。

小女娃又转到三娘前面，先是伸手摸三娘口袋里的钱，摸着摸着，便撩起三娘的衣襟，要吃奶。

三娘说，有人，羞!

小女娃说，不羞不羞不羞。

小女娃瞪了宝贵一眼。

宝贵赶紧低头。

三娘的衣襟让小女娃给扯开了。两个七十多年古老的面布袋一样的老乳房在三娘胸前晃荡着。小女娃钻在三娘怀里，嘴含着左边的奶，手护着右边的奶，生怕有人抢走似的。

宝贵想起他的张章也常这样叼凤仙的奶。

三叔说，宝贵，中午就在三叔家吃饭。

三娘说，家里没菜。

宝贵急忙撒谎说，我还要去凤仙娘家看看。

三叔用拐棍咚咚地戳着脚地，黄豆一样的小眼睛放出只有三娘才能理解的威严。三叔又用拐棍点点宝贵，说，你多年不回来，不在三叔家吃顿饭，是看不起三叔，是打三叔的脸。

三叔又用拐棍戳着脚地，斩钉截铁地决定，大白馍，菠菜炖粉条！

三娘嘟着嘴，剜了三叔一眼，把奶头从小女娃嘴里拔出来。站起身，拍拍围裙上的菠菜叶和土。

小女娃嘟着嘴，一屁股坐在三娘刚才坐的木头墩上，斜眼瞪宝贵，骂了句宝贵是坏蛋，叫宝贵滚蛋。

宝贵很窘迫。

宝贵看见门后头有笤帚，忙拿起，把脚地的烂菠菜叶扫进簸箕，又讨好地跑出屋抱回来足够烧两顿饭的柴火。

三娘舀水洗菜。

宝贵听出舀水时瓢刮到了水缸底的呼啦声，就顺手拿起门后的桶，问三叔去哪儿打水。

三叔自豪地说，咱院里有自来水。

宝贵很惊讶。

三叔说，前年上面有个大领导来咱村扶贫，干了三件大事。头一件是铺了水泥路，二一件是家家安上有线电视，三一件是家家通上自来水。三叔还说，当官有了政绩，老百姓得了实惠，真盼着天天有大领导来扶贫。

一人一碗菠菜炖粉条，一个大白馍，饭桌中间是一碟凉拌韭菜、一碟油辣椒。宝贵埋头呼呼吃饭。三叔把馍掰碎，泡在烩菜里，再搅一筷子辣椒，红是红，绿是绿，吃得津津有味。

三叔抬头问宝贵，馍好吃吧？

宝贵忙说，美得很。

三叔说，这馍不是家里蒸的。村里现在没人蒸馍了，董村有馍店，拿钱买行，拿小麦换也行，方便得很。这馍就是拿小麦换的。菜也是自家种的，今年长得旺，我和你三娘吃不完，一多半送了人。

三叔说着说着转了话题，说，宝贵呀，有个事，三叔不懂。你是城里人，见多识广，帮三叔拿个主意。万里，就是玉贵的二娃，你侄儿，现在不是在太原打工嘛，娃都快两岁了，还不结婚，我急着给娃把事办了。我和万里说，这老话说，名不正则言不顺，言不顺则事不成，事不成则礼乐不兴。万里说，女方说结婚的条件就是要在太原买房。你告诉三叔，这房是该买不该买？

宝贵想看三娘的眼色，但目光不敢伸直。他不知道咋回答。

三叔又问，你在珠海买的是多大的房？

宝贵老实回答，没买房。

三娘嘴撇了三撇，哄鬼哩！我孙子在太原干了才三年，就要结婚买房。你在珠海都二十年喽，能没买房？你每天住猪圈？

宝贵苦笑着说，我真的没买房，珠海的房价高得快到了天上，一套房好几百万，哪是我这种人能买得起的。

三叔说，还是村里好。金窝银窝，不如自家这个狗窝。

三叔说，宝贵你多年不回来，好不容易回来了，就多住几天。

宝贵说，珠海那边假不好请，明天给我爸妈上了坟就得赶回去。

三叔说，该给你爸妈上坟了，你一走就是二十年。我记得你给我大嫂过完三周年，就再没回来给你爷爷奶奶上坟了。

宝贵说，我明天跟着三叔先给爷爷奶奶上坟，然后再给我爸妈上坟。

陪三叔闲扯着，日头影从脚底爬上了门框。三娘在炕上打着长长的哈欠，音调响亮。

宝贵知趣地起身。

三叔大声说，多年不见，急啥，多坐会儿。

宝贵又坐下。

三娘喊三叔生火煮月月花鸡蛋。

宝贵只好又起身，说，叔，我还有点事。

噢，你有事，叔就不留你啦。

我走啦。

宝贵，记着，晚上就来家里睡吧。

三娘抢在宝贵前头说，人家是城里人，住惯了金銮宝殿，咱这屋穷得连个虱子都养不住。三娘看着门外面，问宝贵，晚上回永济住高级宾馆？

宝贵咧咧嘴，惶恐不安的眼睛在三叔脸上转了一圈，又转到房顶上，他说，回到村子，我，我，我就回家里住吧。

三叔说，你那家多年没人住了。

宝贵说，我一会儿收拾收拾就行了。

三叔说就来三叔家住。

三娘的脸眼看着要下雨。

宝贵赶紧说，我还是回家住住。说着，像被人驱赶的野狗一样，夹着尾巴，逃出了三叔家。

五条小白在后墙豁口处玩耍，等待着主人的归来。看见宝贵，一窝蜂地扑上来，摇着尾巴叫着，围绕着宝贵一番撒娇。宝贵问它们吃过午饭没有，它们个个张大嘴，伸长舌头，让宝贵看它们嘴里还黏着的残羹剩饭。他在它们的簇拥下，跳进家。

下午，小白们前前后后陪着宝贵收拾家。宝贵最仔细的就是炕，起码要有一块能睡觉的地方。打扫完，他顺着电灯线找到开关，顺着开关找到开关绳，一拉，拉不动，再拉一下，开关啪的清脆一响，电灯没亮。站在炕上，擦擦灯泡上的灰尘，对着窗外的亮光，看灯泡里的钨丝，钨丝稳如泰山。他又拉了几下开关绳，灯泡还是不亮。小白汪汪叼着，把他领到祥富家，祥富帮他叫来村里的电工。电工说，你家不交电费，早就断电啦。宝贵给电工一盒烟，央求电工帮帮忙。他说，我只在家待一黑夜，明天上完坟就走。电工想了想，大摇大摆地爬上电线杆，帮宝贵接上电。小白们代表宝贵把电工和祥富送到巷口转弯处。有了住的地方，宝贵心里松了一大半。他站在圪台上，张望自家院子。家虽破烂不堪，但看着看着就渐渐亲切起来，就有了一种温馨。南房圪台下水道口长的那一棵不知名的树，摇着一头小小的黄花，金灿灿的，这让宝贵联想到小米。由小米，又想到了用小米熬成的米汤，宝贵的嘴里馋得冒出了涎水。他想晚上应该喝上一碗米汤。他不由得大声叫道，凤仙，晚上喝米汤！喊完，他愣了一下，摇摇头嘲笑自己。二十年没喝老家的米汤喽。嘴里的涎水像珠海情侣路外的海水一样荡漾着。宝贵笑自己成了小孩，嘴变馋了。他进厨房看看，没找见熬饭的锅。他又想去三叔家再混一顿饭，能喝一碗小米稀饭就行。但是眼前又立马浮现出三娘难看的脸，只好打消念头。他翻墙来到巷子里，希望能碰到熟人，能厚着脸皮去他家，聊天，聊到他家吃饭的时间，他就不信他喝不上一碗米汤。他站在门前，不停地两头看，巷子里始终不见一个人，只有他和五条小白。微风在老槐树上玩弄着刚长出来的嫩黄树叶，一群麻雀在天空来回穿梭扑食。

天色愈来愈深，巷子里弥漫起米汤的浓香和月月花鸡蛋的清香，还有油辣子的辛香。凤仙来电话，问老公吃晚饭没有。宝贵迟疑一下，回答说刚吃完。

他在小白们的簇拥下，来到祥富家。

小白们自觉地止步在门外。

院里没人，宝贵便朝屋子里喊祥富。

祥富的声音从打开的窗户传出来，谁？

我。

你是谁？

宝贵。

祥富的轮椅从屋里出来，问，想吃月月花鸡蛋了？刚煮好。

我想喝米汤。

管够。

喝饱了米汤，接过六颗月月花鸡蛋，宝贵打着饱嗝从祥富家出来，看见五条小白整齐地卧在祥富家门口等他，心里热乎乎的。他向祥富问清村里小卖部的位置，便领着小白们去小卖部，给小白们买了五包方便面十根火腿肠，看小白们吃得热火朝天，山呼海啸。末了，又掏出五颗月月花鸡蛋，自己一颗，每条狗一颗。他摸着狗头说，吃吧吃吧，吃了热天身上就不起痱子啦。

宝贵打电话问海福在哪儿。

海福说，杭州。

宝贵火了，咋还在杭州？

海福说，爸，你别火，我已经给我爷爷奶奶上过坟啦。

青天白日的说什么鬼话。

没骗你，骗你我是狗日的！

你人还在杭州，咋就给你爷爷奶奶上过坟啦？你现在是说假话连草稿都不打。

海福在电话里笑了，说，爸，我是在网上给我爷爷奶奶上坟的。

宝贵说，又是鬼话，你爷爷奶奶就埋在老家村北，咋就上了网？

海福说，爸，是这样，今年的网上，为了方便大家好好祭祖，建了好多祭祀网，其中有个《中国清明网》。我在网上给我爷爷奶奶建了个墓地，我想爷爷奶奶了，随时随地就可以打开网站，祭拜祭拜。爸，你想给我爷爷奶奶献个什么，比如鲜花啦、花圈啦、悼文啦，网上什么都有，方便得很。

宝贵说，你是不是还要说，等我死后，清明节你也不回老家给我扫墓，也在网上糊弄糊弄我？

海福说，这么多年你不回老家，不也是在珠海给我爷爷奶奶烧纸吗？

宝贵哑口无言。

八

天黑了，村子也进入了梦乡。小白们破例没回它们的窝，就睡在门外。这里能听到主人的呼吸声。

习惯了城市繁华喧嚣的张宝贵，躺在老家的土炕上，久久无法入睡。村里太静了，静得能听见血液在身体里哗哗流淌，静得能听见房顶上木头腐朽的脚步声，还能听到珠海出租屋里回荡的海的低沉有力的吟唱，还有将军山轻松洒脱的呼噜。舌头能舔到海的腥味，鼻子能闻到山的花香，宝贵知道脑子飞了。他看着屋顶，努力地想着爸妈，半天想不起来爸妈的真切模样，出现在眼前的都是模模糊糊的影子，像出土文物。他后悔爸妈活着的时候没照几张相片。他想回到珠海后，和凤仙去照相馆多照几张相，用镜框装好，留给海福。海福会要吗？海福拿着照片往哪儿挂，挂出租屋？宝贵的心又是一阵不寒而栗。房子，房子，噩梦一样的房子。当爸的，临死之前，不能给后代留下一座房子，真是要死不瞑目呢。他死之前，能给海福解决房子问题，让儿子成为正儿八经的城里人吗？他心虚得像天空的一朵云。他翻个身想，回到珠海，拼死拼活也要多挣点钱，在珠海给儿孙买套房子。况且，眼下自己和凤仙的岁数大了，何以为家，何处安身？

宝贵没有关灯，屋子里亮亮的，似乎是怕爸妈回家看不见，撞到墙上，摔在地上。

宝贵疲惫不堪，像被抽去骨头，软面条似的，大字摆在炕上，他又看见了张章，他心爱的孙子，可爱的孙子。老张家典型的大嘴和厚嘴唇百看不厌，实在是可爱的小孙子，比海福小时候可爱多了，也比海福聪明多了。现在这娃娃，一辈比一辈聪明，三四岁的小孩子能讲出大人的话。张章又在说话了，宝贵搞不清自己是在珠海的出租屋还是在老家的炕上；是在现实里，还是在梦里。似乎是在珠海的出租屋里，在出租屋从上冲旧货市场上淘回来的木头床上。宝贵看得一清二楚。张章在凤仙的辅导下，正在做幼儿园阿姨布置的语文、数学、英语，还有美术和音乐作业。现在的小孩就是聪明，幼儿园就学小学的课程。做完作业，孙子要骑马，爷爷就趴下当马，爷爷这匹老马在孙子的吆喝中，满床撒欢地跑，床也在爷俩的欢乐呼叫中吱吱叫。凤仙也在叫，叫什么？折腾吧，折腾吧，再折腾，床就塌啦。宝贵擦了一把汗，高兴地叫，塌吧，塌吧，塌了好，旧的不去，新的不来。孙子又扬手当鞭，重重地打爷爷这匹老马的屁股。老马屁股一颠，跑得更欢，爷俩玩得满头大汗。张章渴了，要喝可乐。喝完可乐，又要吃冰激凌。家里没有冰激凌，爷爷这匹老马就驮着孙子来到村北，村北一片绿油油的麦子。麦地里也长出了高楼大厦，也有了石花西路，也有九洲大道，也有奔跑的汽车。他们穿过马路，看见一家7-Eleven便利店，店门口摆着一个卧式冰柜，冰柜里头有各色各样的冰激凌。张章点好一款冰激凌，宝贵刚要付钱，爸跟着日头影子从半空下来，笑着掏出两毛钱。宝贵嘲笑爸说，你那点钱，连个冰激凌的影子都够不着。宝贵还说，你就省着吧，等它给你生儿子。张章拿着冰激凌，突然哭了，说是又不要冰激凌了，要上珠海一小，哭着说班里的小朋友都上珠海一小，就他一个人上不了。宝贵知道，那些上珠海一小的人，户口都是珠海的，在珠海有房子。他没房子，他的孙子就没资格上珠海一小。要想上珠海一小，就得在珠海买房子。前几年，在珠海买了房子就能办户口，这两年政策又变了，说是为了照顾农民工，实行积分制，只要达到了积分，就能在珠海落户。宝贵算了一下，要想达到积分，首先必须开公司当老板，原来这政策是为老板们制定的。张章哀求爷爷赶紧在珠海买房子。张章威胁说，我要是上不了珠海一小，我就去跳海，让你断子绝孙。宝贵赶紧给海福打电话，海福坐着高铁回到了老家。在门前的老槐树下，爷俩商量着在珠海买房子的事。爸突然从老槐树上溜下来，拿出宝贵给他的一张十亿的人民币，在空中骄傲地一抖说，给重孙子买房，钱我掏。宝贵不收爸的钱，说，这是给你的。爸不干，非要给重孙子买房子。两个人就这么争执不下。张章不知从哪里拿出一杆AK47。张章挥舞着枪，说，我长大啦，我要用我这杆枪给你们抢一栋高楼大厦。宝贵吓得拼命抓住孙子手中的AK47不放。张章一个英雄亮相，宝贵像一个纸人一样就被拨拉到一边，摔倒在地。

宝贵被惊醒，原来是一场梦。

窗外，夜往深处走去，满天星星眨眼。

门外的小白们都没入睡，主人的突然归来，让它们兴奋异常。它们按资历排成两排，趴在屋门口，下巴放在前腿上，眼巴巴地盯着屋门，期待着门吱地叫一声，主人从里面出来。它们做流浪狗的时间太长了。它们不想再做流浪狗了，它们想有个主人。有主人的狗是不会轻易地丢了耳朵，瘸了腿，没了下巴，断了尾巴的。

墙头有猫在叫春，院里的草丛传出蟋蟀复翅的振动，空气中有麦苗的青涩味儿和泥土的芬芳。

九

宝贵站在豁口处，准备往下跳时，鼻孔发痒，仰天，弯腰，响亮地打了个喷嚏，身子一松，脚没站稳，一滑，就摇晃着从墙上往下掉。就在快接近地面的一瞬间，离他最近的小白一跃跳过来，把自己垫到他的身下。宝贵没摔着，小白疼得龇牙咧嘴。宝贵看见了小白眼里的泪花，他急忙俯下身子，查看它的伤势，关切地问，没事吧？小白露出一副笑脸，一骨碌爬起来，抖抖身子，摇着尾巴，弯身蹭主人的腿，伸长舌头，舔主人的手。宝贵松了口气，疼爱地挨个摸摸小白的头。幸福的小白们享受着从未享受过的温馨，忍不住泪流满面。宝贵的眼也热了，他不敢看小白们，他看天。

站在明晃晃的日头里，展现在宝贵眼前的已经不是昨天那个死气沉沉坟墓一样的村庄了。巷子里人声鼎沸，热气腾腾，就像珠海拱北口岸广场。到处都是人，一堆一堆的，清一色的男人。他们是准备去上坟的。按当地的风俗，清明上坟祭祀是男人的事，女人不沾边。这一天，也是每个大家族团聚的日子。平日里各奔东西为生存而忙碌的人们，麻雀归巢一样从四面八方赶回来，带着一腔对祖宗的敬仰和怀念，携带着纸钱、金锞子、元宝、金条、金砖、各种冥币、各类供品，虔诚地祭在亲人坟前，再将各类冥币连同怀念一起焚化。铲几锨新土和孝心一起培到坟墓上，然后三叩头行礼祭拜。巷子里的人，穿着打扮五花八门，似乎中国各阶层的人都聚集到这里。西装革履的，时髦摩登的，朴素大方的，袒臂露肩的，衣不蔽体的。宝贵看见陈家门口的一堆人中，有个穿着高级西装打着领带，手插口袋，举止庄重的人。宝贵实在想不起来是谁，大概是位千万也可能是亿万级的富翁，很有派头地站在停放在巷里的一辆奔驰车前，目不斜视地仰望蓝天。再往前，霍家门前，有人蹲在地上，有人坐在石头上，有人大口大口地抽着烟，有人手舞足蹈天南海北地聊天。间或有一两个笑话，在人群中掀起滚滚笑浪。小男娃们也兴奋异常，打闹着，在大人的腿间穿梭。他们中，有的是第一次跟着大人给祖先上坟，有点急不可耐；有的拿出新买的玩具，得意地显摆；有的趁机拿着大人的手机，玩手机里的游戏。巷里不时荡起呼喊着去上坟的声音。人没到齐的，一边聊天一边等待。他们的身边，停着小轿车，或电动摩托车，或是自行车。人到齐的，便结队坐着小轿车，开着电动摩托，骑着自行车，浩浩荡荡地上路了。他们行色匆匆，很多人都是放下手中的工作，挤时间回来上坟的。上完坟，他们还要赶着去工作，去挣钱，去追求城里人的幸福生活。

突然，村庄上空响起震耳欲聋的凤凰传奇的音乐，唱起了什么套马的汉子你威武雄壮，飞驰的骏马像疾风一样。路过的人告诉顺着音乐寻找答案的人，说是马家几个回来的媳妇穿着光屁股衣服，在村委会门前跳广场舞，引得一群人围观。

宝贵提着编织袋去三叔家。小白们跟在后面。拐进另一个巷子时，宝贵又回头对小白们说，回去吧。小白们乖乖地停住脚步，目送主人拐进另一条巷子，转身回家。

拐过路口，往前走了不到五十步，前面来了一辆黑色别克车。村里路窄，宝贵侧身让路。别克在宝贵面前屁股向上一撅，吱地尖叫一声，停住了。车窗摇下，露出黄千管夸张的笑脸和很有型的大背头。他屈着右胳膊搭在车窗上，大背头探出来，日头在他脸上画了一个钝角三角形。他很大声很热情地跟宝贵打招呼。

瓦亮瓦亮的轿车把宝贵照成了一只麻雀。宝贵自惭形秽，羡慕地说，你小子都开上高级车啦。

黄千管笑得眉毛胡子一起抖动，他用力地拍拍车门说：四五十万呢。告诉你，宝贵，我在太原开了家大公司，搞房地产。这年头，撑死胆大的，饿死胆小的。再告诉你，我在太原也有了自己的商品房，我全家的户口都搬到了太原，我现在是地道的太原人，生活美炸啦。这辆车就是专门为清明节回来上坟买的，不错吧，高级吧。

宝贵脖子里像是钻进了一条毛毛虫。

黄千管又说，你们那个珠海我去过，环境好是好，就是太热，是个三线城市。这么高级的车，珠海有没有？

宝贵差点笑岔气。他怪腔怪调地说，珠海搞房地产的老板，哪有钱开别克，他们凑合着开开宾利啦，布加迪威龙啦，兰博基尼啦，差一点的就只能开个宝马啦奔驰啦，要么就买个路虎瞎开啦。

黄千管漫不经心地问，你开啥车回来？

宝贵喉咙打了结。他故作很不在意地说，珠海离咱这里两千多公里，你当是太原，就在家门口？再说我这把年纪，哪受得了。我是坐飞机回来的。他把坐飞机回来几个字，说得飞快，拖拉模糊，音调也降了八度，像蚊子飞过。

黄千管掏出一张名片递给宝贵。

后面开过来一辆工具车，车厢里下饺子一样挤了八九个人，着急上坟，拼命鸣笛。黄千管只好向宝贵挥挥手，说，到太原打电话，我请你到六味斋吃大餐。然后，缩回大背头，猛踩油门，冒着黑烟走了。

三叔在家门口的圪台上坐着，孤单一人。三叔准备的比较简单，柳条筐里是自制的打印着铜钱的几叠白纸，一把香，几个白花馍。三叔没等宝贵开口，就说，玉贵来电话，本来要回来的，昨晚就给车加满了油，还给你爷爷奶奶买了能装一车的供品。说是正要上路，饭店一下子来了三四拨订饭的，十多桌，太忙，离不开人，只好打电话说不回来了。我说，你不能回来，叫我孙子重孙子回来跟着我上坟也行。玉贵说，他们还要上学。

宝贵清楚，现在的清明节成了国家法定假日，小学早放了假。

宝贵走上前扶了三叔一把，三叔顺手把两颗月月花鸡蛋塞进宝贵手里。然后才扭身拿锨和筐。宝贵急忙把月月花鸡蛋装进裤口袋，把编织袋背好，从三叔手上接过锨和筐。叔侄俩相跟着，慢慢向前挪。宝贵没见过面的老祖宗，还有爷爷、奶奶，都埋在村北面盐车壕边上的地里，那里是张家的祖坟。宝贵的爸妈埋在村南的河堰上。宝贵爸死的那年，公社为了节约土地，要求每个村都要规划陵园。爸妈就只好远离祖茔，和村里其他人埋在一起。不过虽不和先人在一起，但毕竟没有出村，旁边都是乡里乡亲的，也不寂寞。

身后响起悦耳的汽笛声，宝贵急忙往路边躲避，汽笛跟着宝贵的屁股也到了路边。宝贵扭头一看，是王祥富开着电动轮椅过来了。

祥富树桩一样坐在轮椅上，怪笑着说，咋样，大城市的人不会走我们农村的路吧。

宝贵笑笑，看看祥富背后没人，咋一个人上坟？你娃呢？

王祥富愤愤地骂道，狗日的，管不了啦，天乍明就叫他起来上坟，叫了九九八十一遍，日头都晒着屁股啦，就是他妈的不起，没法。现在这儿子，倒过来啦，都是爷。

祥富扭头朝轮椅后面动了动，让宝贵看他给先人准备的供品，得意地说，我专门到董村定做的，有房子、汽车、电视机、按摩沙发，还有两个女娃娃。

宝贵开玩笑说，你不怕你爸把女娃娃搞成了二奶，你妈收拾你？

祥富说，如今时髦这个。

一路上，不断有人和三叔打招呼。间或也有宝贵认识的，便站住聊几句。还有一些人宝贵看着面熟，却想不起名字，大多数人都不认识。三叔说，有些他也不认识，光知道是村里的人，叫不上名字。现在的年轻人，都在外面打工，一年也难见个面。

半路上，不时从村南陵园方向传过来鞭炮声。宝贵问三叔清明节咋还有人放鞭炮。过去清明上坟从没听说过。三叔介绍说，这几年大家口袋里头有钱了，就有人给祖先立碑，以彰显家族的富有。还有一层意思，现在村里没几个人种地了，能动弹的人都外出打工了，三年五年难回来一趟，立个碑，做个纪念，免得以后回来把坟头搞错。三叔还说，这些年你不在家，你是不知道，年年上坟都闹笑话。不是你磕错了头，就是他烧错了纸。更叫人失笑的是前年石头妈死，和他爸合葬，都埋完啦，才有人发现和别家的人埋到了一起。

出村口不到一百米，王祥富的电动轮椅迎面回来。

宝贵惊讶，这么快就上完坟啦？

祥富右手理理有点凌乱的头发，说，往年上坟的人两个手指头都能数过来，今年上坟的人像群羊。

宝贵说，现在清明节成了法定假日，大家都有时间了。

祥富说，亏得我这电动轮椅小，有个缝缝就能挤过去。你到村南看看，开着小轿车回来上坟的，一个个全堵到路上了，哈哈哈哈，急得都在骂大街。他妈的，烧包，假洋鬼子。我回来时看着不对劲，就从村东绕过来了。开轿车上坟的，没一个小时回不来，还不如走着快呢。

宝贵能想象到去河堰陵园的路上和珠海上下班高峰期一样熙熙攘攘。从村北往村南望，隔着楼房林立的村子，能看见陵园上空，缕缕青烟，姿态万千，直冲天庭。

三叔腿脚不利索，二里地的路程，走了近两个小时，才到了祖坟。在宝贵小时候的记忆里，这里的祖坟至少有二十多座。“文革”那年，上头号召死人不能与活人争地，宝贵爸在生产队的要求下，带着二叔、三叔，亲手把祖坟挨个铲平。改革开放后，宝贵爸又带着三叔和宝贵，按照记忆，恢复了部分祖坟。本想全部恢复，无奈有些祖坟位置实在想不起来了，甚至坟里埋的是谁都让“文革”给吓得忘了，最后只恢复了五六座坟。宝贵学着三叔的样子，围绕坟转一圈，认真查看每一座坟的状况，有塌陷的地方，用铁锨从麦苗行里取土，添上，有水冲毁的地方，细细补好。修着坟，三叔一边努力地想着，一边向宝贵介绍哪个坟里埋的是哪位祖宗，还给宝贵讲了一些先人发家致富勤俭持家的故事，叮嘱宝贵，后辈不忘先人。

把坟挨个修好，照例在每一个坟头上压张白纸条，表示后继有人。接着，宝贵跟着三叔，虔诚地跪下，给先人们列供，烧香，化纸，磕三个头，站起身，行作揖礼，然后拍拍膝盖上的土。

三叔像是完成了一项重大任务，长吁一口气，很满足的样子。他对宝贵说，我和你爷爷奶奶说会儿话，你给你爸妈上坟去吧。

三叔又叮嘱了一句，你二叔家这么多年都没人回来上坟，你顺便给你二叔烧个纸。

宝贵老实说，我不认得二叔的坟。

三叔说，好找。别人家的坟每年都有人修，你二叔的坟没人管，年年都在变小，你看哪个坟小，就是你二叔的坟。对了，前两年我让玉贵给你二叔坟前栽了一棵柿子树，现在也应该长大了，明年就挂果了，你二叔在地下也能吃上水果了。

十

上坟的高峰期已过，通往陵园的土路上留下一片零乱的车辙。有好多车辙从麦田拐过，刚返青开始拔节的麦子被碾得七倒八歪。

绕过村东，走过河底地，上了半坡路，眼看就要到陵园了，爸妈的坟就在眼前。宝贵突然感到上气不接下气，嗓子眼冒火，脑门的血管里就像有头牛在奔跑。他两腿发软，随时都有可能瘫倒在地。他只好站住，弯着腰，双手拄着膝盖，缓和自己。他抬头扫视一下陵园，发现陵园早已不是二十年前看到的十多座坟墓的小陵园。眼前的坟墓至少有几百座，一眼望不到边。宝贵缓过劲来，直奔陵园东南角方向。他爸妈的坟在那里，坟头还有两棵柳树。来到陵园东南角，宝贵愣了，继而犹豫，再接着茫然。宝贵眼帘里有几十座坟都长着葱绿的柳树，像复制品，看起来一模一样。他搞不清哪座是爸妈的坟。他有点后悔刚才没有叫上三叔一块儿过来，三叔一直在村里，肯定知道爸妈的坟。无奈之中，宝贵挨个查看眼前的坟，寻找坟上的每一个能和他脑子里对上号的特征。刚才陪三叔去祖坟时，宝贵还有点不舒服，觉得耽误了给爸妈上坟。现在，他却有点庆幸，正因为先和三叔去给爷爷奶奶上坟，耽误了三个多小时，反而成了好事。周围该上的坟都有人上过了，该修的坟也有后人修过了，那些坟前都有烧过纸的痕迹，有的还冒着丝丝残烟。转了一圈，宝贵发现只有一座坟，没人来祭奠过。坟前也没有烧纸点香的迹象。宝贵绕着坟转了三圈，最后做出了肯定的答案。因为他的脑海忽然掀开一条缝，想起来当年和凤仙回来给妈过三周年时，专门给坟上栽了一丛迎春花。此时迎春花正黄灿灿地迎风招展，他很为自己当年的孝心自豪。多亏当时栽的迎春花，不然今天真的就抓瞎。认准了爸妈的坟，宝贵的心情就像台风过后的天空一片晴朗。他给手心吐口唾沫，用劲搓搓，操起铁锨，把坟上被水冲的沟坑填平。他发现柳树根旁边有个洞，仔细一看，是禾鼠洞，洞口光溜溜的，没有废弃。狗日的禾鼠！宝贵气得直痒痒。他从旁边的坟头上拿过几块砖头，塞进洞，用锨把狠狠往里捣，砸实，又铲了十多锨土，用脚踩平。

面对二老的坟，宝贵看着看着，膝盖就软了，扑通一声跪下。他把三叔给的两颗月月花鸡蛋掏出来，献给爸妈。看着爸妈的坟，回想起爸妈对自己的疼爱，而今却无法报答，不由自主地哽咽，继而涕泪交加，扑在坟头，脸贴着坟号啕大哭，撕心裂肺。也不知哭了多长时间，宝贵感到口干舌燥，昏天黑地。他睁开眼，直起身，抹抹眼睛。他重新跪好，从编织袋里拿出冥币，打起精神。对着坟刚要叫阿爸阿妈，话没出口，就意识到这是到了老家，爸妈听不懂广东话，立即改口老家话，爸，妈，你娃宝贵给二老送钱来啦。说着，撕开冥币的包扎带，先拿两张，用打火机点燃，放在地上，再一张一张地往火里添。火呼呼地叫着，上下翻飞，像小鸟拍打着红色的翅膀，把一张张巨额冥币，带给天堂的爸妈。内心里的不安和无限思念就在这大把钞票的烟火中，一并带给了另一个世界的二老。宝贵看到了爸妈收到钱后甜蜜的笑脸，在火光里，眼泪闪着金色。

他一边烧着钱，一边给爸妈汇报着家里的事。

爸、妈，你娃多年没回来给二老上坟了，对不起。不是娃不想回来，娃年年清明都想回来，可回来一趟要花好多钱。你娃手头紧张，想在珠海买房安家，之所以想在珠海安家，主要是考虑到凤仙的哮喘病，在咱老家，她的病年年犯，年年看，钱不少花，根本看不好。珠海那地方好，她的病在珠海就不犯，好人一个。没法子，想在珠海安家，就得买房子。辛苦这么多年啦，房子还没买到。房价天天涨，咱挣钱的速度赶不上房价上涨的速度。没办法，不光为你们的孙子，也得为你们的重孙子着想，珠海的教育质量比咱老家好，这你们二老能够想象到。所以，我就得拼命地攒钱攒钱攒钱，等攒够了买房钱，你娃的使命就算是完成啦。你娃就回老家来，就能多陪陪二老啦，二老也就不会缺钱花啦。其实，这么些年，每到清明，我和凤仙都在将军山的沟口给二老烧钱。我原想够二老花销了，没想到你们那边钱也不值钱，不够花。娃粗心啦，对不起二老。这回娃给你们拿回来很多钱，最大的面额你们猜猜是多少？九千九百亿一张。老天爷，我这辈子还没见过这么大的钱哩。这钱上面印着天地通用，要是真的天地通用就好啦，一张票子，咱能买它半个珠海。可惜，这玩意儿，世上人印的，世上人不用。二老收到钱后，就敞开了花吧，花完了，再托梦给我，我再给二老送。你们的孙子海福现在在浙江打工，听说还比较顺心。你们的重孙子，叫张章，我和凤仙给养着呢，很懂事，又听话，过了暑假，就要上一年级啦。等他放了假，我就带他回来给二老上坟，让他认祖归宗。

说到这里，宝贵已是泪流满面，哽咽得语不成句。他用袖口慢慢擦着眼泪，努力让心情平复。他又说，爸，妈，娃很想二老。人都说，爸妈在，家就在。小时候，我整天在外面玩，肚子不饿不回家，回到家第一件事情就是喊妈，要吃的。听到妈的声音，娃的心就踏实地放回肚子里，妈不在家，就慌神啦，哭着喊着满村寻妈。结了婚，成了家，骨子里还是离不开妈，一天不见，就六神无主。我清清楚楚地记得有一次磨面回来，肩膀扛着一袋面，手上提着半袋麦麸。一进家，就喊妈，妈不在家，就满巷子找。村里人都笑话我，妈见了也骂我是个憨娃，扛着一袋面满巷寻妈。说实在的，当时只顾着寻妈，早忘了肩上还扛着一袋面。回家见爸妈，成了我的习惯，爸妈就是家，家就是爸妈，有爸妈在，就觉得踏实、幸福。人最没法动摇的情感，就是母爱父爱。人心底最牵挂的就是生你养你的那个家。家就是娃的魂，不管天涯海角，也要抽出时间回家看看，哪怕只看上一眼，也就心满意足啦。爸妈在时，总觉得有的是时间孝顺。爸妈一不在，就后悔。爸妈永远都不会远离，家永远都不会远离，爸妈的影子总在娃心里，家的牵挂，总在娃的梦里。特别是在外头无助时，苦闷时，四处无靠时，最想的就是爸妈，最想的就是家。娃也六十多的人啦，脸上也皱纹纵横了，腿脚也不灵便了，关节也发困发麻了，就是对爸妈的想念，没有变。

爸，你是位严父，你对我严，为我好，我清楚。以前，我不理解，心里恨你，背后骂你，和你没话说。每次回到家，我只想见我妈。爸，以您老的聪明，肯定早就看出来了。爸，你记不记得那次我从家里偷了两把麦子，换了一根让我流口水的山楂糖葫芦，躲在生产队打麦场的麦秸堆后面吃。谁知你蹲在那里拉屎，我准备好了挨揍，结果，你没揍我，反而笑嘻嘻的，笑得我起了一身鸡皮疙瘩。我只好老老实实地交代了罪行。那天夜里，我做了一夜的噩梦。第二天早上吃完饭，你抹抹嘴，装一锅旱烟，弯身从灶膛里抽出一根烧剩下半截还没熄灭的木棍，点燃烟锅，美美地抽。突然你斜了我一眼，坏坏一笑，把点烟的木棍伸进身后的洗脸盆里，嗞一声响，几丝白烟，木棍上的火彻底灭了。你把快烧成木炭的木棍递给我，说，娃，你去泊池把这木棍洗白了，我给你吃十串山楂糖葫芦。我快乐得像只小麻雀，跑到泊池边，洗了一天都没把木棍洗白……

突然有人揪宝贵的灰色聚酯纤维面料的夹克衫。回头，两条腿，抬头，一个人。细一看，认出是村西头的安长。

安长的眉头挽得像个绳疙瘩，他歪着头，不解地问宝贵，哎哎，你跑我爸妈坟前烧纸，咋回事？

宝贵一愣，边说边站起来，我是给我爸我妈烧纸。

安长说，这是我家的坟！你净胡闹！

宝贵说，明明是我爸妈的坟！你看看坟上这两棵柳树。我记得清清楚楚，那年埋我爸时，我打的幡就插到我爸的坟顶上，来年，柳树活了。后来，我妈死后，那个幡也插在坟顶上，活了。两棵柳树，并排着，我不会记错的。

安长说，两棵柳树说明不了问题。咱这里，谁家死了人，幡和哭丧棒不是柳树的？你看，有几家坟头上没有活着的柳树，你能说这几百号坟里都是你爸你妈？

宝贵脸拉长了，你咋能这么说话。

安长说，我就没离开过咱村，年年都来给我爸妈上坟，我能搞错了？

宝贵指着坟上的迎春花说，我给我妈过三周年时，专门给坟上栽了一丛迎春花。

安长说，我也给我爸坟上栽了迎春花。

安长把宝贵后面的话全堵在嘴里，说，你爸的坟是后边那个。我爸比你爸死得晚，不可能埋在你爸的坟后面。

安长踢踢宝贵还剩下半袋冥币的编织袋，去去去，给你爸烧去。不要见坟就认爸。

宝贵看看后边那个坟，坟上也长着两棵柳树，也有一丛迎春花。宝贵不好意思地挠挠头，对安长笑笑，便一手提着半袋冥币，一手提铁锨，来到安长说的爸妈的坟前。一看，愣了。坟前，一堆纸灰和几片没烧干净的冥币残片。宝贵弯下身，伸手摸一下纸灰，还有点温度，是今天烧的。他再直起身，看见坟头上压着一张白纸在风中哗啦啦地响着，仿佛在向世人宣告着这家后继有人。

宝贵把脖子都扭歪了，也没看见安长。

安长被坟遮挡住了。

宝贵只好大声对着安长爸的坟头喊，安长，这个坟也不是我爸妈的坟，有人来上过坟。

安长在坟头的另一面说，也可能是旁边那个，你好好看看，你爸妈的坟肯定在那边。

宝贵挨个坟地转。

每座坟前都有一堆纸灰，坟头上也都压着一张白纸向世人宣告着这家后继有人。

安长说，你爸妈的坟就在这一带，离我爸的坟不远。你看哪个坟没人上，就是你爸妈的。

宝贵以安长爸的坟为一边，把后面所有的坟都转了个遍。每个坟前都有一堆纸灰，每个坟头上都压着一张白纸，在风中哗啦啦地唱着后继有人的安魂曲。

宝贵给玉贵打电话求助。

玉贵说，我也好多年没回去上坟了，不知道大伯的坟是哪个。

一手提着冥币，一手提着铁锨，望着一眼看不到头的坟地，宝贵一脸茫然，束手无策。

四月，春色正浓。

天生我材必有用

一

在珠海生活过的人都知道，珠海遍地是靓女。在珠海，靓女找不到对象是常态，男人找不到对象是新闻。

舅的外甥在珠海工作三年了，婚事还没落脚。舅无语。外甥的婚事成了舅的病。

舅的外甥叫朱明明。舅是五〇后，外甥是八〇后。舅是老板，外甥给舅打工。舅搞太阳能工程，外甥搞太阳能工程维修。朱明明四年前太原理工大学毕业，雄心勃勃地在扒个缝缝就是煤，挖出煤就是人民币的山西，拿着望远镜和放大镜照了一年多，也没有找到他想要的既能不出力，又能赚大钱的好差事。他骂当官的眼睛都得了白内障，当老板的都脑残。工作没着落，口袋见了底。大学就开始如胶似漆海誓山盟的女友，想把联想手机换成诺基亚手机。

他说，我用的还是杂牌呢。女友说，你是山西男人吗？你咋穷得出气只剩下了一股子穷味？你凭“神马”来养我？我咋就和你一起鬼混了这么多年？苍天啊，大地啊，你找块豆腐撞死吧，找个尿盆淹死吧！

女友鄙视都懒得鄙视他，决然地跨出他们同住两年的出租屋，头也不回奔向一辆最新进口的悍马。酷毙了的悍马里露出一位笑容可掬大腹便便脑袋刮得比葛优还光芒四射的老男人，搂住女友的细腰拥进悍马扬长而去。

朱明明打听了一个月才搞清楚，女友给一个小学都没毕业的临汾煤老板当上了小三，是女友的中学同学，现在是一个吕梁煤老板的情妇给介绍的，住在一栋三百平方米的豪华别墅里。望着绝尘而去的女友，他捏着口袋里剩下的几枚钢镚，眼泪像汾河水一样奔涌。以前，他只知道爱情是男男女女间的山盟海誓你欢我爱，现在在零下八十度的现实面前，他终于懂得了爱情的真正公式。什么是爱情？百分之八十的一叠一叠的让人爱不释手的钞票，加百分之十的海枯石烂永不变心的男欢女爱，再加百分之十的干柴烈火熊熊燃烧的性爱。没有了脆巴的钞票，多深厚的爱情等式都没法成立。

朱明明从报纸网络看到，舅所在的南方新兴城市珠海，到处是黄金，遍地是靓女。在珠海，一个连裤衩都没有的男人，凭着一个能让狗长出大象鼻子的小创意，一夜之间就能成为百万富翁。一个白天在路边乞讨的乞丐，晚上住的是别墅，怀里搂的是女大学生。朱明明一个电话给舅打过去，舅说，你不是不愿给我打工吗？朱明明说现在想了，舅说想来那你就来吧。父母对儿子的选择十分满意，千叮咛万嘱咐，让到了舅那儿好好学好好干。儿子在大学是学机电一体化的，到舅那儿搞太阳能维修，正好用得上。学好一门手艺，便可吃遍天下。

舅觉得外甥是从家门到小学门，又到中学门，又到大学门，没在社会上混过，没经过社会的熏陶、洗礼、摔打，就建议外甥先搞搞营销。妹夫着急的是儿子的婚事，舅说还是先立业后成家吧。舅还说：只要他学会了挣钱，还愁没有靓女？舅又对外甥说：人在世上，首先要学会营销，不管你干什么，都离不开营销。你大学毕业找工作是在向社会营销你自己，你当了老板第一要务就是营销你的产品，不懂得营销，你在社会上将寸步难行。

舅很为自己给外甥设计的成功之路洋洋得意，妹夫却要他当舅的还是多多关心一下儿子的婚事。

舅大笑：珠海的靓女就像你们张庄满大街跑的鸡，多的是，随便抓。

妹夫说：明明都二十五啦。

舅说：珠海四十岁的研究生都不着急结婚。

朱明明在舅的公司调查了一个星期，知道舅的公司里最赚钱的就是搞营销，最多的一年工资、奖金、补助、提成加起来有三五十万，而拿这个三五十万的人仅仅是初中毕业，连ABC都认不全，把“≌、∵”不叫数学符号叫外语。现在是舅中山分公司的经理，开着一辆本田2.0，每天吃香的喝辣的，身边靓女如云。朱明明热血沸腾，要求去中山，跟着中山经理当富翁。

面对豪气万丈的外甥，舅的脸笑成了一轮刚从海面露头的太阳。舅看到自己为外甥设计的成功之路开始奠基。舅亲自开车把外甥交给中山分公司经理刘华。看着身高一米八，浓眉大眼的朱明明，刘华大喊哇，这么帅的帅哥，中山的靓女明天就要流血打架了。

舅对刘华说：别教明明去沟女，要像培养自己亲儿子一样培养明明，让他在商海中经风雨见世面，劈波斩浪，启程远航。

刘华拍着胸脯表示：老板这么信任我，我保证一年内把咱外甥打磨成一块金光闪闪的石头，不管摆到哪里都闪闪发光。

舅的脸笑成了珠海的市花勒杜鹃。

朱明明去了中山，舅和中山经理刘华通话，就多了外甥的话题。

刘华向舅汇报：明明这娃娃能干，不愧是山西人。

舅笑得呵呵的。

刘华向舅汇报：明明这娃娃有前途，一出手就是一个老西，抠门。

舅笑得哈哈的。

刘华向舅汇报：明明这娃娃老实。

舅忽然没呵呵也没哈哈。

三个月过去了，朱明明没签回一个单。舅问刘华，刘华说：快了快了，有好几个准客户就等着和明明签单了。这娃娃有出息，是块好料，以后肯定能当老板。

半年后的一个中午，舅接到一个电话。

电话那头问：你有个外甥叫朱明明？

舅答道：是呀！

电话那头又问：他在你们公司的中山分公司搞太阳能营销？

舅以为是客户打来的电话。常有这种情况，签合同前，客户给公司打电话核实一下。说对对对，他在我们中山公司搞太阳能工程营销。舅还没来得及和对方套近乎，电话就断了。舅再打过去，对方厉声问找谁。舅说找朱明明啊，对方冷冷地说没这个人，不等再说什么就挂了。舅打中山的114查询，电话竟是公安局派出所的。舅慌了，赶紧拨通刘华的电话，刘华说这两天没听说他要签合同。舅吼叫刘华马上落实一下，看究竟是怎么回事。那天下午，舅在办公室里待了一下午，满脸台风，一会儿电闪，一会儿雷鸣。公司的几个文员背地里直喊倒霉，每个人都莫名其妙地被老板骂了个脑子进水。

晚上九点多，刘华的电话才打过来，说明明挺好的没事。舅说别他妈的骗我了，刘华这才道了实话：派出所这两天抓流窜犯，把明明当成流窜犯，在派出所关了一下午。

舅为外甥设计的成功之路，刚开工就遭遇泥石流。

第二天，朱明明被调回珠海，舅在办公室接见了外甥。朱明明僵硬地杵在舅面前，又黑又瘦的高个子，舅以为是看错了人，一身破衣烂衫，让舅目瞪口呆，一股浓烈的汗臭味，把舅熏得直咳嗽流眼泪。难怪派出所把他当成了流窜犯，舅心里说。

舅问：这半年在中山搞营销有什么感受?

外甥笑笑：挺好。

舅有点诧异：怎么个好法?

搞营销很锻炼人。

舅心里说：把你都锻炼成流窜犯了。

搞营销很磨砺人。

舅心里说：把你都磨得又黑又瘦成了一根柴火。

搞营销……

舅打断了外甥的话：几天没洗澡了?

嘿嘿嘿嘿。

几天没洗衣服了?

嘿嘿嘿嘿。

你尽管嘿嘿个屁！舅火了，拿起电话：刘华，你们中山分公司的伙食是怎么搞的?这样下去，我公司还怎么能留住人才?

刘华回答：大家都很满意。

那明明怎么瘦成了干猴?

他一顿能吃五个馒头，三碗米饭，比我们五个人都吃得多。可他光吃不长肉，我有什么办法啊。

舅无话，放下电话，有气无力地对外甥说：你先去洗个澡吧，再买身新衣服，把自己好好收拾一下。你好赖也是个大学生，我就搞不懂，你咋把自己搞得比建筑工地的农民工还邋遢？

外甥又嘿嘿地笑着。

舅说：去洗澡买衣服。

嘿嘿嘿嘿。

去呀！

外甥说：没钱。

你的工资呢？

花了。

补助呢？

花了。

舅疑惑不解：你你你，你的钱都花哪去了？

买彩票。

买彩票？

外甥眉飞色舞起来：我天天都买，期期都买，上个月我还中了两次奖。

中了多少？

十块钱。还有三次，我差点中了一等奖。还有一次，我和特等奖只差一位数字。真可惜，就差一个数字，真的，不骗你，就差一个数。要是我把那个数写成三就好了，我是想写成三的，我头一天晚上就算好啦，应该是个三字，可不知咋的，就写成了八。广东人太喜欢八了，我也中了他们的毒，我恨死广东人了，要是我不中他们的毒，不写成八而是三，那六千多万的头等奖就百分之百是我的了。六千万耶，能买好几辆悍马，还能买好几套别墅，还能买好几个LV包呢。我真后悔，要是按照我算好了的，写成三该多好。我现在肯定是千万富翁了，我的手机肯定换成了诺基亚，绝对是行货，而不是水货。

舅像不认识似的看着外甥。

舅调来中山分公司业务人员日程报表、周总结及月总结。舅发现，外甥刚去中山时，每天跟着经理刘华跑业务，这应该是刘华在带外甥。刘华还是很负责任的。一个月后，外甥就开始独立作战了，从第二个月算起到调回总公司，五个多月，舅算了一下，外甥只拜访了不到十个客户。外甥每天都干啥去了？舅给中山分公司的人都打了电话，中山分公司的人老老实实地告诉他，朱明明一开始是坐着刘经理的本田车跑业务。独立跑业务后，朱明明嫌中山的太阳太热，大部分时间是在有空调的超市里或是网吧里跑业务，每天都在为早日成为百万富翁千万富翁冥思苦想。有一天，朱明明在《南方都市报》上看到深圳一个拾荒的老头买彩票中了一等奖，得到一千二百五十万奖金，就对彩票产生了浓厚兴趣，连上厕所拉屎把屎都拉成了阿拉伯数字，念念不忘研究彩票，做梦都在中头等奖，拿到头等奖就去买悍马，然后拉上靓女去看别墅。中山分公司的人说，朱明明把将来要买的别墅都看好啦，有三百多平方米，而三百平方米以下的别墅绝对不在视野范围内。朱明明还对中山分公司的同事们许诺，中了大奖后要带着他们一起去洗桑拿，去沟女。舅还了解到，刘华请朱明明去了三十三次饭店，试图说服朱明明好好跑业务。朱明明却说刘华早老套了，不能与时俱进。

舅一夜未眠。

第二天，舅揉着肿得像灯泡样的眼睛对外甥说：你不要搞营销了，今天去售后服务部，跟着王经理学维修吧。

外甥说：我要搞营销，我要锻炼自己，你不是说搞营销最锻炼人吗？

舅说：你在中山搞了半年营销，拜访了不到十个客户，你这是在搞营销吗？你这是在摊销，把自己摊在地上销售。

舅把眼光从外甥脸上转到窗户外面一个大大的企业LOGO上。舅很欣赏这个企业的LOGO，有事没事，总爱把眼光放过去看看，那是一种享受。他缓和着情绪。在那个大大的企业LOGO旁边，是一幢正在建还没有封顶的楼盘，地产商一个字就十多米大的广告标语铺天盖地压得人喘不过气来："香樟，板樟山上有鹿吗？"最后，舅把眼光从窗外面的LOGO上转到外甥的脸上，耐心地说：公司现在售后服务方面缺少人手，你去充实充实。

外甥坚持着还要搞营销。

舅把外甥看了足足半个小时，又往老板椅的靠背上一倒，眯着眼想了半个小时，末了叹口气也不再坚持，既然外甥非要搞营销，那就给娃提供个机会吧。外甥来珠海，舅不让外甥直接去搞维修而去搞营销，不就是想借机锻炼外甥，改变外甥的命运，把外甥培养成营销高手，自己收获把外甥引向成功的快乐吗？这么多年来，旁人都一而再再而三地给提供锻炼机会，自己的外甥又有什么不可以呢？不就是一个月白扔几千块，一年多扔几万块吗？兴许再混上个一年半载，外甥哪天忽然间开窍了，还真能混出个子丑寅卯来，说不定还可能是珠海第二个史玉柱、董明珠呢。真要是那样，当舅的脸上也有光，对父母，对妹妹，对妹夫有个好交代。毕竟外甥的身上流有舅的血，舅的遗传基因是上等的，妹妹的遗传基因是上等的，妹夫的遗传基因也是上等的。舅改变外甥命运的设想，是有成功的机会的，至于最终能不能成功，那就看外甥的造化了。最重要的是，舅做了自己想做的事，自己该做的事。想到这里，舅说创造机会的是能人，等待机会的是常人，放弃机会的是蠢人。你坚持搞营销，这我没想到。你有这个心，我很高兴，就给你提供机会。再给你一年锻炼时间，希望你能抓住机会，好好努力，提高自己。

但是，舅斩钉截铁地说：你必须答应我，从今天开始，不再买彩票。

外甥看着舅，头动了动。

舅不知道外甥是点头还是摇头，他又问了一句。

外甥看着舅，头又动了动。

舅还是不知道外甥是点头还是摇头，他又问了一句。

外甥看着舅，头又还是动了动。

舅说：你不要光动脑袋，你给我说话。

外甥用鼻子哼了一声。

舅最终也没搞清楚外甥这声哼，是答应呢还是不答应。

舅听公司的人说外甥又去买彩票了。舅劝说外甥不要再买彩票了，你都二十六七的人了，既然想搞营销，就老老实实地干，干一行爱一行，干一行专一行，行行出状元，学个真本事走遍天下有饭吃。外甥又鼻子里哼了一声，舅没搞清楚外甥这声哼，究竟是答应还是不答应。于是，舅拜访了公司周围几个彩票点，每个彩票点塞个大红包：求他们不要卖给朱明明彩票。

朱明明从公司周围几个彩票点买不到彩票，就去香洲、前山，甚至跑到西区、斗门去买彩票，坚持天天买期期买。舅说你把钱填进无底洞了。外甥一开始还不承认自己一直在买彩票，后来也不隐瞒了，信心满满地说，他相信他一定能中大奖。舅说咱不去做那个天上掉肉包子的梦，踏踏实实地学点真本事，挣点辛苦钱。外甥却说他就不相信他头顶的云彩没有雨。外甥还用舅的话对付舅：

你不是教导我说，创造机会的是能人，等待机会的是常人，放弃机会的是蠢人。买彩票对我来说，就是个大好机会。

舅听公司的人说，外甥每天早上不吃饭，中午不吃饭，只吃晚上一顿饭，省下的钱都买了彩票。舅有点心疼了，把外甥叫回家吃饭。那天，舅的老婆特地多炒了几个菜。一开饭，外甥如入无人之境，呼噜呼噜风卷残云，把桌上碗里的盘里的锅里的收拾了个十之七八，然后打着饱嗝说：吃饱啦！径自打开冰箱拿了一个苹果，边吃边看电视节目，留下舅、舅老婆、舅女儿在饭桌上收拾残局。

二

舅下决心让外甥不去买彩票，专心搞营销。

舅给外甥设计了一套简单有效的营销启动步骤，希望他在第一个月就能够做出兴趣，做出信心。舅说任何营销工作中，对产品的了解可以说是最基本、最重要的第一步，如果连自己营销的产品都不了解，那还怎样向客户去推荐？去营销？舅从公司结构，公司产品市场占有率，产品的用途，产品工作原理，产品的特点，产品结构，技术参数，能给客户带来的帮助与好处，讲到本公司太阳能集热器的特色，和同行业相似产品比较起来的优势，竞争对手的产品，竞争对手与我们产品的比较，细而又细，精而又精。培训的第二阶段是寻找客户。舅采用互动的办法，和外甥模拟演练，共同总结，半天工夫，外甥就掌握了寻找客户的三种方法：一、缘故法。目标：亲戚、朋友、同学、战友、老乡。二、陌生拜访法。目标：工厂、学校、宾馆、酒店、机关、部队、桑拿中心、足浴中心、别墅、游泳池、住宅小区、建筑设计院、监理公司、建筑公司、正在施工的建筑工地，正在装修的工地。三、扩散法。想到某个人，不只是考虑这个人，而是由这个人扩散出去。

掌握了启动步骤，舅又把问题绕到工作态度上来。舅说营销工作，态度决定一切。态度是一个人对待事物的一种驱动力，不同的态度将决定产生不同的驱动作用。同时，对待任何事物不是单纯的一种态度，而是各种不同心态的综合。作为一名优秀营销人员，应该具有什么样的心态呢？首先要有一个积极心态，积极心态就是向好的正确的方面扩张开来，同时第一时间投入才会唤起你的激情，才会使困难在你面前变得渺小。其次要主动。主动是什么？主动就是没有人告诉你，而你自己正做着恰当的事情。在如今竞争白热化的年代，被动就会挨打，主动才能占据优势地位。舅只能给你提供道具，给你搭建一个舞台，能演出什么样的精彩节目，决定权就在你自己了。第三，要有空杯心态。人无完人，任何人都有自己的缺陷和弱处，也许你在某个行业满腹经纶，但对于新的企业，对于新的客户，你就只是你自己，没有任何特别。所以需要空杯心态，重新去整理自己的智慧，去吸收现在的正确的优秀的东西。第四，要有自信心态。自信是一切行动的原动力，没有自信就没行动，如果你充满了自信，就会觉得事情是可以完成的。第五，要有行动心态。千百次美丽的雄辩，敌不过一次真实行动。如果一切计划、一切目标、一切愿景都只停留在纸上，不去付诸行动，那再完美的计划也不能执行，再伟大的目标也无法实现，再美好的愿景也只是肥皂泡。

舅一口气给外甥讲了搞好营销必备的十大心态。有理论，有事例，口若悬河，手舞足蹈，讲了足足三个小时，直讲得嗓子眼干疼才作罢。舅笑笑地说：好长时间没有说这么多话了，还真有点受不了。

舅亲自带着外甥，把寻找客户的三种办法演练了一遍，然后让外甥单飞。

朱明明每天早出晚归，精神抖擞，再没有去彩票点买彩票。

舅每天让秘书阿玉从业务部经理那里拿来外甥的日程报表，外甥的日程报表上，客户的名称、地址、基本情况、联系人，联系人的办公室电话及手机，都详详细细。为了证实外甥日报表的真实可靠程度，舅打电话抽查客户，信息基本准确。

有一天业务部经理开晨会时，舅正好路过，听见外甥当天要去斗门龙山工业区的广柴公司拜访。恰好，舅上午去拜访的四海公司和广柴公司在一个工业区。从四海公司出来，十一点十分了，舅算了一下时间，外甥应该还在广柴公司，中午了叫外甥一起吃个午饭，聊聊天交交心。舅每天忙得三陪四陪五陪，把自己绑在了客户屁股上，这样凑巧的机会并不多。舅就顺便去了广柴公司。

在广柴公司门卫室，舅一和门卫搭上话，就听出门卫是四川万州人，便用四川云阳话和门卫套近乎。这是做业务搞营销的基本功，见了天下所有的人，营销高手三言两语就能和对方攀成老乡，即便是美国总统小布什照样拿下，卡扎菲也逃不出手心。舅询问一个搞太阳能，叫朱明明的走了没有。

门卫说今天没见过这么个人。门卫见舅光光的额头一下子成了四川的河流，便把登记册拿给舅看，当天上午进广柴公司的有三十三个人，可愣是没有朱明明。

舅把车停在广柴公司门口一棵大榕树下。舅想，也许公交车半路出了故障，外甥没能赶过来，等一会儿可能就到。

大中午的，太阳喷火一样，大地烧得直冒烟。榕树的叶子半睡半醒，一会儿动一下，一会儿动一下，向世人证明它还没有被晒死。偶尔，有一两个靓女打着防紫外线的太阳伞从公交车上下来，急急走进广柴公司大门。广柴公司大门口，只有舅一个人一辆车。到了下午三点半，外甥依然毫无踪影。吃饭时间已过，舅在厂门口的便利店里买了一包饼干，安慰了一下肚子。等到四点钟，外甥依然毫无踪影。

舅着急了，害怕外甥出事，就给外甥打了一个电话。

外甥说：我刚从广柴公司出来，正准备去巴士站坐公交车。

舅以为自己没留神，没看见外甥，于是把广柴公司大门口迅速扫描了一遍，也没有看见一个人一辆车。舅说：是吗？你在广柴公司门口什么地方？

外甥说：正和门卫说话，你的电话就来了。

舅看看门卫，门卫看看舅。舅说：噢，你在门卫那里，门卫穿的什么衣服？

外甥说：厂服。

舅问：什么颜色？

外甥说：我有时候会色盲，也说不清是什么颜色。

舅沉吟了一下：你看看，广柴厂门口停着什么车。

外甥说：广柴门口停着一辆宝马车。

舅说：还有呢？

外甥说：还有一辆奔驰。

舅又问还有什么车，外甥说没有啦。

舅说：你再睁大眼睛看看，有没有一辆本田车？银色的，上面坐着一个你很熟悉的人。

外甥说：没有呀。

舅说：你把眼睛睁得再大些。

外甥说：真的没有呀。

舅说：你就没看见广柴公司门口正前方的大榕树下停着一辆本田车，银色的，上面坐着你舅？你舅正面向广柴公司大门口，用手机和你通话呢。

外甥哦了一声，再没音了，接着就断线了。

舅让秘书阿玉调查一下外甥当天的行踪。阿玉调查罢来汇报，说朱明明那天一整天泡在网吧里。这些天天气太热，网吧里有空调，朱明明在公司开完晨会，就去了网吧，然后在网吧玩一天。

舅觉得奇怪：那他那些客户资料，是从哪里来的？

阿玉说：网上什么没有，很详细的啦。明明才不会辛辛苦苦给你跑市场啦。网吧一泡，百度一下，哄你们当老板的还不是小菜一碟？好多公司的业务员都是这么干的啦，他们还时不时地聚在一起交流经验，互通有无，信息共享。珠海搞业务的都知道，就是你们当老板的不知道。

阿玉看见老板端工夫茶的手在发抖。

阿玉对老板说：明明这几天兴奋得像吃了伟哥，正在全力以赴完成一个伟大的美国梦。

舅问：咋回事？

阿玉说：你问你外甥去吧。

舅在办公室没有见到外甥，第二天一大早把外甥堵在了出租屋里。出租屋里一片狼藉，床上扔着一本美国人马克写的《一分钟百万富翁》和一本《一分钟快速致富》。外甥见舅盯着床上的两本书，便说那是美国马克·维克多·汉森的书，看后很受启发，收获很大。我现在就在完成一个美国梦。

舅说：你现在是在中国。

外甥说：现在都是地球村啦，美国梦在中国一样可以实现。

舅说：梦再好，也是梦啊。

外甥说：梦想的财富生活将不仅仅是一种可能，它定会变成一种必然。一分钟思考，一分钟创意，一分钟坚持，一分钟寻觅，一分钟憧憬，一切皆有可能。

舅打断外甥的话：这些天你没有去市场上寻找客户？

外甥嘿嘿一笑：这几天，我正在将我的伟大梦想付诸行动，不久的将来，舅，我会给你一个奇迹。

朱明明见舅没有吭声，更加洋洋得意起来，说加拿大有个外卖员叫凯尔·麦克唐纳，他当时有一枚特大号的红色曲别针，是一件难得的艺术品。他先用曲别针从两名妇女手里换了一支鱼形钢笔，再用钢笔换到一个绘有笑脸的陶瓷门把手，然后又用陶瓷门把手换了一个烤炉。一个月以后，美国加州的一名军官要了这个烤炉，给了麦克唐纳一个发电机。他用发电机又换了一个具有历史的百威啤酒桶。加拿大一名电台播音员相中了这个古典酒桶，用一辆旧雪地汽车换走了酒桶。如此几经交换，雪地车变成了敞篷车。麦克唐纳随即将敞篷车转手给一位音乐家，得到了工作室录制唱片的一份合同。麦克唐纳把这个机会又给了一名落魄的歌手，歌手感激涕零，给了他一栋双层别墅。

朱明明说：舅，受这个创意启发，我在新浪论坛上发了一个帖子，叫中国版美丽童话。我要效仿这个小伙子以别针换别墅的创意，实现我的梦想。加拿大的麦克唐纳仅仅是被动地在网上以守株待兔的方式交换，而我将选择你教给我的寻找客户的奇招，缘故法、陌生拜访法、扩散法，主动出击，四处寻找可能的客户。麦克唐纳用了一年多时间，才完成用曲别针换别墅，我有信心用二百天来实现自己的计划。我在旧货市场淘到一个青花瓷罐，当初是五百元钱买的，现在我要用它换到一栋三百平方米的别墅。

舅看着外甥，眼睛越看越眯了，嘴半张着。

朱明明见舅不说话，以为舅被他伟大的创意打动了，继续说：我的帖子仅仅发出五小时，点击率就过万，网络上一片沸腾。到今天凌晨三点，点击率已攀升至五十万。第一天，一个叫美国天使的网友就用一串西藏宝石换走我的青花瓷罐。刚交换了半天，这串西藏宝石就被一个喜欢珠宝的深圳富姐看中，用一款五千多元的诺基亚新手机来交换。一天时间，我的财富就翻了十倍。我相信，我博客的点击率十天内绝对能攀升到上百万。只要上了百万，我就敢说，舅，我的青花瓷罐交换的东西的价值，绝对能上十万，可能就是一辆小轿车。舅，你就等着吧，你三年赚不到一个别墅的钱，我一年就能做到。

舅的眼睛全眯上了。舅揉揉眼睛，然后又睁开了。他努力把眼睛睁大，好像不认识似的盯着眼前这位外甥，好像不在中国，在他妈的美国！

朱明明在网上所做的美国梦被舅知道后，干脆公开在公司网上进行他的伟大梦想。

舅和外甥谈了几次，都说服不了外甥，只好对着外甥的屁股摇头。

转眼三个月过去了，朱明明的伟大梦想进行得并不顺利。由于他的炒作手法单一，又没有媒体配合，没有网络推手帮忙，他的帖子已经吸引不来眼球。青花瓷罐经过三个月的时间，换来换去，最后换成了一张大三女学生的照片，大三女生要给他当妹妹。可爱的妹妹说，只要他愿意出钱供她大学毕业后出国留学，就愿意当他的临时情妇，如果他结过婚，当小三也可以。

舅泪水滂沱，经常吹牛没有他搞不掂的人的舅，在外甥面前一筹莫展，仰天长叹。舅想了几天不死心，决定把自己的客户给外甥几个，外甥在前面搞，他在背后帮忙。舅想外甥成功几单业务，实实在在赚到一大笔钱后，他搞营销的态度就会慢慢端正。改造一个人，比搞一个工程难啊，人都说挖山难，可改造人更难啊！

舅跟进的斗门区富山工业区鹏程公司的太阳能热水系统工程到了要做方案的时候了，舅昨天晚上给鹏程公司的负责人讲好，今天派他的外甥来跟进。还给对方讲，自己是为了培养外甥，劳驾对方多多帮忙。做好太阳能热水系统设计方案，工程总价十六万，按照公司提成百分之五的规定，外甥能拿到八千元业务提成。

朱明明却大失所望，哀叹道：晒脱了几层皮，才赚八千元，太小儿科了吧。

朱明明要坐舅的小轿车去送方案，舅让他坐公交单独去。朱明明说这两天中暑了，需休息几天。舅以为他真中暑了，就开车带他去医院，医生给开了两大包药，花了三千多元。

外甥回去休息，舅只好自己去送方案。回来路过一家超市，舅想起晚上要请一个客户吃饭，便进超市买酒。超市的酒比饭店的便宜，饭店的酒不是酒，是黄金，一瓶比外面贵十几倍，甚至几十倍。舅在超市看见了外甥，中了暑的外甥没在家休息，正神采飞扬地和超市搞促销的一个靓女聊得热火朝天。舅明白了，外甥是吃不了跑业务搞营销的苦，头立刻摇得像超市里的电风扇。

一连好几天，公司的晨会上没有朱明明的影子。舅给外甥打了个电话，问外甥中暑好了没有。舅说：鹏程公司应该签合同了，你是不是跑一趟？

外甥问舅：你去不去？你去，我就坐你的车去。你不去，我就等病养好了再说。

三

舅决定不让外甥再搞营销，让跟着售后服务部经理王册搞太阳能售后服务。舅想售后服务是个硬性活，分配给了你，你如果不去，客户的电话就会打到公司，公司马上就知道你今天工作没工作。

舅和外甥朱明明认真地谈了一次话，外甥答应舅好好跟着王经理学习太阳能维修和售后服务。王经理是舅从中山红日太阳能公司挖过来的技术人员，在红日的工资是一千五百元，加上各种补助，每月仅能挣两千元左右，而来到他手下以后，基本工资是两千五百元，再加上各种补助，每月收入四千元左右。朱明明作为一般售后服务人员，基本工资是一千二百元，加上各种补助，每月能拿到两千来元。为了提高外甥的收入和积极性，舅许愿说：给你两年时间，等你能单独出去维修了，我给你长一千元工资。再等你能把太阳能维修和售后服务搞懂弄通了，兵来将挡水来土掩，我就让你当售后服务部经理，月工资五千元。

外甥听了笑笑的。

舅告诫外甥，不要有优越感，要摆正位置，要认真学习维修，要真正掌握售后服务，要替他把售后服务工作挑起来，要帮他做好售后服务方面的监察监督工作，要成为他在售后服务方面的一只眼睛，发现售后服务人员有什么不轨行为。比如，在太阳能公司经常发生的谎报售后服务啦，假借售后服务在外面炒更啦，把公司好的配件拿出去卖掉再买些次品给客户安装上啦，谎称售后服务把公司的产品拿出去卖掉挣钱啦，背着公司在外偷偷收取客户的钱啦，或是收了客户的钱不交公司装进自己的腰包啦。等等，等等。

外甥听了又笑笑的。

舅很是高兴，没想到这么一安排，不仅锻炼了外甥，也让自己多了一双眼睛，售后服务方面的出格事情以后肯定会少许多。

有一天，舅在公司听见王册在叫朱总，莫名其妙地看看王册，看看阿玉。阿玉悄悄告诉他，他们都把明明叫朱总，全公司人都知道，你还不知道？朱总现在活得很潇洒，过的是皇上的日子。吃饭不用花钱，沟女也有人买单。

舅又糊涂了：为什么。

阿玉说：谁不知道明明是你外甥？

舅还是糊涂：是我外甥就咋啦？

阿玉说：是你外甥你就肯定相信他啦，把明明搞掂了不就把你搞掂啦？

舅愣怔了。

售后服务部的王明很讨人喜欢，是王册从人才市场招来的，住的离王册家不远，好像还是一个乡的，好像王册和王明的姐姐还是高中同学，还曾有过一段罗曼史。王明很有眼色，见人不笑不说话，一说话三声笑，很勤快，会来事，每天都是前几个到公司的人，一进门就擦桌子拖地。如果不出去维修时，非常爱参加业务部的晨会、周例会、月总结会，舅问他为什么。王明说想多学点东西。舅就喜欢好学的年轻人，便大加鼓励，能搞好售后服务的人，肯定能成为一个好业务人员。王明不明白其中奥妙，舅就解释说，什么时候有售后服务？产品出问题的时候。产品什么时候出问题呢？客户使用的时候。客户正要使用或正在使用，如果出了问题，肯定会窝一肚子火。你去了，客户的火终于找到了发泄的对象，他不朝你发火朝谁发火？你除了维修，还要挨客户的训斥、谩骂，还要想方设法给客户解释，和客户沟通。你想一想，没有相当的沟通能力，能做好售后服务吗？王明明白了。

舅于是鼓励说：小帅哥，好好干，维修能拿下来的时候，我安排你搞营销，争取三五年当个区域经理。

舅嘱咐外甥，要向王明学习学习，多学别人的优点，学会了就是自己的。

朱明明和王明的关系处得很好，两个人经常一起出去维修。阿玉说还一起泡妞呢。舅问王册，是不是？王册说哪有的事，纯粹瞎扯。

舅想了想说：二十六岁的人了，也应该了，男人嘛。

这天晚上舅正吃着饭，妹妹来电话：哥，今天是明明的生日，他一个人在珠海，挺可怜的。

舅明白妹妹的意思，放下妹妹的电话，就给外甥打电话。可是没人接，舅只好开车去外甥租住的十四村。来到外甥租住的楼下，抬头一看，外甥住的五楼窗口平时只是一片暗黄的光，今天却五彩缤纷。舅还没爬到五楼，就有外甥屋里盛不下的鼎沸，顺着楼道扑面而来。

外甥住的出租屋的门大敞着。屋里靠窗户的地方，新添了一个大花篮，屋中间临时不知从哪儿借来一张桌子，桌子上放着一个大洗脸盆，盆里满满的一盆肉，有卤猪头肉、五香牛肉，还有盐焗鸡、红烧鹅、板鸭，盆周围簇拥着一群用塑料袋盛的各式各样的凉拌菜。五六捆啤酒没地方堆放，都挤在屋门口的过道里。公司售后服务部的人员集体在场，和明明关系最铁的王明如影随形。

舅听见售后服务部经理王册在致辞：我们售后服务部的弟兄们承蒙明明老弟，我们的朱总的关照，这几个月的收入像我们国家的GDP一样嗖嗖增长，希望明明老弟以后更加多多关照。

朱明明说：我感谢各位哥们的关照，让我天天舒舒服服去上网，让我天天吃香的喝辣的，这些天光肉都长了五六斤。

舅又听见王册说：让我们祝售后服务部的弟兄们的友谊之树犹如松柏，千秋万代，永远苍翠，常青不老！祝明明，不，我们的朱总长命百岁，福如东海，寿比南山！

一阵碰杯喝酒的声音。

舅站在楼道口，再没有走进去。

外甥屋里的人喝多了酒，话就多起来。有对眼下境况的不满，有对未来生活的期望。有人说珠海环境好，生活好，消费又不高，很满足。有人说来珠海四年了，酸甜苦辣，只尝过酸苦辣三味，还没尝到甜头呢。还有人说，看不惯公司老板那种高高在上，指手画脚，吆五喝六的样子，已和公司几个搞业务的说好了，大家再积攒点钱，多拉几个大客户，时机一成熟马上辞职，成立自己的太阳能公司，过过当老板的瘾，当当人上人。还有人说打工最好，你看看人家唐骏，打工皇帝，一年能挣好几千万，活得多滋润啊。他的目标只有一个，就是多挣些钱，争取三五年内，在珠海买一套商品房。

王册站起来，给大家都倒满酒，说：告诉你们，不管你们哪位当了老板，都别忘记给我留个位子，我给你们当马仔。这些天，我天天晚上上网，浏览激情美女写真网页，在网上和靓女们谈天说地。我也想像咱们朱总一样在网上钓上几个靓女，解决解决性问题，可一半个月了还一无所获。

有人说：王经理，那太老套啦，好几次我让你跟我去服装厂搞维修，顺便当当新郎，你还给我假正经，装大尾巴狼。咱们都是男人，几个月不碰女人，哪个男人见了女人没有冲动？

有人说：王经理，你的水平太差啦，上个月凌晨两点，我在网吧发了一个微博，说求婚啦，请转发啦，就钓住一个。因为有了她，我很滋润，很充实，很幸福。她不要钱，不要房，只要精神共鸣，肉体分享。她的名字叫一夜情。一夜情，嫁给我吧？不到五分钟，一夜情就跟帖啦：求婚有门槛，如果有两万人帮你转发，我就嫁给你啦！我靠，两万人转发，这不是整我吗？可还真没想到，不到一周，我的求婚微博就被博友们转发三万三千三百三十三次，除了普通博友的浪漫接力，连冯小刚、范冰冰、唐骏、宋祖英、杨锦麟、姚晨这些名人，也都加入了支援接力的行列，让我顺利地把一夜情搞到了手。

有人急切地问：什么时候吃你的喜糖？

回答：吃个×，我俩约好见面方式后，我手捧玫瑰花，怀揣一包十二个的第六感冰火两重天避孕套，准备见面就上床，干她个天翻地覆。可到拱北海关广场一见面，我的妈呀，眼球都快跌出来了，你猜一夜情是谁？是个上幼儿园的囡囡。

大家笑翻了天。

干！干！干！一阵啤酒瓶的碰撞声。

王明站起来，趁着酒兴大声说：哥们安静一下，安静一下，现在我给敬爱的朱总献诗。

啊，朱总啊
你从天上来
看见你，我满脸都是激动的泪
朱总啊，你是我的神
你像大海，全是水
你是高山，不是土堆
你是骏马，有着四条长腿
你是帅哥，不是靓女

长着两只大大眼睛
鼻子底下还有一张大大的嘴
你驮着我们售后服务部的弟兄们
纵横驰骋
向百万富翁飞奔
我们永远永远在你屁股后面
紧相随

王册叫道：别丢人现眼啦，你那还叫诗？诗个×啊。神马是湿，湿就是湿，湿了就是湿，湿就是不干，地上撒上一泡尿，地就湿了，这才是诗。懂不？没文化，罚你一杯！

有人提议：今天是咱们朱总的生日，只要朱总还像现在这样关照弟兄们，把维修费的一半给咱们弟兄们分了，反正维修费收多少，咱们不说，公司也不会知道。今晚，咱们来一次集资，请朱总到高级桑拿中心享受一回，来一个双飞。好不好？

屋子里一片响应叫好声。

站在楼道口的舅，真想给自己一耳光，不过扬起了手，并没有落到脸上。他在肚子里骂了自己一句：贱×！

四

业务部珠海的区域经理万隆告诉老板，王明在外面偷偷给公司的客户搞维修，收客户的钱。

舅问王明。

王明说：没有的事啊，不可能的事。老板要是不信，可以问问朱总，不，问问明明。

舅问外甥。

外甥说：又是谁在造谣，这是给我脸上抹黑。

万隆说：真要是没有，我万字倒着写。

万隆把客户的名称和联系电话告诉了老板，老板一查果有其事。

舅再问王明，王明像湖南板鸭，还是嘴硬不承认，说我是公司的人，你老板对我这么好，我哪能昧着良心做对不起公司的事！明明是您外甥，您可以不信任我，但不能不信任明明吧？每次出去维修，我都和明明一起。明明可以给我作证。

而朱明明的证词，像公司后面的将军山一样，十二级台风刮来也岿然不动。舅气得真想给外甥一个大耳光，他只好把钢铁石头一样的事实摆到桌面上。

王明的嘴成了一块微波炉里的巧克力，痛哭流涕地打自己几个耳光，说自己是一时糊涂，鬼迷心窍，家里父亲病重，需要钱看病，哀求老板原谅他，以后绝不会再犯了。

舅问王明要他老家的电话。

王明说他家里穷，安不起电话。

舅让阿玉拿出人事档案，查出王明家的联系电话。

电话是王明母亲接的。

舅说：大娘你好，我是王明的同事，现在正好在你们老家出差，想去家里看看你，不知道方便不方便？

王明母亲说：方便方便，我们两口子没事干，每天都在家，啥时候来都可以。

舅又问：大叔身体可好？

王明母亲说：好好好，老头身体一直很好，没灾没病的，挺硬朗。

舅放下电话对王明说：你骗我，我也没办法，把属于公司的钱退回公司，你另谋高就去吧。

就王明的事，舅给售后服务部开了个会，大家纷纷保证，坚决吸取王明的经验教训，认真总结售后服务方面的问题，绝不允许王明事件再在公司重演。

事后，万隆告诉老板，王明的事明明也有份，王明收了客户一千五百元，给了明明三百元。

舅心里有数，只是不明白，区区三百元就把外甥给收买了？

和外甥谈，外甥一脸无辜，跳进大海洗不清的样子。

看着外甥八〇后年轻的脸，舅开始怀疑自己能不能把外甥领上自己以为正确的道路。怀疑自己是不是没有自知之明。舅想，自己是不是就像尼采说的，是那种最不懂自己的人。对自身而言并不是认识者。

舅的心成了珠江出海口那淡水与咸水交汇，浑浊、不安、一塌糊涂的海。

五

舅对外甥的婚事很操心，问有没有女朋友了。

外甥嘿嘿嘿笑而不答。

珠海市人口一百二十万，本地人只有三十万，大部分是外来人员。在老家，男人多，女人少。在珠海，男人少，女人多。特别是电子厂、服装厂、玩具厂，动不动就是几千上万人，其中百分之九十五都是女的。男的是什么？是香饽饽，是鲜花，是皇帝！在其他地方有男的强奸女的，在这里是女的强奸男的，几个靓女同时追一个小帅哥，太普通了；几个靓女养一个小帅哥，太正常了。

妹妹妹夫打听儿子对象的事，舅说别着急，明明肯定能给你们找个好媳妇带回去。

舅给外甥制订的对象标准，第一个就是女的必须是大专以上学历，如果连大专都考不上，那是什么遗传基因，生下的孩子能聪明吗？第二个就是不在老家找，那是近亲繁殖，要找就找外省的，距离越远越好。为什么？那是杂交，杂交品种好。为什么中外混血儿聪明呢？就因为是杂交。

外甥听着，仍旧嘴咧了，嘿嘿嘿地笑。

一年过去了，外甥的对象还没着落，妹妹妹夫有些急了，打电话催问。

舅赶紧追问外甥。

外甥说不着急，不就是娶个媳妇嘛！

太阳能公司的售后服务是有季节性的。珠海地处亚热带，夏天秋天用热水的人很少，太阳能系统工程基本上是摆设，没有什么售后服务。而到了冬天春天，用热水的人就会猛增，售后服务相应就会多些。舅太阳能公司的售后服务人员，夏天秋天白养着是为了冬春使用。舅在公司经常看不见外甥的影子，以为小帅哥搞对象去了，可一调查不是那么回事，没有任何女朋友来往。外甥解决性饥渴用的是吃快餐的办法，这是珠海的一句行话，就是憋不住了到马路边，或是桑拿里临时抓一个，打一炮。

舅搞不懂外甥怎么就搞不到个女朋友。舅想，要是我，屁股后面没有一个连，一个排总会有的。这里是珠海，好多小靓女见了男的就扑上去了。

舅把售后服务部经理王册叫到办公室商量了一下。第二天，朱明明的名片上就多了两个头衔："售后服务部副经理，高级工程师。"舅对外甥说，挂个副经理高级工程师能唬住人，对你搞对象有帮助。别买彩票了，买几身好衣服，打扮得精干些，集中精力搞对象。你爸你妈快急疯了，争取今年过年时把小媳妇领回去让他们看看。

外甥嘿嘿嘿地笑。

朱明明副经理、高级工程师的名片撒出去不到一星期，就有靓女把电话打到了公司，或是直接到公司找朱明明。

一个月不到，有关朱明明的各种各样的绯闻在公司里天天变着花样传播，舅算了一下，不下二十个版本。舅说有绯闻总比没绯闻好，起码说明事情有了进展。外甥有进步，外甥媳妇就不远了，已经到了公司楼下，再过几天就能听见上楼的脚步声了。

面对扑面而来的靓女们，朱明明有点飘飘然了。

有一天朱明明和阿玉在办公室闲聊，朱明明说：我们帅哥都能预测未来，像我，我现在就能知道几年后我的孩子姓什么。阿玉，你悲剧了，还是未知数呢？

阿玉嘴巴从来不让人。阿玉说：我的孩子肯定是我的孩子，你的孩子就未必了。

朱明明嘴张了张，整个一个无语。

又过了半个月，一位四川妹找到公司来，直接要见老板，一见面就说：舅，我来给你当秘书吧，在服装厂打工有点累。你是明明他舅，我是明明女朋友，都是自家人，自家人给自家人干，可靠、负责任。

舅说：我怎么没听明明说过你？

靓女说：我们昨天下午在我们服装厂认识的，昨天晚上一起吃饭，一见钟情。你可以问你外甥，昨天晚上我就把我最宝贵的处女给了他，是我第一次处男朋友。

舅说：你们也太快了吧？

靓女说：现在都什么年代了，干什么都要讲究个速度。闪恋，闪婚，连生孩子都闪生了。我有个女同事，婚礼进行了一半，就坐120闪入医院妇产科了，不到天黑就为人父母了。

靓女很大度地对舅说：我们是不同时代的人，有代沟，我不怪你不理解我们。你们这一代人都落伍了，未来属于我们这一代人，明明昨天晚上对我说的。

舅无语。

舅借口上洗手间给外甥打了个电话。

外甥承认了昨天的事，说现在都这样。

舅问：你是准备和她交朋友，还是随便玩玩？

外甥嘿嘿嘿地笑着。

舅说：我在问你话呢。

外甥回答：我还没想呢，是她主动约我见面，约我吃饭，要我开房，要我上床，吃饭的饭钱是她掏的，开房的房钱是我掏的。安全措施是她采取的，她有个小包包，里面什么都有。

舅问：她是大专还是本科？

外甥笑了：我还没来得及问。

舅从洗手间出来，给靓女倒了一杯水，问：你在大学是学什么的？

靓女问：真的，假的？

舅被靓女的率性逗笑了：真的怎样，假的又怎样？

靓女说：真的小学没毕业，假的大学毕业了。

舅说：我公司的一个普通文员，起码也要有本科以上文凭。

靓女说：我可以学嘛。

舅说：公司招聘面试就需要，如果没有本科毕业证书，连面试的资格都没有。

靓女说：这好办，我出去半个钟头就给你搞定。我前男友就是搞这个的，最多一天搞过一百多本，全是政府机关的。从本科毕业证书到博士证书，没有他办不到的。

舅愣了一下，刚才还说明明是她处的第一个男朋友，不到一分钟就有了前男友，还供出前男友是搞假证件的。舅没有为难靓女，只是把僵了的笑，重新暖和了。

靓女并没有发觉自己说漏嘴。

舅继续说：我公司的文员面试有三项基本要求，只要你能达到，肯定录取。

靓女问：哪三项？

舅说：第一，你已经知道了，大学本科毕业。

靓女说：我出去就能搞定。

舅说：假的不行，我们公司会到网上查的。第二，能够熟练操作Windows和Office办公系统。

靓女说：我可以马上去学。

舅说：第三，能够熟练操作CAD（计算机辅助设计）、PCB人才网……你行吗？

靓女说：没问题，我也可以去学。

舅说：好吧，那你先去学吧，等学熟练了再来面试。在同等条件下，我会优先录取你的。

看着眼前这个已经被自己扔到火星上还满面笑容的靓女，舅动了恻隐之心，掏出一千元给了小靓女：拿去学点知识吧。

靓女的眼球都快掉出来了：你不要我给你当秘书？

舅说：等你拿到资格证书，再来找我。

靓女马上就给朱明明打电话：朱明明，你个龟儿子……

六

珠海的夏天像吃了伟哥，从四月份开始就火辣辣个没完没了，直到十一月后半月。秋天像个两岁小孩，没走两步，就一头栽进了冬天。说是冬天，最低温度也平均十度左右，依旧一片绿意盎然，只是空气里增加了冷飕飕的味道。公司售后服务部的张东东在别的太阳能兼职的事情穿了帮，被舅给炒了。售后服务部只剩下王册、朱明明、王森少三个人。王册准备去招聘人，舅说不用招了，把张东东的工资分给你们三个人，你们三个人辛苦一点，也没几个月了。

一转眼，春节只差一个月就到了。朱明明的美国梦还是个梦，三百平方米的别墅还是一片浮云。马克的《一分钟成为百万富翁》和一本《一分钟快速致富宝典》已经被朱明明撕着擦了屁股。

舅很着急外甥的婚事，可外甥仍旧嘴咧了一个劲地傻笑，一点儿也不着急。

阿玉说：老板，你太老土啦，明明现在每天晚上当新郎，他才不急着结婚呢。

朱明明没对舅说，对别人说：现在珠海哪个神经正常的帅哥会急着结婚呢，一结婚整个一个宅男，进去就出不来啦。现在的靓女一个比一个现实，说上床，二话不说裤子就脱到了脚后跟；说结婚，张口就是豪宅、宝马，吓死人了。我的三百平方米别墅还没着落呢，有了三百平方米的别墅以后，我的下一个目标就是悍马。

这天，舅在办公室对阿玉说：现在的靓女们，怎么一提婚姻首先就是房子，也太现实了吧？

阿玉说：不是靓女们太现实，是现实太残酷。女人的安全感已经成负数，抓住了房子和票子，首先能保证某一天丈夫被二奶和小三抢走了，自己也有个安身之地。第二嘛，保证老有所依，也就是保障自己人老色衰以后的正常生活，而不至于过着吃了上顿没下顿，为饭操劳的辛酸日子。

阿玉还说：和你们男人相比，女人更注重婚姻。你想一想，如果女人不想跟你生活在一起过一辈子，不想为你生孩子，她有必要要房子吗？多问你要些钱，携款逃跑，岂不是更容易些？要房子也带不走，那是在向你表决心，准备跟你过一辈子。

舅承认阿玉说的有一定道理。舅说：是啊，婚姻是需要物质基础的，没有一定物质基础的爱情长久不了。生活是实实在在过出来的，不是喝西北风喝出来的，油盐酱醋是用钱来买的，不是天上掉下来的。一句话，嫁给富人肯定比嫁给穷人强。

临近年关，舅又接到妹妹的电话，便赶快问外甥：你爸你妈，想让你过春节时带上一个女朋友回去，你能行吗？

外甥说：你们非要我带一个回去，我也没办法，只好带一个回去了。

舅一听高兴了：你到底有没有女朋友？你能带一个回去，说明你有了女朋友。你怎么不早早告诉我，还让我天天操心。

阿玉告诉舅：哪里呀，他是要给你租一个外甥媳妇回去，网上已经发帖子了。

舅问外甥：是这样吗？

外甥郑重其事地点点头：是啊，价钱已经说好了，五千元，就剩下付款了。

舅惊得目瞪口呆，过了大半晌才痛苦地摇摇头说：你要是没有女朋友，花钱租的话就免啦，过年也不要回去了，留在公司值班吧。

外甥胸脯一挺：听舅您的，您说咋办就咋办。

舅是这么想的，外甥没有对象，回去肯定不好交代。如果回去了，妹妹妹夫肯定唠叨个没完，外甥又容不得唠叨，搞得一家子心情都不好。大过年的图个高兴，与其回去搞得都不高兴，还不如不回去呢。再说了，过年值班是百分之三百的工资，一个月顶三个月，外甥能轻轻松松多赚几个钱。说值班，基本上是个摆设。大部分单位都放假了，需要售后服务的仅剩下宾馆，而公司只做了三家宾馆的太阳能工程，并且都过了保修期。去维修，是为了维护公司的声誉度，不去维修，客户也无话可说。

舅把春节安排和王册通了一下气。王册说：我还准备把他们放了假，我来值班呢。王册的老婆在珠海一家台湾人办的鞋厂上班，每隔两年才回一趟老家，陪父母过一次年。他想春节值班，想挣百分之三百的工资。可老板决定了，王册也只能服从。他马上给老婆打电话，说准备春节回老家过年吧。

快过年了，该完的工程都完工了，能收的钱也收得差不多了，剩下收不回来的，你就是把对方杀了也给不了你。需要验收的工程，就剩下卫生学院了。

舅问：小帅哥今天打算去哪儿？

外甥答：去斗门做例行检查。

舅说：正好我也去斗门办事，顺便拉上你吧。

外甥坐着舅的小车去例行检查，那样子很得意，舅能看出来。舅拉着外甥跑了一天，就把该检查的检查完了。往年像这样的例行检查，公司四个售后服务人员要进行十天，而这十天还是在舅的催促下完成的。

卫生学院的工程可以验收了，按常规应该是王册去。舅却对王册说：你今年难得回老家过年，需要准备准备，卫生学院就不用去了。小工程一桩，让明明去好了。

王册明白老板的用意，这是老板在培养自己外甥。当老板看见自己的外甥能胜任以后，他就有可能被炒鱿鱼了。于是心下一狠，与其被老板炒鱿鱼，不如自己先走一步，炒了老板的鱿鱼。太阳能作为一项朝阳产业，在全国发展神速，珠海市也不例外，每年都会冒出十多家新公司。新公司越多，像他这样搞过十多年太阳能工程维修的技术人员就越吃香，前几天还有几家新公司挖他，月薪提高百分之三十，只因他不满意，没有答应。现在该答应了，该是考虑跳槽的时候了。

朱明明坐着舅的小车，去卫生学院搞验收，舅对他说到了以后，你唱主角，我当配角。

那天下着雨，阴冷阴冷的。舅穿着毛背心，外加一件夹克衫，感到还有点冷。可外甥只穿着一件衬衫，连个外套都没穿。

舅问外甥：你不冷？

外甥嘿嘿嘿笑着：不冷。

外甥说不冷，可舅看见外甥的嘴唇都发青了，心想不冷是鬼话，等验收完，打算给外甥买件衣服。至于外甥的钱，肯定买了彩票。外甥如果能把买彩票的心思，用到太阳能维修上，凭他一个大学生的优势，在珠海太阳能行业里，一定能成为个响当当的人物。现在珠海太阳能行业里搞维修的人，舅太清楚不过了，最高学历的就是自己手下的王册，可高半天也仅是个高中生。

舅问外甥：如果我让你担任公司售后服务部的经理，你能拿下来吗？

外甥痛快地回答：没问题。

舅不放心地又问：那过了年我就炒了王册？

外甥说：行啊。

舅顿时大喜过望：好好好好，我就盼着这一天呢！

舅好些日子没有笑得这么开心了，他发觉自己原来小看了外甥，早应该委以重任。舅又补充了一句：等过完年一开工，你就走马上任。

外甥点点头，算是回答。

到了卫生学院总务处门外。

外甥看舅。

舅看别处。

外甥先走进去，舅在后头跟着。外甥哼唧了半天才和卫生学院后勤处的俞处长说上话。他们一行人爬上学生宿舍楼楼顶，把太阳能热水系统工程从头到尾检查一遍，最后来到太阳能系统工程控制箱前。俞处长指着太阳能储热水箱温度显示器显示的温度说：你们可看清了，现在太阳能储热水箱里的温度是十五度。前几天天气好，你们的设备好不好不好检验，难得今天天气冷，如果到下午五点钟，储热水箱里的水温能达到五十五度，说明你们的设计合理，产品质量过关，就算验收了。怎么样，下午五点钟咱们一起验收吧？

外甥看舅。

舅看别处。

俞处长和舅说声再见走了。

冷风细雨中，楼顶上只剩下了舅与外甥，两个人的衣服都打湿了。

舅问外甥：下一步怎么办？舅想利用验收这个机会，考一考外甥，给外甥上一课。

外甥看着舅：等。

舅又问外甥：你觉得下午五点钟，水箱里的水温能达到五十五度吗？

外甥犹豫了一下：大概能吧。

舅加重语气说：我要的不是大概，我要的是肯定能达到五十五度。

外甥不好意思地嘿嘿嘿笑着。

舅又问：要是下午五点钟，水箱的水温达不到五十五度怎么办？

外甥瞪大眼睛看着舅。

舅摇摇头，仰望天空冷冷的雨，让雨帮忙浇熄自己心里的火气。舅平静下来说：今天下雨没有太阳，太阳能一点作用都没有，只能靠空气源热泵辅助加热系统加热，按照设备的配置，应该是没问题的。问题是我们今天验收，只能成功不能失败。你想一想啊，怎么就能保证只能成功不能失败？

外甥又瞪大眼睛看着舅。

舅见外甥只瞪眼不说话，启发道：我问你，现在储热水箱里的水有多少吨？

外甥回答：三十二吨。

舅继续道：下午五点钟，空气源热泵能不能把这水箱里的三十二吨水加热到五十五度？

外甥迟疑了一下：大概可以。

舅又问：如果现在水箱里面的水换成二十五吨，到下午五点钟水温能不能达到五十五度？

外甥答：能行！

舅又问：如果再换成二十吨呢？

外甥高声说：肯定没问题。

舅又问：那你说，下一步咱们怎么办？

外甥瞪大眼睛看着舅。

舅又启发道：你认真想一想啊，下一步咱们怎么办最好。

外甥结结巴巴地说：把水放掉？

舅死盯住外甥：放掉多少？

外甥努力说：把水放到剩下二十吨。

舅终于笑了：聪明。

外甥问：万一叫学院发现了怎么办？

舅没想到刚表扬罢聪明，外甥脑袋就进水了，不禁怒火万丈：上面放水，你人不能在下面看着？学院的人都在上课，就是万一有人上来，你把补水系统一关，不就得了？

外甥抚摸着脑袋，嘿嘿嘿地笑了。

舅把剩余的火气熄掉，语重心长地吩咐外甥：今天你哪里也别去，就在这里盯着。今天一定要验收，不能出一点差错。

舅安排好外甥，自己开车去不远的华润万家超市给外甥买了几件衣服。外甥穿上舅买的衣服，没多大一会儿，嘴唇就开始红润了。

舅让外甥一定要当心，千万千万不能出娄子，一定要保证下午五点钟水温达到五十五度以上。舅陪外甥待了一个小时左右，看看没有需要再吩咐的事，便让外甥守在那里，自己去拜访一个客户。拜访完客户，下午四点半的时候，舅赶回学院，径直跑上学生宿舍楼楼顶。

外甥却连根毛也不见了。

这时，温度显示器显示水箱里的水温只有四十九度，辅助加热的空气源热泵热水机组还在睡大觉。舅顿时气得头发挓挲了，掏出手机给外甥打电话，可外甥关机。

舅赶紧启动辅助加热系统，看看表已四点三十九分，离五点钟还有二十一分钟。舅打开一个储热水箱的排污阀门，冒着热气的水从DN50管道里喷薄而出，和着雨水顺下水管流走了，然后和城市污水汇聚到一起，排到不知什么地方。舅觉得还有点慢，干脆把另外三个储热水箱的排污阀门也全打开了。十分钟过去，舅估摸着大概排出去的水有五吨左右，水箱里的水量差不多了，就关掉所有排污阀门，去看水温显示器：五十三度。像排出去的水一样，舅脸上哗哗地淌着笑，离五点钟还有十分钟，达到五十五度的温度没问题。

那天工程验收完，舅和俞处长约好晚上要去的饭店，便去找外甥。在离卫生学院不远的一个彩票点，舅终于看见了外甥。

舅走到外甥跟前，忍了忍说：你要是我儿子，我今天非揍扁你不可！

外甥回头瞪一眼舅，扬长而去。

舅怔怔地望着远去的外甥，抬手给了自己一耳光：贱×！

七

王册在新中光太阳能公司找到了新工作。新中的老板给王册加了百分之四十的工资，还答应春节期间让王册值班。一里一外，王册春节期间能多收入七八千元。

王册拿着辞职报告让老板签字，老板假意挽留一番，在辞职报告上签了字。

送走王册，舅的心上像放下一块大石头。然后开会，大声安排春节放假前要给员工发放的福利。说今年的福利不发现金，要发实物，拿回家每天都能看见，一看见就会想起公司。虽然大部分员工想要现金，舅还是决定发放实物。

离放假还有两天，阿玉问老板：你骂明明了？

老板说：骂了。

阿玉说：骂得挺狠的？

老板说：狠什么狠！

阿玉又说：你还要揍扁他？

老板说：没有的事，我只不过诈唬了一句。

阿玉说：明明辞职不干了。

老板说：不可能。

阿玉说：真的。

老板瞪大了眼睛：这怎么可能呢？

阿玉说：昨天晚上把行李都搬走了。

老板不相信：他要是辞职，怎么也得和我说一声呀。

阿玉还想说什么，张了张口又咽回去了。

朱明明真辞职不干了。

朱明明炒了舅的鱿鱼，连个招呼不打就炒了。

朱明明不但炒了舅的鱿鱼，还搬出去和被舅炒了鱿鱼的王明合租一套房子。春节，朱明明是和王明一起度过的，没有给舅打过电话，也没有发个拜年短信。

舅伤心透了，像掉进酱缸的一块抹布。

春节期间公司破例没有安排售后服务人员。

春节期间，舅把售后服务电话转到了自己手机上，客户有什么售后服务问题，自己出马去解决。

舅对外甥不满归不满，心里还是惦记着外甥的。

舅托阿玉打听外甥的情况。

阿玉告诉老板，明明要和王明一起成立个好兄弟太阳能公司，自己当老板。

舅点点头，心里长舒口气说：这也好，这也好，或许是个不错的选择。

过了十天，阿玉告诉老板，明明说他大学的同班同学在东莞一家台湾企业当副总经理，准备请他去当办公室主任。

又过了二十三天，阿玉告诉老板，好些天不见明明了，大概去东莞上班了。

又过了三十六天，阿玉告诉老板，又看见明明了，明明买彩票中奖了，中了二十元。

又过了五十天，阿玉告诉老板，明明被中山移动公司录取当业务经理了。

又过了九十八天，舅接到深圳一家太阳能公司老板的电话，说他们公司是生产平板太阳能集热器的，彼此应该是老熟人了，每年广东太阳能协会开会都会碰面，经常投标也会碰面。舅的公司用过他们的平板太阳能集热器。

那老板问：你有个外甥叫朱明明吗？

舅回答：有。

他到我公司应聘来了。

噢……

我不知道怎么办。

是吗？

我想征求一下你的意见。

可以。

你说录取还是不录取？

能给他碗饭吃，就给他碗饭吃吧。

那你怎么不给呢？

我嘛，他总觉得是舅，干事放不开手脚。

那我就录取了？

完全同意。我替他谢谢你了，谢谢你对他的照顾。

不用谢，我照顾他，你照顾我就是了。我让他搞营销了，负责对你们公司。你们公司从今天开始，就只能用我公司生产的太阳能了。

舅眼直了，可眼直了也得答应，为了外甥别无选择，搞不好下地狱也得下。就在舅等着外甥找上门来，推销平板太阳能集热器的时候，阿玉告诉舅明明又回珠海了。

舅赶紧问：你在哪儿见他了？

阿玉说：在彩票点啊，两元钱买了一张彩票，说这次肯定能中大奖的。

阿玉又补充说：明明好像又瘦了，一股风能吹上天。

舅一拍后脑勺，糟了，赶快开车到外甥经常买彩票的地方。舅看到了外甥，但是没有急于上前去喊，而是躲在车里观察着，从上午十点一直观察到下午三点，中午也没吃饭。他发现外甥中午也没去吃饭，一直待在彩票点。舅几次掏出手机想打电话，叫上外甥去吃点饭，几次又摇摇头放弃了。

朱明明病了。

朱明明花三元钱胡乱买了些甘草片吃上，可一星期过去了也不见好，就到社区门诊医院去看。医生说重感冒，得输液，每天四瓶，一共输九天。九天液输下来，朱明明身上的钱也花完了，便给阿玉打电话求助，舅让阿玉给送去五千元。朱明明拿着钱到市人民医院一检查，竟然又患上了支气管炎，必须住院治疗。查心电、拍X光、验血、验尿、验便，再加上其他头昏眼花的费用，十天花了五千二百七十九元。但是病情仍不见好，最后恶化成了肺炎。朱明明又转到中山五院，等病好出院的时候，舅打发阿玉去结算，又花了一万三千三百三十三元。

经历一番大折腾，舅以为外甥这下该安分守己、老老实实做事了，谁知外甥一出院又不见了。舅赶紧给妹妹打电话，妹妹说明明他早把家忘了，鬼才知道他跑哪儿去了。

舅顿时头痛起来，放下电话手抚着脑门，鬼知道就鬼知道吧，地球离了谁都照常转。离开了他外甥兴许会活得更好，深山老林里的千年“棒槌”，不就是因为没人管才那么值钱吗？仿佛神示，舅突然想起了曾看过的一本书，书上讲德尔菲神庙前的石碑上，刻着一句永世箴言：认识你自己。

是的，人啊要认识自己。舅想着，忍不住又给了自己一个耳光：贱×！

八

在珠海太阳能行业里，舅是龙头老大。可随着年龄增大，经营策略的改变，他想让出老大的位置。由过去只要是太阳能热水系统工程就想方设法拿下，到不做难以回款的酒店宾馆的工程，再到不做云天雾地的香港澳门客户的工程，再到不做变幻莫测不知道水有多深的外资企业的工程，最后到所有的企业的太阳能工程都不做了，只做教育系统的太阳能工程。客户目标少了，事情自然也少了。

少了许多事情的舅，每天早上六点起床去爬山，上午到公司看看，中午找个校长聊聊天，拉拉关系，下午在家练练书法看看书，晚上找书画收藏的朋友吹吹牛，十点半准时上床睡觉。一年下来，做了五六百万元的业务，赚了七十多万。比公司鼎盛时期一百多名员工，一年四五千万的业务，赚三四百万，发工资三百多万，交社保三四十万，发福利一二十万，结果落到手仅剩十大几二十万，要强多了，省心多了。

舅夜里睡不着的时候常想，以前自己咋那么傻呢？老想把企业做大做强，当珠海太阳能行业的老大，咋就不算算投入产出比呢？咋就没有想想如何过得好一些呢？

岁数大了，现实了，会干了，会活了。轻轻松松赚钱，开开心心生活，够活就行了，赚多少是个够？钱没个够啊！

就在舅天天悠闲了，天高任鸟飞，海阔凭鱼跃，对外甥有所淡忘的时候，舅又接到了外甥的电话。

那天，舅正在广州一个拍卖会上，和几个人为一幅陈半丁1956年作的《墨葡萄》争得难分难解，最后以十三万的价格竞拍到了手。舅激动地欣赏着陈半丁的画，恣意的笔法，淋漓的水墨，之后搅得三天三夜没合眼，自认拣了个漏。中国现代画坛有三大画派，陈半丁是京津画派的代表，名气曾经比齐白石还大。今天却有点被人们淡忘了，其绘画的艺术价值在艺术市场上也被低估了。舅相信哪天画坛不再浮躁，陈半丁绘画的艺术价值一定会被重新认识，他竞拍到手的这幅《墨葡萄》一定能让他大饱了眼福，还能赚个盆满钵满。

舅接到外甥的电话，外甥在电话里问：舅，你还在珠海吗？

舅不冷不热地回答：你说，我不在珠海还能在哪？

挺好的吧？

凑合。

舅，我可告诉你啊，我现在在广西一家大公司工作，我手下已经有二十四人，再发展一个，就够二十五人了。发展二十五个人，我的股份就超过五百四十股，我就是老总啦。月收入达到十万至九十九万。

啊呀呀，明明，舅祝贺你，恭喜你，一个月能挣九十九万，你的美国梦不用半年就能实现了。

舅，你不知道吧？我现在从事的行业叫纯资本投资行业，是一个政府项目，也是一个试点项目。国家给政策，广西政府提供平台，将广西以外的民间闲散资金引进广西，进行再分配。对地方政府来说是一个先引资后招商的引资工程，对投资者来说是一个投资项目。国家“十二五”规划要以广西的开放合作带动整个西部大开发，要把广西打造成继珠三角、长三角、滨海经济开发区之后的发展第四极。广西大力引进纯资本运作的操作模式，经过三年的实验和改良，现在由广西组织三十三个部门开始布置，并试点运行。在具体操作上借鉴了股票、社保、商业保险、直销的精华。从事本行业的条件是年满十八岁，一张有效身份证，外加一个推荐人。舅，我已经向我的上级推荐你了……

舅明白外甥的醉翁之意了。

舅的脸被漫长的电话拉长了。

舅的心里一阵阵不安和恐慌，外甥搞上了传销，现在把目标锁定在他身上，要拉他当未来老总的下线。舅垂头丧气地闭上眼睛，仰靠在仿明太师椅子上，把手机扔到茶几上，任凭外甥在电话那头云天雾地，也不去接听了。外甥什么时候回到人间，什么时候挂断电话的，舅也不知道。舅只在想，可怜的妹妹妹夫呀，知道不知道你们的宝贝儿子干上了传销？

过了两个月，舅又接到外甥朱明明的电话，电话里的外甥显得十分激动：舅，我今年下来能挣三百八十万。我们公司的口号是，投入三千八百元返还三百八十万，绝对给力。我们公司最新规定，投资回报到一定数额后，就必须退出公司，要给新员工留出赚钱的机会。我们要缩小贫富差距，为国家培养人才。

好好好好，好啊！

舅，我在这里啥都好，就是想，想，想……

有话直说。

这边的气候我不适应，老感冒，我还想回珠海去……

在广西放着三百八十万不挣，跑回珠海来打工，你这唱的是哪出戏？

我就是喜欢珠海，想珠海，想去珠海干。

珠海是大家的，又不是我的，你想来就来吧，还用和我说？

舅！

嗯。

舅！

嗯。

舅！

有话就说。

我还想去你公司帮你搞售后服务。

公司售后服务有人啦。

多我一个也没啥。

多一个人多一份开支。

我是你外甥呀……

你还知道是我外甥？

舅，我错了……

你真知道错啦？

真知道。

能改？

肯定能改。

你让我再想想。

舅挂了电话。

晚上外甥又来电话。舅问：你妈知道吗？

知道。

你爸呢？

知道。

这样吧，让你爸和我说一下。

妹夫在电话里说，明明在广西搞传销，是被他大学的同学骗去的，我刚花了五万块钱把他弄回来。他毕竟是你外甥，你不管谁管啊？我和你妹妹都在农村，想管也管不了他。明明还是想跟着他舅干，明明离不开他舅。他这回是下决心要好好跟着你干，而且非干出点名堂来不可。

舅本来不想管外甥的事了，但是经不住妹夫的恳求，心里曾经赌气的坚硬，就像毒日下泼在铁皮上的一碗水，哗啦一声就化成一缕烟气了。舅明白妹夫在给自己灌迷魂汤，外甥这次给自己打电话要来珠海，百分之八九十是妹夫的主意。外甥岁数大了，在农村和他年龄四配的女孩子没有了，想找个对象难了。外甥到了他身边，他能看着不管吗？

舅叹口气说：既然你同意他来，那就叫他来吧。

妹夫高兴地道：我替你外甥，谢谢他舅了。

放下电话，舅狠狠打了自己一个耳光：贱×！

九

朱明明走马上任，挑起了售后服务部经理的大梁，明显比从前安分守己多了，也勤快多了，一张口先嘿嘿一笑。舅对阿玉说，明明在外面这两年罪没有白受，懂事了。年轻人，就是要受受罪，要不然不知道天高地厚，以为天下的钱就是给他印的。

舅对外甥说：给你两大任务：一、进一步熟悉业务，真正把售后服务做好，我也给你多创造些条件，争取尽早能挣够一套房子的首付。二、今年无论如何也要把对象搞上，过年回家时，带回去让你父母看看。

舅又给外甥长了工资，但是不给外甥全发，最多发一半，另一半存到财务上，准备他买房子时用。看着嘿嘿而笑的外甥，舅又说：我岁数大了，不想再干了，最多再带你两年。我想了，凭我在珠海教育系统的关系，给你拿下十多个学校的太阳能热水系统工程的维修合同不成问题，一个学校平均下来四万元，十个学校就是四十万，成本最多也就十多万，纯赚二十万不成问题。干两年就够你买房子的首付啦。今年明年我顶着，等你结婚以后，这部分就交给你。

舅很满意自己的筹划和安排。

舅安排外甥三次去外面学习系统维修。

舅同时也关心着外甥的婚事，说找个四川的湖南的江西的就可以，在珠海的打工妹，四川的湖南的江西的最多，人都长得水灵漂亮。而且啊，找个外省的血缘，生下的孩子聪明。

这天阿玉告诉舅，明明在网上结交了一个靓女，是武汉的，听说失恋了，心情郁闷，在网上泡，认识了明明。现在靓女知道明明是高级工程师，又是公司售后服务部经理，就爱上了明明，要来珠海投奔，这个周末就到。

舅瞪大了眼：真的？

阿玉道：我这还敢骗你吗？

到了星期一，舅发现外甥像被台风修理过的小树，一副狼狈之状，知道大事不妙。他问外甥哪儿起火了，外甥坐在电脑前一声不吭。舅只好去问阿玉，阿玉说靓女一进出租屋就起火了，骂明明骗了她。一个珠海的高级工程师，又是什么大经理，不住别墅罢了，起码也应住个三室两厅。一看住这么个狗窝，就知道是蒙人，假冒伪劣产品，山寨版货色。靓女放一通火，也不听明明解释，掉转身就走了。

阿玉说：明明正郁闷着呢。

舅点点头：看来被烧得不轻。

一个月后，朱明明终于摆脱郁闷，真正交上了女朋友，再不是网上的。朱明明告诉舅，是老家中条山的。舅听了很高兴，认真叮嘱外甥，该花钱的地方就要花，千万不要舍不得。舅的意思是，空手套白狼你还不行，必须靠钞票来事。

有了真正的女朋友，朱明明的穿着打扮讲究了，白衬衣不黑了，裤子也不皱皱巴巴了。过了两天来找舅借钱，舅看着外甥问，要给女朋友买东西？外甥嘿嘿嘿一笑。舅把手一撩，找财务去。财务打电话给舅，你不是让我留下明明的一半工资，准备他将来买房子用吗？舅大声说，现在舍不得花钱，搞不到对象，将来买房子有屁用！过了一段时间，财务来找舅，说明明超支啦。舅说超支就超支吧，搞对象花钱多，说明进展顺利，你借给他吧。

财务问，怎么处理？

舅说：等他结婚后，从工资里面扣。

朱明明女朋友的母亲病了，是肾有问题，需要花不少钱。

正好一中的太阳能集热器的支架要刷油漆，夏天也没有什么售后服务，朱明明每天也没什么事干，舅便对外甥说，这活交给你吧。然后舅又叫来财务吩咐道，明明女朋友的母亲住院了，明明手头有点紧张，一中太阳能集热器支架的油漆我让他刷去了，你给上他一万元工钱。但是先不要告他，我要考验一下这小子。

一星期过去了，一中的活也不见动静。

舅催促外甥：一中的油漆该去刷啦。

外甥噢了一声。

半个月过去了，外甥还没去一中刷油漆。

舅又催促外甥：一中的油漆该去刷啦。

外甥又噢了一声。

二十天过去了，一中的油漆依然没有刷。舅急了，让阿玉再去催，阿玉催过了，但外甥仍没有行动。两个月后的一天，外甥对舅说，我给你找了个刷油漆的，两千五愿意包干。

舅眼直了：你不能去刷？

外甥说：我没时间。

舅摇摇头：那好吧，你没时间，就雇人去刷吧。

油漆刷完了，财务来问舅：还给不给明明一万元了？

舅怒气冲冲地回答：我钱多得擦屁股呀！

朱明明因为女朋友母亲的病，终于要和女朋友分手了。朱明明来告诉舅，说女朋友的哥在超市当搬运工，一个月才挣一千多，她爸原来在一个公司当保管，一个月也能挣一千多。现在她妈一病，她爸只好辞了工，她每月挣两千多，加上她哥的一千多，全家人不吃不喝也才四千，根本不够她妈的医疗费。这样下去，日子没法过。

舅说：不是还有你吗？这个时候你帮她一把，她会感激你一辈子。

外甥说：我问医生了，说她妈的肾病根本治不好，花多少钱都塞无底洞。

舅说：她妈没有医保？

外甥说：一个农村妇女，哪来的医保？

舅思忖了半晌道，你和你女朋友商量一下，看能不能回老家去治，老家治病还是便宜一些。外甥说商量过了，他爸不愿意回老家去。

舅糊涂了：为啥？

外甥回答：他老家房子坏了，地也没了，回去咋生活？

外甥说的也有道理，舅想他现在还泥菩萨过河，这个忙他是帮不起的。舅一下子无奈了，只能眼睁睁看着外甥与那女孩子分手。

十

朱明明的婚事又成了舅的心病，同时还为朱明明将来买房子发愁。房价像一头失控的疯牛，国家越是控制涨得越快，一天一个价。这个月能买六十平方米房子的钱，下个月恐怕连个做饭的厨房都买不下，再过一个月可能连个洗手间都买不了。

这天一早，舅把外甥叫到办公室，想让外甥多赚点儿钱，尽快买套房子。舅对外甥说，你干太阳能多年了，太阳能说起来是高科技，实际上是人就能干。我想把公司的太阳能工程包给你，你敢不敢干？

外甥说：这还不简单？外面工程队有的是，抓一个过来就是了。我认识好几个工程队的包工头呢，我们在一起玩过。

舅说：那好，从今天开始，太阳能工程就交给你了。

舅详详细细地把如何能把太阳能工程做好，做好了售后维修就少，或者干脆就没有，一五一十讲了两个多小时。最后舅又强调，一定记住了，做太阳能工程永远不要忘记两条，第一是安全，第二是外观漂亮。

在舅的运作下，西区邵逸夫中学学生宿舍楼太阳能热水系统工程舅中标了。中标后舅对外甥说，你去找个水平高的工程队吧，按照现在的行情，这个工程施工报价应该是两万三四左右，我给你五万工钱。但你必须给我保证质量，按期完工。

外甥笑得一张嘴占去了半个脸。

末了，舅又追问一句：能不能保证施工质量，按期完工？

外甥说：保证按时完工。

有一天，舅到斗门区拜访完客户，顺便到西区邵逸夫中学学生宿舍楼太阳能热水系统工程施工现场看看，可明明并不在施工现场。舅围着工地转了一圈儿，不时掏出卷尺丈量太阳能支架。还未看到一半，舅的脸上就起了乌云，接着电闪雷鸣。

舅吼道：谁是这里的负责人？

没有人回应。

舅又吼道：人死啦？

这下有了回应。

一个正在安装下循环管道的人直起腰来，挥舞着手中的管钳说：你个老满哥，做啥子，和谁有这么的深仇大恨，值得你这么吼？

舅一听，碰上了湖南佬。好多太阳能工程安装队的头舅都认识，但这个人没见过。

舅问：你是这里的包工头？你过来一下。

舅指着眼前的一排支架，用卷尺一量：你瞧瞧，每两个支架的间距应该是1024毫米，你这几个支架做成了1063毫米，差这么多，太阳能集热器到时怎么往上摆？能固定好吗？能安全了吗？能抗台风吗？还不一股风就上了天。

包工头看看卷尺上的尺寸：你这个人怎么这么搬翘，我不齿你呢。

舅说：你用普通话和我说话。

包工头说：我又不认识你，你算老几？这事你和我说不上，你找我们老板去。

你们老板是谁？

朱老板，朱明明，认识？

舅便给外甥打电话，电话打是打通了，传过来的却是一个小靓女夸张的声音：帅哥哥你好，好久没接到你的电话耶。

舅皱皱眉头：我找朱明明。

小靓女说：找朱明明可以，你要先回答我一个问题，你知道世界上最尖的东西是什么吗？

舅脑子一下子就想歪了，但话到嘴边变了：鬼知道！

小靓女咯咯笑了：那就是你的胡子，你脸皮那么厚，它都可以破皮而出。

舅顿时浑身怒火，声嘶力竭了问：你知道世界上什么东西最厚吗？

小靓女回答：不知道。

舅说：那就是你的脸皮。胡子那么尖，它就是从你的脸皮底下长不出来。

小靓女说：你真幽默，你真可爱，我已经爱上你啦！我都感觉到你的胸脯真厚实，真想抱抱你，你一定是很高大很生猛的猛男了吧？

跟着话荡过来的媚气，把手机听孔塞得满满的。舅知道外甥去了什么地方，舅息息怒气说，你叫手机的主人接电话。电话里终于传过来明明的声音，舅又重新燃起怒气，向电话那头的外甥吼道：我在工地现场，你给我马上过来！

外甥来到现场后，舅指着尺寸错误的太阳能支架说：你睁大眼看看，这就是你承包的活吗？差了这么多，足足四十一毫米，开什么国际玩笑！你给我说说，这样的支架太阳能怎么安装？太阳能集热器往哪固定？能固定得稳当吗？来个台风怎么办？你这是要把你舅往监狱里送啊！让你承包工程是照顾你，想让你赶快多挣点钱，好买房子，好结婚娶老婆。你应该认认真真勤勤恳恳地守在工地，把活干得踏踏实实漂漂亮亮。可你倒好，就干下个这？简直快把我气疯了，不是神经病也要成神经病，没有心脏病也要气出心脏病。你不老老实实待在工地，每天都在干什么？

外甥的脸铁青铁青，像放在楼面上的角铁。他剜了一眼暴跳如雷的舅，又把目光转向楼面的保温层，看着保温层上裂开的一条深深的裂缝。那裂缝从他脚底下像一条蛇蜿蜒而去，在阳光下格外醒目。

舅举起手在空中一挥，命令马上全部返工，连夜返工。公司的工程以后你就不要管啦，我怎么就有了你这么个不争气的外甥？外甥却像没听到似的，目光继续跟着那条深深的缝往前跑。

当天晚上，外甥给舅发了个电子邮件，辞职不干了，说一辈子也不愿再见到他了。骂别人脑子进水的人，自己才是真正脑残。此处不留爷，自有留爷处。下等人站着干着不挣钱，中等人坐着看着挣小钱，上等人想着躺着挣大钱。你最多也就是个坐着挣钱的中等人，而我就是躺着挣大钱的人。并且发誓：我一定要实现我的美国梦，一定要创造出新的美国奇迹，一定要买套三百平方米以上的别墅，一定要有我的悍马。舅，你睁大眼，等着瞧吧！

看着外甥发来的邮件，舅的脸蔫成了一根苦瓜。

舅的脑海里突然又闪现出那刻在德尔菲神庙前石碑上的箴言。

舅又打了自己一个耳光：贱×！

狗日的羊肉泡鱼翅

中条山菜馆位于滨河路，门面不大，装修也一般，不显山不露水。有散台十张、包间二十个，分别以河东历史名人命名，舜帝、大禹、关公、风后、后稷、嫘祖、陶朱公、猗顿、荀子、裴秀、廉颇、薛仁贵、张仪、杨玉环、貂蝉、吕洞宾、司马迁、司马光、卫夫人、柳宗元。

菜馆开业至今已十二年，转手过三次。创业者据说是中条山脚下的一位老大妈，今年九十八岁。也就是说，中条山菜馆开业那年，她已是八十有六的高龄。老大妈年轻时曾在北京饭店当厨子，因厨艺高超，被调到皇城某高官家做饭，一做就是四十年。

中条山菜馆表面上虽不起眼，但经营得风生水起，胜过五星级酒店，奥迪、奔驰、宝马，每天都一溜一溜地排队，间或还有劳斯莱斯、兰博基尼、宾利前来光顾。菜馆的当家菜是羊肉泡鱼翅，好多食客前来就是为了这一口。

相传，一位大老板喝醉了，九百九十九元一碗的羊肉泡鱼翅，非要出九千九百九十九元，为的是能多吃两碗。一桌十一个人，每人吃了三碗。最后大老板腆着大腹，砰砰拍桌子道，过足了皇家瘾，也沾足了皇家风水。还说三生有幸，朝食美味，夕死亦可矣。

可令人没想到的是，菜馆十年馆庆刚过，突然就转手了。转手的原因众说纷纭，一说是老大妈要归隐山林，修道成仙；二说是老大妈做官的小儿子退休了，不能再批项目再批钱了；三说是中央出台了什么规定和禁令，把伪美食家们吓得屁滚尿流，不敢去为嘴冒险了。

据说，第一个接手菜馆的是一位煤老板，是一个从吕梁山沟里崛起的美食家，经常打飞的去广州吃早茶。此人曾认老大妈的小儿子做干爹，他的煤矿就是干爹一手帮着买下的。当年老大妈开菜馆时投入一百万元，煤老板以九百万元的价码接手。接手后经营了一年，不但分文未赚，还倒贴了百十来万。于是煤老板决定转让，以十万元的白菜价，转给了一个中条山人。转手的理由，不是菜馆亏损严重，而是“物归原主”，中条山菜馆就得由中条山人来经营。

这次接手菜馆的人姓卫，叫卫大鹏，老家在中条山下。当年高考时，他的志愿是北京×大，不顾家人的劝阻和反对，连续考了三年，终于如愿以偿，成为×大哲学系的一名高才生。毕业那年，一篇《论时代与传统》的文章，发表在北京一家大报上，被中央某部委看上，点名要招他去。眼看就要去了，却被一个官二代捷足先登。卫大鹏一听，中条山人的驴脾气就来了，跑到那个部委讨说法。把门的武警不让他进去，他就在大门口抗议，结果被×大保卫部门派人带了回去。保卫部门的人说解决就业问题，你应该找咱们学校的学生就业中心。

他就直奔学校的学生就业中心。

中心主任说，你的事是大事，我管不了。

卫大鹏问，你是干啥吃的？

管学生就业啊。

那我不是学生吗？

谁说你不是了？

那我是不是马上就要毕业？

肯定是呀。

那我毕业了就得就业，对不对？

当然对了。

既然对了，那我就得找你。

问题是你要进中央部委，我一个芝麻官能管了中央部委？

管不了，你就别坐在这里。

我是这里的主任，我不坐在这里，你说坐哪里啊？

坐门房去。

最终卫大鹏被分回龙城，到一家国营纺织厂工作，与所学专业相去十万八千里，与最初的愿望相去十万八千里，像孙大圣栽了一个跟斗，从云端掉到了地上，摔得鼻青脸肿。

舅听了他的事后说他，大鹏呀，你的脾气得改一改了。

他说，你姐生下我就这样，怎么改呀？

舅又说，这样下去，你没好果子吃的。

他说，没好果子吃，就吃烂果子吧。

国营纺织厂红火了几年，就像好多纺织厂一样，稀里哗啦倒下了，卫大鹏也下岗了。与他一同下岗的一个工友，舅舅是一家钢企的副总，两个人一直关系不错，便合伙经营起了钢材，时来运转地干了八九年。后来，工友的舅舅陪上边的领导喝酒，从五星级酒店喝到了殡仪馆，钢材的猫腻没法搞了，两个人只好“树倒猢狲散”。腰缠万贯的卫大鹏，在家里茶前牌后地消磨了一年，就消磨得满腹赘肉，坐不住了，踅摸着还得找点儿事干。可是，经营钢材赚大钱赚惯了，满龙城也没个他上眼的，看啥都冒着一股小家子气。

这天中午，卫大鹏的老妈突然唠叨着要回老家，想吃羊肉泡。可回老家远啊，走高速公路也得四个多小时。卫大鹏脑子里一闪，想起滨河路上的中条山菜馆。于是开上宝马，拉着老妈、老爸、老婆、儿子，直奔中条山菜馆。

卫大鹏以前来过这家菜馆，只是无缘吃上当家菜品羊肉泡鱼翅。卫大鹏遗憾地怪这家菜馆太火爆了。

卫大鹏第一次来时，等了三十二分钟，才有了座，不在包间，在大堂，散台。

卫大鹏点羊肉泡鱼翅。服务员说，要吃羊肉泡鱼翅的人太多，这个菜品只供包间。

第二次，卫大鹏打电话订包间。

话筒里的女服务员说，不好意思，包间满了，需提前一个星期预定。

第三次，卫大鹏提前一个星期预定。

话筒里的女服务员说，不好意思，包间满了，下次你提前十天预定，应该有包间。

第四次，卫大鹏提前十天预定。

话筒里的女服务员说，不好意思，包间满了，下次你提前半个月预定，运气好的话，应该有包间。

第五次，卫大鹏火了，老子提前一年预定有没有包间！

电话里扑哧一声笑道，用不着一年，等一个月保你吃上。

狗日的羊肉泡鱼翅！卫大鹏骂道。

不搞钢材生意后，卫大鹏一次也没来过这家菜馆。这次是老妈要吃。卫大鹏是孝子，老妈就是想吃美国的肯德基，以卫大鹏的个性和经济实力，还真敢领着老妈坐飞机去美国潇洒一回。

宝马车屁股撅了两下，稳稳停在中条山菜馆门口。

大堂里有一个服务员坐在那里埋头玩手机游戏，听见门响，抬起头瞄一眼，又低下头。吧台前有两个服务员在聊天，聊得眉开眼笑，热火朝天。正是吃饭时间，菜馆里竟然没有一个客人，闲得能感觉到空气都懒得四处游荡。卫大鹏心里反而高兴起来，这回准能吃上羊肉泡鱼翅了。老妈倒是有福气。

卫大鹏双手叉着腰，脑袋转了老半天，也没人理他，就大声叫道，有人吗？

玩游戏的服务员头也没抬，聊天的两个服务员也不接他的茬，卫大鹏便走到吧台跟前，拳头在台板上不高兴地咚咚擂了两下，嗓门提高八度，问，有活人吗？

从金碧山水推光漆屏风后面飘出一个穿西装的年轻人来，留着郭德纲式的寸头，一脸可人的职业笑容。

卫大鹏鼻子一哼，我以为全是死人呢。

寸头忙点头哈腰，不好意思，实在不好意思，刚才在里面忙。

卫大鹏看着推光漆屏风说，给个包间，要最高档的。

好的好的，寸头将卫大鹏一家老小带到舜帝包间。卫大鹏伺候老妈老爸，又安顿老婆儿子在高背红木椅子上坐定后，接过寸头递上来的菜谱，看都没看，就点羊肉泡鱼翅。

寸头说，对不起，这个菜没有。

卫大鹏说，这不是你们的当家菜吗，怎能没有？

寸头说，以前有，现在没有。

卫大鹏瞪了寸头一眼，那来羊肉泡馍。

寸头说，对不起，这个也没有。

羊肉泡鱼翅没有，羊肉泡馍也没有，这还叫中条山菜馆？

嘿嘿，没办法。

叫你们老板来。

老板从来不来。

那叫管事的。

我就是。

你这是开的哪门子饭店？

您看见了，就这样。

这样，能经营下去吗？

早经营不下去了。

那还不赶紧转手，闲耗着干啥？

哎呀，您可说对了，我们老板也是这么想的。

寸头解释道，之所以一直没转手，是一直找不下合适的人。他老板是吕梁山人，说中条山菜馆，就应该由中条山人来做，那才会火。

卫大鹏哈哈一笑，我就是中条山人啊，莫不是在等我吧？

寸头说那太好了，一定等的就是您。

多少钱转手？

白菜价。

白菜价也得有个数啊？

十万。

太便宜了吧？

我们老板说了，钱无所谓，关键是要找对人。

卫大鹏带着一家老小去吃羊肉泡鱼翅，羊肉泡鱼翅没吃上，却吃下一个菜馆。他接手中条山菜馆后要做的第一件事，就是赶紧恢复菜馆的当家菜羊肉泡鱼翅。为之他进行了深入调查，老大妈经营菜馆的十年里，平均每天能卖出五百碗羊肉泡鱼翅，每碗九百九十九元，纯利润在七百元左右。也就是说，菜馆别的菜忽略不计，光卖羊肉泡鱼翅，一天就能赚三十五万，一年就是一个多亿！这哪是开菜馆，简直是抢银行啊！

卫大鹏算得直咽口水，远非过去搞钢材可比，他坚信只要恢复了菜馆的当家菜，仅慕名而来的回头客，就能让菜馆忙得屁股朝天，赚个盆满钵盈。他通过老乡打听到，以前菜馆的主厨姓裴，“天下无二裴”，肯定是闻喜人。

这让卫大鹏一下明白了羊肉泡鱼翅红火的根源，乃闻喜裴氏的祖上真传啊。闻喜裴氏在中国历史上辉煌显赫，家族人物之盛，德业文章之隆，朗若群星，闪耀古今。《二十五史》为其立传者六百人，出过宰相五十九位。这样的家族，这样家族的后人，做出轰动龙城的菜品，就不足为奇了。

一直以来卫大鹏都以为羊肉泡鱼翅是那位当过“御厨”的老大妈所创，没想到出自闻喜裴氏，一向自信满满的卫大鹏，对羊肉泡鱼翅不禁产生了十二分的敬畏。

为了表达对裴氏和羊肉泡鱼翅的敬意，卫大鹏驱车三百六十九公里直奔中条山下的中华宰相村——闻喜裴柏村，对裴氏家族的世居之地凭吊了一番。村子三面环山，一道河水从村前流过，怎么看都是块风水宝地。

他向村人打问起当过中条山菜馆主厨的裴师傅。村人很是热情自豪地说，你是打问裴师？他就是我们裴柏村人，其厨艺乃祖传。方圆数十里，红白喜事，都以能请到裴师主勺为荣。

卫大鹏喜出望外，特地进裴氏祠堂，点三炷高香，磕三个响头，布施一千元。

村人告诉卫大鹏，裴师进了中条山菜馆后，就忙得没在村里露过面。听说，现在被龙城另一家经营运城风味的大酒店聘请了。

卫大鹏返回龙城，到经营运城风味的几家酒店寻找裴师。

终于在亲贤街一家运城饭庄见了面。裴师说，我在中条山菜馆只管做运城风味的家常菜，羊肉泡鱼翅不归我管，专门有人做。

卫大鹏掏出二百元，递给裴师，说，来得及，匆忙，没带礼，不好意思。这点钱，就当见面礼。你拿着，买个烟啥的抽抽。

裴师摇手拒绝。

卫大鹏嘴里说着不好意思，又从口袋掏钱，凑成一千元。

裴师说，你这是打人脸哩。

裴师缓了一下，说，老板，我虽是“文革”生人，从小在家受的却是传统教育，告诉你，我们裴氏的家教是很严的。

卫大鹏连忙道歉。

裴师说，我和你说的是实话，中条山菜馆的羊肉泡鱼翅真的是专人做。厨房也是专门的，不和我做事的厨房连在一起。那个厨房进出都要搞门禁识别，听说是从广东学回来的技术，灵得很，谁都别想混进去。我在菜馆待了十年，我只知道从右边那个防火防盗铁门进去，就是专门做羊肉泡鱼翅的。那个厨房有几个灶火，我都不知道。经理也不让我们过问。谁要是问了，第一次罚款二百，第二次罚款一千，第三次不罚款，利利索索走人。进出那个厨房的服务员也是专门的。

吃剩下的羊肉泡鱼翅，也是专门人处理。说是为了保密。严得很。苍蝇蚊子都进不去。

卫大鹏问，厨师你熟吧？

裴师说，见过面。是个长胡子老汉，瘦瘦的，像电线杆子，一年四季，中式打扮，对襟唐装，软底布鞋，鹤发童颜，仙风道骨，像世外高人，也像老中医，就是不像厨子。名叫啥，不知道，经理叫他六爷。

卫大鹏急问，他现在何处。

裴师说，不知道。

裴师说，六爷别看是个农民，傲得很，每天拉着个驴脸，好像谁上辈子欠他几万块钱。听说，他跟着老板他妈学过两手，牛得很。

裴师犹豫了一下，又对卫大鹏说，老板，别找他了。实话对你说，六爷你请不起。听说光工钱一个月就是五六万呢。

卫大鹏说，他只要愿意出山帮我的忙，一百万我也出。

卫大鹏又通过老乡打听到老大娘老家的地址，马不停蹄四百多公里赶过去。

进村一问，村人说，老大娘和小儿子、小儿子的媳妇、孙子、孙子媳妇，全都移民美国了。

又问六爷，全村人都没听说过这个人。卫大鹏习惯性地从口袋里掏出钱，他想用这个等值量化的交换工具在他和村里人之间连接一条信息宽带。村里人固执地摆摆手，说是无功不受禄。他从他们的眸子里读到的是那积淀了五千年的真诚。

卫大鹏打算坐飞机去美国找老大娘请教羊肉泡鱼翅的手艺。他把龙城的老乡打听了个遍，就连老大娘小儿子工作过的单位的同事也探询了个八九不离十，竟没人能说上来老大娘或是她的小儿子的联系方式或地址，都只说在美国，美国那么大，他妈的在美国的哪儿呀！

咔嚓，风筝断了线。

卫大鹏所在的中条山，人人都喜欢羊肉泡。亲朋好友见面还没谝几句就会不约而同道，走，吃羊肉泡去！唐代美人杨贵妃，就是因为吃了家乡的羊肉泡，才出脱得如花似玉，落下环肥的美名。清朝慈禧老佛爷南逃路过运城，慌乱之中也不忘吃一碗羊肉泡。戏曲《唢呐泪》里有戏文，羊肉泡馍美得太，就是阴间没人卖。对于羊肉泡的来历，有两个主要版本，第一个版本与开中国商贸先河第一人猗顿有关。说是猗顿当年在临猗一带放羊，逢灾荒年，开铺舍饭，舍的就是羊肉泡，因为他是放羊的，除了有羊还是有羊。第二个版本就多少有点模仿罗贯中同志的“三国演义”了。话说东汉末年，解州城有一恶霸，人称熊虎员外，仗势欺人，横行乡里。为了满足淫欲，他命家丁把解州城里所有的水井全部填平，只留下他家一口井，全城里的人只好到他家那口井里担水，熊虎员外要求来担水的人必须是三八媳妇或二八闺女。这事传到常平村关公耳朵里。关公凤目圆睁，蚕眉直竖。五月十三那天一大早，关公倒提磨得快快的刀，怀揣五个大白馍，径奔解州城。熊虎员外夜生活过度，还赖在床上，大门紧闭。关公等得饥肠辘辘，瞭见街上有一羊汤小摊，便要两只大海碗，将五个大白馍掰成块放入碗中，又让小贩舀了些羊肉羊汤，泡好后，狼吞虎咽吃了个精光。放下碗，抬头见熊门大开，熊虎员外坐在太师椅上欣赏前来提水的三八媳妇和二八闺女。关公大喝，贼人休走！熊虎员外见势不妙，撒腿就跑。关公腿快，赶上熊虎员外，脑后一刀，送熊虎员外上了西天。解州百姓为感谢关公为民除害，每年的五月十三这一天，家家户户杀羊煮肉，吃羊肉泡馍。在中条山，吃羊肉泡已经成了一种文化现象。卫大鹏吃过N次羊肉泡馍，就是没吃过羊肉泡鱼翅。他在网上百度了十万八千八百八十八遍，也没百度到羊肉泡鱼翅。直骂百度死眉信眼。又上谷歌，上雅虎，上最快的搜索引擎，上……左看一个傻子，右看一个白痴，上看一个猪脑，下看一个驴脸，一个比一个烂。这些狗日的，竟然没有一个知道在龙城红火了十年的羊肉泡鱼翅这道名菜！

卫大鹏对着千年万年的中条山想得凄风苦雨。他想，既然有羊肉泡鱼翅，就一定有源头，有传承。他不相信他找不到这个源头，摸不着这个传承。

卫大鹏找到中条山下羊肉泡馍做得最好的关公关老爷老家的解州高计饭店。跟着大师傅从头到尾干了一个月，天天请大师傅喝小酒，给大师娘买新衣服。卫大鹏的实诚感动了大师傅，大师傅教他两招，一、中条山的羊肉泡之所以味道独特，是因为这里拥有盐池里的百年老盐，用盐池的百年老盐煮出来的羊肉，色鲜肉嫩，味道奇特。所以好的羊肉泡必须用运城盐池里的百年老盐；二、选料要精，必须选用羊的胸前与羊大腿的五花肉，这里的肉，红白层次分明，肥瘦筋道相间，既美观又适用。卫大鹏急问师傅羊肉泡鱼翅咋做，师傅的头摇得像拨浪鼓，说孤陋寡闻。这让卫大鹏整个人就由夏天掉进了冬天。解州没寻到羊肉泡鱼翅的经，卫大鹏又跑到运城，吃遍全市所有的羊肉泡饭店，拜访所有的羊肉泡师傅，包括师傅们的师傅的师傅，没人知道羊肉泡鱼翅的秘籍。后来，一个自称一辈子致力于运城羊肉泡研究的八十岁退休老教授，给卫大鹏提供了一条线索，说是王官峪有个司空图的后人对羊肉泡很有研究，他家有一个羊肉泡的秘方，是个有价值的玩意儿。卫大鹏连夜赶到王官峪，找到那位后人，花大价钱取得一睹祖传秘方十分钟的权力。据秘方记载，当年司空图坐在王官峪滴水崖对面的休休亭品诗时，不仅品出了诗的二十四种美学境界，还品出了羊肉泡千年精髓，那就是吃羊肉泡绝对不能错过的两个季节，一是麦罢羊肉泡，一是年关羊肉泡。麦罢羊肉泡是因为刚刚麦收，羊群在麦地里放牧，吃的全是散落在地里的麦子，肉肥且嫩又没有草腥味儿，所以叫作六月鲜；而等到年关时，羊们经过一个冬天的圈养，肉肥且味儿纯正，被称作腊月香。也就是说，羊的最佳选择是麦罢时的羊和年关时的羊。但祖传秘籍上没有羊肉泡鱼翅一说。

卫大鹏只好打道回府。寻不到秘方，他就发挥善于钻研的特长，一头扎进菜馆后厨，和从亲贤街运城饭庄挖过来的裴师一道研制羊肉泡鱼翅。风风火火三个月，请了十五六个吃过老大娘做的羊肉泡鱼翅的老乡试吃。

试吃的老乡盛赞羊肉泡做得好，和老大娘相比，也就是伯仲之间，但对羊肉泡鱼翅，个个摇头，没人点头。

卫大鹏不气馁，没白天没黑夜地试制。

老婆调侃说，快别折腾了，你走到马路上小风都能把你吹起来。再折腾下去，你别开菜馆，去巴黎圣母院敲钟吧。

卫大鹏脖子一拧，一副不达目的不罢休的神气。

好在裴师和从运城宾馆过来的几个师傅很卖力，经营半年来，起色不大，维持没问题。

卫大鹏想，我一个北大的高才生，老子、孔子、孟子，董仲舒、周敦颐、王阳明，程灏、程颐、朱熹，苏格拉底、柏拉图都能研究它个甲乙丙丁，子丑寅卯，ABCD，一个小小的羊肉泡鱼翅能难倒我？

卫大鹏没日没夜地研制，浪费了一百多斤金钩翅，也没做出老大娘的鱼翅口感来。

裴师劝老板放弃羊肉泡鱼翅，重新打造一个新菜品，说，河东五千年文化，食被天下，精致、悦目、礼数，灿若银河，博大精深。

卫大鹏脖子拧成麻花。

裴师只好解嘲地笑笑，说，老板，用咱老家的话说，你是狗咬屎橛子——咬住了不松口。

卫大鹏讥笑裴师不懂经营，说，现成的金字招牌我不利用，我脑袋就是叫驴踢了。

一天晚上又一次品评失败后，卫大鹏对裴师哀叹，说，我这一辈子没服过人。这回我不得不说，老大娘真不愧是御厨，神了！

他恨不得把老大娘像关公一样供在菜馆的神龛里。

一天中午，随着一道亮光，菜馆进来两位客人。走在前面的那位岁数大的，留着领导人特有的大背头，背着手，弥勒佛一样笑着，迈着八字步，一步一步，不紧不慢，下基层视察工作似的。旁边那位年纪轻的，一看就是个秘书出身，点头哈腰。

卫大鹏看着两位有点面熟，就是脑子的引擎从存储里搜不到是何方神圣。

大堂经理王曼丽热情迎上去。

秘书样的人指名要关公包间，还说，以前我们局长每次来都是关公包间，嘴上说着，人一个箭步出去，推开了关公包间的门，一个标准的侧身，请领导先进。

王曼丽，个不高，瘦麻圪筋，精精干干，很有眼色，不仅脑子反应快，手脚也勤快，懂得如何伺候客人，哄客人。但她今天在给局长样的人领路开门上却输给了秘书样的人。关公包间的服务员小倩对王曼丽吐吐舌头，缩缩肩膀。

局长样的人在秘书样的人的照护下，在主位坐下。秘书样的人喊服务生赶紧拿电视遥控器。小倩已打开电视，遥控器正在送往秘书样的人途中。电视里正在播午间新闻，南非总统举行盛大仪式，欢迎中国国家主席习近平访问南非。画面中响起中华人民共和国国歌。

小倩问喝什么茶。

秘书样的人说，我自带茶。随手从包里拿出一袋茶，递给小倩，说，真正的明前狮峰山龙井，还不忘嘱咐小倩，必须用矿泉水冲泡。

小倩把菜谱放到秘书样的人面前，接过袋装茶。

秘书样的人双手把菜谱呈给局长样的人。局长样的人摇摇手说，不用看。这里的菜，我比他们老板都熟。

秘书样的人及时送上奉承，我差点忘了你的脑子比天河一号还厉害。

局长样的人首先点了两碗羊肉泡鱼翅，接着点了四个凉菜，姜醋莲藕片、小葱拌豆腐、菠菜拌粉条、老虎菜；四个热菜，乡村地皮菜、黄焖牛肉、碗蒸小酥肉、糖醋黄河大鲤鱼。局长样的人对小倩说，去澳大利亚看孙子，离开龙城三年，最想念的就是你们这里的羊肉泡鱼翅。就好这一口。地道，地道。又扭头对秘书样的人说，他妈的，真地道，这狗日的羊肉泡鱼翅。

局长样的人说着，还特意闭眼，咂咂嘴，回忆一番，末了，粉红色的舌头飞快地出来转一圈，把流出嘴角的口水带回去。

卫大鹏明白今天来了位真正的美食家，地地道道的羊肉泡鱼翅粉丝，是对自己的一大考验。他像中了熊猫烧香病毒。他狠掐胳膊，指甲盖下渗出红红的血珠子。他来到厨房，对裴师说，今天关公包间的人不好侍候，羊肉泡鱼翅我来做。卫大鹏说着，举起双臂，小厨很有眼色地拿来一条围裙，要给老板系上。裴师的眼神激光一样，微微一点，小厨做到一半的动作就在半空改变方向，围裙递到裴师手上，由裴师给老板系。

鱼翅已是精心炮制的半成品。卫大鹏做鱼翅的技术是从香港著名厨师杨贯一老先生那里求来的真经。杨贯一老先生的入门弟子全球满打满算只有十个，卫大鹏算是其中之一。鱼翅的半成品是用时间作水，以心作火，通过泡发，净炖，九九八十一小时泡制出来的。

卫大鹏把一品不锈钢锅架到煤气灶上，按照程序注水、打火、放料。

卫大鹏的脸在文火中亮暗分明。

裴师在案上备羊肉，极好的刀功，煮熟的大块羊肉在咕嘟咕嘟声中徐徐展出新貌，薄如蝉翼，整齐划一，色泽亮丽。

切好羊肉，裴师站到老板侧后面，用眼向老板学习香港大师的独门绝技。煤气炉声大焰小，鱼翅在一品不锈钢专用锅里凤凰涅槃。

裴师偶尔忍不住抬起眼皮看老板。卫大鹏心急脸平，抟心揖志，虔诚的信徒一般。

裴师看老板的鼻尖上紧张出一层汗珠，接过小厨递上来的毛巾。帮老板擦擦脸上的汗。老板冲裴师感激一笑。笑在脸上还没完全荡漾开，就僵了。随即一声大笑，直拍裴师，把裴师肩膀都拍碎了。卫大鹏突发奇想，何不让局长样的人先喝点酒，酒喝多了，味蕾就麻木了，羊肉泡鱼翅做得地道不地道，他也就尝不出来了。卫大鹏为自己的聪明才智洋洋得意，给自己竖起了大拇指，这就是天才！

他跑进办公室，拿出一瓶还是90年代搞钢材生意送礼剩下的茅台酒，哼着小调，进了关公包间。

局长样的人一见茅台，眼里就放射出日到中天一样的光芒，嘴角漾出一串河水，嘴唇急速动作，像弹奏起钢琴，发出一连串啊啊啊的音调。随着啊啊啊，局长样的人迅雷不及掩耳地伸出手，隔着桌子，直取茅台酒。他的手刚触碰茅台，触电一样，又缩了回去。

茅台酒僵在卫大鹏手上。

秘书样的人中指关节敲击着桌面，呵斥卫大鹏，你的脑子是不是进水了？哪有你这样办事的？这要是被纪检的人抓住，怎么办？你这不是害人嘛。

卫大鹏一拍脑门，哎呀呀呀，对不起，光顾着想让二位吃好，喝好，这茬子给忘了。

秘书样的人说，现在是啥时候？这样吧，你下去，把茅台酒灌进高粱白酒瓶子里，再拿上来。

卫大鹏看秘书样的人，觉得这家伙咋看咋恶心，心里骂道，日能的你！他真想一脚把这家伙踢进历史。

作为菜馆老板，卫大鹏不得不套上职业面具。服务行业最重要的客人就是回头客，迎来回头客，就生意兴隆通四海，财源茂盛达三江，没有回头客，就屋漏偏逢连夜雨，船迟又遇打头风。他给局长样的人和秘书样的人各敬三杯酒，才点头哈腰退出来。轻轻带上关公的包间门，卫大鹏扭身就咬牙切齿来了一记泰森拳，打在虚幻中、秘书样的脸上。狗日的！卫大鹏大张嘴无声地骂道。

卫大鹏关照王曼丽，关公包间两位大爷难伺候，多加留意。

鱼翅在一品不锈钢锅里噗噗噗欢叫，润滑稠浓，香气四溢。卫大鹏看看表，过去一个小时。他尝尝鱼翅，恰到好处，伸手关了火。他觉得领导样的人味蕾肯定麻木了，正是上羊肉泡鱼翅的最佳时刻，便进关公包间侦察敌情。

局长样的人酒酣耳热，给卫大鹏竖起大拇指，赞，酒，这个，地道。

卫大鹏搓着手说，真茅台。本菜馆决不售假。

秘书样的人一拍桌子，说，你敢售假！

卫大鹏被吓了一跳，驴脾气一下子就从脚底板蹿上来。

好在被叫局长的人及时地又向卫大鹏竖起了大拇指，连连夸酒好，90年代的茅台，还说，酒好，人品就好，把卫大鹏冲到脑门上要尥蹶子的驴头按住。即便如此，卫大鹏还是忍不住多瞪了秘书样的人几眼。

秘书样的人也可能感到自己欠缺一点涵养，缓和口气，对卫大鹏说，以前，我们领导不是茅台不喝。

局长样的人说，过去的事了。好汉不提当年勇嘛。哈哈哈。现在虽然退休了，也要处处以身作则，啊，人退精神不能退，是不是？

秘书样的人回头对卫大鹏说，站着干啥？快把羊肉泡鱼翅端上来。

局长样的人说，一提羊肉泡鱼翅，我的口水就涌上来啦。三年没吃了。快端去！

小倩把两碗热气腾腾的羊肉泡鱼翅端进关公包间。

卫大鹏解下围裙，来到中午的菜馆外，坐在滨河路绿化隔离带旁的一块大石头上，他眼里没有由灰变绿进入春天的西山，也没有正从蓝天划过的一架飞机，只有滨河路上湍急的车的河流。他太爱这车的河流了，这是他的希望所在。他祈望有一天，滨河路车的河流能分出一条支流来，一辆接一辆习惯性地流进他的中条山菜馆。就像老大娘当年那样乌泱乌泱。他看着，满怀希冀地看着，看着看着……终于，他眼前有一辆奥迪分流入他这条支流，三辆、五辆、八辆、十辆，后面的轿车越来越多，还来了雷克萨斯、沃尔沃、奔驰、宝马，终于劳斯莱斯、兰博基尼、宾利也露头了。他双手合十，祈祷车们如他期盼的那样进入他这条支流，进入，进入，进入……佛祖如来啊，真主穆罕默德啊，太上老君啊，真武大帝啊，万能的主啊，神奇的上帝啊，关圣大帝啊，保佑啊，进入啊。卫大鹏念念有词，默默地祈祷。过了一会儿，他慢慢睁开眼。眼前红旗招展，鞭炮齐鸣，锣鼓喧天，一辆接一辆的轿车浩浩荡荡开进中条山菜馆。卫大鹏忙得屁滚尿流，验钞机转得大汗淋漓，等吃羊肉泡鱼翅的客人急得蚂蚁一样团团转。帕瓦罗蒂《我的太阳》轰然响起，啊！多么辉煌/灿烂的阳光/暴风雨过去后天空多晴朗/清新的空气令人精神爽朗/啊，多么辉煌灿烂的阳光/还有个太阳比这更美/啊，我的太阳……

一阵裹挟着些许焦急的呼叫，把卫大鹏从幻想里拉出来。王曼丽站在他面前。

王曼丽习惯地贴近卫大鹏的耳朵说，关公包间那个老东西说鱼翅不对，叫重做。

我那是上好的金钩翅。

给他们解释了。老东西不信，非要重做。我看咱们还真的要重做两碗，不然应付不过去。

卫大鹏从石头上出溜下来，赶回厨房。用筷子夹起退回来的羊肉泡鱼翅，尝了一口，觉得很地道很纯正。

他让裴师尝。裴师说，我闻见羊肉泡鱼翅就想吐。

卫大鹏摇摇头，自言自语地说，这俩家伙，酒量也太大咧，又长叹一口气，我的陈年茅台喂狗了。

卫大鹏只好重做了两碗，这回他没让小倩端，让王曼丽端上去。还对王曼丽如此如此嘱咐一番。

不一会儿，王曼丽又端了回来，说，那个老东西还说鱼翅不对。

小倩也进来，对卫大鹏说，老东西要你过去。

卫大鹏硬着头皮进了关公包间，心里头默念着关公关老爷保佑小老乡渡过难关，阿弥陀佛，善哉善哉，阿门。

局长样的人脸拉得长长的，没有表情，像中条山沟里扔的青石毛料，看着卫大鹏。

卫大鹏心里直发毛。

秘书样的人说，认识我们局长吗？

卫大鹏老实回答，面熟。

秘书样的人说，我们局长以前是专管你们这些开饭店的。现在局里上上下下全是我们局长的老部下。你知道吗？我过去给局长当秘书，现在是副局长。

卫大鹏故意不点头，装糊涂，心里说不就是局长嘛，装啥大尾巴狼。

秘书样的人说，你亲自去厨房给我盯着。

好。

要用最好的金钩翅。

我用的就是金钩翅。

你用的是金钩翅？

是我亲自从香港买回来的。

你笑话我们没见过金钩翅？

不是这意思。

告诉你，老子吃过的金钩翅比你小子见过的都多。再做不好，马上封你们的门！

卫大鹏的脑门一下子涨得血红，两个眼珠成了红玛瑙，鼻孔急速扩张。他感到浑身的汗毛都喝了伟哥直挺起来。卫大鹏冷笑着说，有本事你把门封了试试。

气氛陡然紧张。

秘书样的人霍地站起。局长样的人一声咳嗽，把他按回椅子。

中南海，中南海的人都没敢把我咋的。

王曼丽闻声进来，立马虚拟一个狗血情节，电视广告一样果断插入，喊，老板，有你的电话。并把手举到耳旁比画个接电话的姿势。

卫大鹏两眼固执地粘在秘书样的人的身上，不与王曼丽链接。

王曼丽只好提高嗓门，李院长的电话。李院长是她刚在舜帝包间敬酒时认识的一个戴金丝眼镜知识分子模样的人。

卫大鹏头也不回，啥狗屁李院长，不接！

王曼丽近前用脚尖踢踢卫大鹏的小腿肚，尽量控制音量，但仍能让全包间的每个人听见。她说，是检察院李院长。

卫大鹏说，不认识！

卫大鹏依然拧着脖子，两眼死盯秘书样的人。但王曼丽已经看到卫大鹏后脖子的血红色在迅速淡化。她的神经松弛下来。

局长样的人站起来打哈哈，缓和局面，他对王曼丽说，喝酒喝高了，喝高了。

又对卫大鹏说，都怪你的酒太好了。他从来没喝过这么好的酒，几盅下肚，就把人给整晕菜了。

又说，先去办公室接电话吧，别让李院长等太久了。

又说，你这好酒还有没有，再给我来一瓶。

局长样的人又用目光把小倩从王曼丽身后揪出来，说，服务生，我急着吃羊肉泡鱼翅哩。快上羊肉泡鱼翅！说着，粉红色的舌头又飞快地出来转一圈。

卫大鹏悻悻地出了关公包间。

王曼丽给局长样的人和秘书样的人解释说，你们别和我们老板一般见识。你们是不知道，我们老板是个大好人，只是前天他老婆跟着他一个好朋友跑了，导致他整个人就成了个火药桶，见谁炸谁。

回到厨房，卫大鹏一脚把放在门口的一筐刚择好的菜踢得满天飞。他冲到案板前，抓起金钩翅，戳到裴师眼前直晃，唾沫星子像打开的花洒，淋了裴师一脸。

卫大鹏叫道：他妈的，这是啥？

鱼翅。

啥鱼翅？

金钩翅。

我专门到香港买的最好的。

天下人都知道。

他们！他们！狗日的，竟敢说咱的鱼翅不对。

真丧了啊，他们瞎了眼。

你说气人不气人！

挨葛栏的，气死人。

简直就是一群活土匪！

小厨在后面帮腔，纯粹的活土匪！

卫大鹏扭头瞪了小厨一眼。

小厨不服气，我说错了？

卫大鹏噎住了，干张张嘴，顿一下，冲着小厨一扬手，少扯淡，圪老老里蹲着去。

又扭头对裴师说，这个菜你来做。

重要客人都是你做的。

我懒得伺候他们。

你都伺候不了，我更是掉进了灰里头的豆腐。

起不了个山。你做！

裴师看老板横眉怒目的样子，马上赔笑脸，说，好好好好，我做，我做，我做。又冷脸对小厨，死眉杵眼，等啥？备料！

小厨端起一品不锈钢鱼翅专用锅，注水、打火。

裴师准备放料。

卫大鹏突然猛拍脑门，还是连连猛拍，啪啪啪啪，极响亮极响亮，像结婚放鞭炮。

裴师吓得浑身一抖，回头问老板，咋啦？

卫大鹏张大嘴，脸一直往上，往上，往上……定格，接着，啊——嚏，响响的一个喷嚏。然后问裴师：上次我带你去广东酒家吃饭，记得不？

好多次了，你说的是哪一次？

就上上次。

上上次？

就是我点过一个菜，叫蒜蓉大虾蒸粉丝那次。

噢，有这么一两次。

吃完大虾，吃粉丝，我说了个啥？

忘啦。

你想想。

真忘啦。

再想想。

真真忘啦。

我把粉丝叫啥？

噢，想起来了，你把粉丝叫鱼翅。

叫鱼翅？

叫鱼翅。

叫鱼翅。

像。

我是自娱自乐。

寻开心。

狗日的，咱今天就真给他闹个自娱自乐。

咋闹？

粉丝代替鱼翅。

胡闹！

王八拉二胡。

纯粹瞎胡闹！

灶火呼呼蓝光四射，把卫大鹏的脸照得蓝一片，紫一片，明一片，暗一片，成了鬼脸。卫大鹏长吐一口气，把皱巴巴的脸展开，把手举到空中，猛地劈下来。

就这么闹他！

啥？

粉丝代鱼翅！

老板，我想多活两天。

你还知道我是老板？

天下人都知道。

你承认？

承认不承认你都是。

我说了算？

算。

你听话。

听。

做！

我怕。

孱势！

我真的怕。

真是河西圪嵺沟出来的。天塌不了。

天塌有你。

那你怕个孱！

我怕菜馆被封。

你快挨揍呀你。做！做粉丝是你的绝活。

真做？

真做！

粉丝代鱼翅？

闹这两个活土匪！

卫大鹏两眼瞪得像射灯，还带着红丝丝。

裴师用余光瞟了瞟老板，颤抖的手从台案上拿起一把炒瓢，放到火上，同样地注水、打火。煤气火呼呼地啸叫。一眨眼，水就烧开。继续烧。裴师从水花的大、小、高、低、多、少，估摸着开水的确切温度。他做中条山绿豆粉丝，水温保证在191℃，必须是191℃，低1℃太低，高1℃太高，就要正好191℃。裴师准确判断水温达到了191℃，从小厨手上的盘里拿过中条山出的绿豆粉丝，放进开水里。焗七秒钟，赶紧捞出。这是裴师在运城宾馆磨炼二十年摸索出来的绝活。中条山出的绿豆粉丝在191℃的开水里绝对只能焗七秒钟，六秒钟偏硬，八秒钟偏软，七秒钟正好，劲道，有咬头。他平常做粉丝拌萝卜丝、粉丝拌土豆丝、粉丝拌菠菜、粉丝拌黄瓜、粉丝拌豆腐干，粉丝拌猪耳朵，就是这么做的，相当相当受欢迎。

看着小倩端着两碗羊肉泡粉丝飘出厨房，裴师整个人成了一把稀鼻涕，流在了油乎乎的地板上。他死猪一样怨恨的目光留在老板脸上，你狗日的就瞎折腾吧。

卫大鹏像小娃娃干恶作剧，满脸春花怒放。他蹦跳着轻手轻脚地向关公包间靠去。他想亲耳听听两个活土匪吃了他的羊肉泡粉丝如何暴跳如雷，想亲眼看两个活土匪被他的假鱼翅气得七窍冒烟，摔盆子砸碗。

十七秒钟。

小倩欢快得像小鸟一样飞出来，叽叽喳喳，老板，快快，叫你哪！

卫大鹏端平一张死猪不怕开水烫的脸，一身刘胡兰面对铡刀的大义凛然，一脚就踹开关公包间。

局长样的人满嘴油辣子红光闪闪，吸溜吸溜吃得如痴如醉，不住地赞叹道，真地道啊，狗日的羊肉泡鱼翅！

局长样的人还仰头，闭眼，回味，享受，神仙一般。

末了，局长样的人突然睁开眼，对站在门口发愣的卫大鹏叫道，再来一碗！

投标前戏

珠海好像没有秋天。不经意间皮肤上爬了几丝凉爽，天空飘下几片黄叶，还没来得及享受，第二天嘴唇就冻得乌青乌青，稀鼻涕扯面一样往下流。上班中间，我瞅空一路哆嗦着跑到不远的华润万家百货买了一件羽绒衣穿上，寒气才慢慢化开。

那天没出去跑业务，老板安排我在办公室协助文员阿爽做珠海市人大办公楼装修工程项目的标书。这是我进公司半年来，第一次担当大任。上次投标失败，老板的刀条脸就一直像块三色冰激凌。我听同事们议论，从没见过哪次投标失败对老板打击这么大。本来已经戒烟三年的老板，又开始腾云驾雾起来，在别人面前不抽，就一个人钻在办公室抽，抽得很凶。阿爽每天要给他清理十多次烟灰缸，说老板心里苦啊。

这个时候老板让我协助阿爽搞标书，是老板对我的最大信任和重用。阿爽已把标书做好，公司主管业务的王副总检查了三遍，老板也过了两遍，说要确保万无一失。我丝毫不敢马虎，忙了一上午，眼珠子都跑得没电了，也没检查出啥问题来。万事俱备，只等老板决定投标的最终报价，就可以打印包装了。阿爽告诉我，这个标和上次那个标一样，最低价中标。所以，报价相当相当重要，老板非常慎重。

下午，外出的王副总回来了，和老板一边喝工夫茶，一边分析竞争对手，商量投标报价。两个人用计算器算来算去，并且不断地打电话，不知向谁探听参加投标的几个竞争对手的情况。他们计算了两个小时，打了两个小时的电话，中间王副总还出去一个多小时，才最终敲定投标报价。

末了，王副总和文员阿爽一拨，老板和我一拨，分头去完成标书的最后一道工序。王副总和阿爽去了哪儿我不知道，我和老板去了吉大的标成印务中心——珠海最大的一家打印复印装订标书的连锁店。打印装订标书是一套系统活，需要数码激光彩色打印机、黑白数码复印机、无线胶装机、电动切纸机、过膜机等一批数码图文快印设备，少则几百万元，多则上千万。我们公司不大，配不起这样的办公设备，而且也没必要配，投标文件一般都在外面的专业印务中心做。老板和标成印务中心的小靓女们都很熟，一进门就把手一扬，靓女们，又要辛苦了，今晚又得为我加班。

晚上十点多，商务标书、技术标书、图纸全打印复印好了。老板和我检查了两遍，斟酌修改了几处文字，立即开始装订。精装的标书厚厚得像城砖一样，封皮是发标单位的办公大楼。那楼我见过，盖得“财大气粗”，像俗头俗脸的土豪，在内地任何一个城市，都能看到它的身影。但让我们老板一拍照一剪裁，精心“炮制”一番，就绅士了许多。

检查完装订好的标书，正准备整体封装时，印务中心的大门开了，一股带着咸腥味的海风呼地扑进来。紧跟而至的是五个人，走在最前面的我熟悉，是我们公司最大的竞争对手甄老板，叫甄得道。

我老板坐在沙发上没动。

我看看老板，坐在一旁也没动。

进来的五个人像黑帮似的将我们团团围住。我心里很是不安，像台风中的一堆稻草，被刮得凌乱不堪。一股冷气穿透我的羽绒衣，让我不由自主地往老板身边靠了靠。

我老板头也没抬，弯腰看地板上不知何时用脚尖踩住的一只肚皮朝天的拼命挣扎的蟑螂，对甄老板说，又是哪股风把你吹来了？

甄老板站着，耸耸肩膀道，当然是钱风啦。

明天九点钟就要投标，你不好好做标书，还有闲心到这儿来？

这个嘛，咋说呢？兄弟我没你，就没意思啦，不想误过啊。

我老板蛮有兴致地欣赏着蟑螂朝天乱蹬的六条腿和扑嗒扑嗒的前后翅，伸出右手，朝甄老板勾一勾。

甄老板掏出一支“九五之尊”放到我老板手里。

我老板将烟叼到嘴上。

甄老板的一个马仔忙打着火，鞠了九十度的躬给点着。

我老板深吸了一口，用烟头一点儿一点儿地烧蟑螂的腿和翅膀，边烧边说，说吧，找我有何贵干？

甄老板嘿嘿一笑，也没啥大事。

这大半夜的，你不是哄鬼吧？

真的，小事一桩，不过是明天投标的事嘛。所以，大半夜的兄弟不在家搂着老婆睡觉，才跑到这里来找老兄啦。

上次让你看了我的投标报价，结果你中标了，我掉进阴沟里了。

兄弟明白，上次是有些对不住老兄。

这次轮也该轮到我中标了。

老兄说得没错，可兄弟心痒得很，就是控制不住自己。

那我也一样啊，爹亲娘亲，都不如人民币亲。

是的是的，谁不看见钱亲啊！不过，兄弟这是最后一次请您帮忙。

我让你看了我的投标报价，就像我把自己的睾丸给阉了。

老兄言重啦。

笑话。我撒金泼银，舟车劳顿，把媳妇娶到家，你要替我入洞房？

老兄又言重啦，这次兄弟不会亏待您的，肯定比上次豪爽多啦。

我老板用烟头把蟑螂拧碎，猛地抬起头瞪着甄老板说，上次？你别他妈的跟我提上次。

甄老板烂脸道，兄弟实在该死该死，上次是兄弟不懂行情，这次兄弟按中标价的百分之十给您。

你自己揣到怀里孵蛋吧。

老兄啊，别这样说话嘛，百分之十不少的啦。

如果这个标是你操作的，我陪标，你给我百分之十，我给你叫爹。可这个标是我操作的，同行们哪个不清楚？

老兄说得不假，同行们清楚，兄弟我更清楚啦。

我操作的标，我不中标，给你陪标，我脑子进水了？

水就水点儿吧，古人说和气生财的啦，有钱大家一起赚的啦。

那好，你公司明天给我陪标，贴着标的报价，我给你点茶水钱。

兄弟要是为点茶水钱，大半夜的领这么多人跑来K歌？

我请你啦？

您也不可能请兄弟我来。

大厅里的空气凝固了，能听见三里之外海水拍打长长的情侣路堤岸的哗哗声，一波接着一波，泛着白色的浪沫。寒冷像压缩机一样挤压着我，我把羽绒衣紧了紧，感觉就像一张塑料纸。

我有点可怜巴巴地望着我老板。

老板眼中却根本没我，像我这个人不存在似的。他从口袋里缓缓掏出一包纸巾，抽出两张来，用一张把地板上的蟑螂的尸骸捏起，用另一张将地板擦干净。我赶紧上前，从老板手中接过两团纸巾，丢到垃圾桶里。

我老板仰靠到沙发上，跷起二郎腿，聚精会神地欣赏起自己的皮鞋来。银色的4US意大利皮鞋闪闪发亮，能照出他的影子来。

甄老板双手插到裤兜里，晃了晃腿说，老兄，时间不早了，再这么磨下去，明天开标您还想不想参加了？

我老板抬起眼皮，望望大厅吊顶上的格栅灯，又慢慢垂下眼皮说，当然想了，谁说不想了？可我现在虎落平阳喽，明天这个标怕是不该我中了。

甄老板唰地从裤兜抽出右手，竖起大拇指说，哎呀呀，还是老兄聪明。

我老板眯起眼瞧瞧甄老板说，识时务者为俊杰，我恭敬不如从命，是不是甄老板？

甄老板哈哈大笑，哪里哪里，只能说你情我愿的啦。

我拉了我老板一下，老板……

我老板阴阴一笑，咱们现在是甄老板案板上的三黄鸡，听天由命吧。

甄老板的马仔一把夺过我公司的标书，翻到报价部分，端到甄老板眼前。

甄老板认真地看了看，便拨电话，告诉了对方我公司的投标报价。然后，把一脸的鲜花捧到我老板面前，接着伸出双手，把我老板放在膝盖上的手拾起来，上下摇晃着说，不好意思啦，老兄。多有得罪啦，老兄。请海涵啦，老兄。我也是走投无路的啦，真没想到今年国内的经济这么糟，都是这经济惹的祸啦。

甄老板笑呵呵地指使马仔和印务中心的靓女把标书打包封装好，封套上按照招标文件的要求把打印有招标项目名称、招标编号、计划编号、投标人名称、地址、联系电话、文件在2012年12月8日9时30分前不得启封的字样的A4纸贴上去，再盖上骑缝章。

我老板像被判了死刑，刀条脸上浓云密布，有气无力地对甄老板说，姓甄的你如愿以偿了，老子我裤子里拉稀啦，你知道不知道？

甄老板又掏出一支“九五之尊”，亲自给我老板点上，脸上菊花烂漫地说，老兄说得太凄惨了，应该是你我共赢啦。再说，既生瑜又生亮，全是老天爷作怪的啦。

我老板吸口烟站起来，打量着甄老板说，我现在终于弄清楚啥叫王八蛋了，嘴跟屁股一个样，吐出的屙出的都是蛋。咋的，我可以回家去睡觉了吧？

别急别急，兄弟还没犒劳你，咱们去歌厅，玩他个通宵。

你他妈放心，我不会拆开标书修改投标报价的。

看老兄说的，兄弟又不是曹操，没那么大疑心。

要不，我的标书你们拿着，明天咱们投标现场见？

嘿嘿，可老兄有电子版啊，回去完全可以再装订一套标书的啦。

那好吧，我跟着你去歌厅，反正今夜是鬼缠身了。

老兄咋说都行，这花花世界，谁都是白天做人，晚上做鬼的啦。

甄老板让马仔没收了我和我老板的手机，把我们的标书扔进他们的大奔后备厢。甄老板和他的一个马仔，还有我老板和我，上了我老板的宝马。车由甄老板的马仔开着，一阵风驰电掣过后，车前灯就把珠海度假村门口的热带雨林景观照亮了。

我老板无奈地和姓甄的手挽着手进了歌厅。

我跟在后面，心里沮丧透了，也窝火透了。到公司半年来，第一次参与公司的重大行动，就遇上了李小龙的截道拳，只能自叹杯具（悲剧），穿着道袍都撞鬼。

刚进了歌厅，姓甄的还陪我老板一起唱一起玩，见我老板心不在焉，垂头丧气的样子，说了句“兄弟也不为难你啦”，便自顾花天酒地，和小姐们唱歌跳舞，掷色子斗酒，玩得地动山摇，像发生了七级地震。

我和我老板像瘟鸡一样，窝在沙发一角。自打进了歌厅，姓甄的就没正视过我一眼，我也清楚自己几斤几两，便老老实实地陪着我老板。我俩窝囊至极，即使上洗手间，姓甄的也会派人跟着。等人把我们从沙发上推醒时，已是次日早晨七点钟。

姓甄的像刚沐浴过，头梳得油亮油亮，乐呵呵地招呼我老板和我，咱们吃早茶去。

在度假村钓鱼台餐厅，我们喝的是上等铁观音，吃的是广式早茶。

吃完早茶，姓甄的将手一挥，咱们投标去。

两辆车一前一后，出度假村，拐上石花东路，经九洲大道，进迎宾路，穿板障山隧道，二十分钟便到了政府采购中心楼下。姓甄的叫马仔把我们的标书从他大奔后备厢里取出来，远远地扔给我。我紧接慢接还是晚了，标书在地上打了几个滚。我一边大骂那马仔，一边从地上捡起标书来，抱在怀里如丧考妣。

我老板一直在车里坐着，这时缓缓下了车，双手叉住腰，先是仰望政府采购中心大楼，接着又放眼蓝天白云，然后瞄瞄楼后的凤凰山，末了把眼光收回来，搁到姓甄的脸上说，我现在进去投标，还有意思吗？

玩玩嘛。

我他妈的早玩够啦。

姓甄的哧哧一笑，那随老兄的便吧。转身对几个马仔说，咱们中标去。兴冲冲地走进政府采购中心大楼的一刻，又回过头来向我老板招招手，兄弟中标后会信守承诺的，中标价百分之十的好处费一定如数送到您手里。

我蔫得头都耷拉了，站那里半天不动。我感觉我老板来到我的身后，懒得理他。

老板在我肩膀上拍了一下说，走啊，还愣着干啥？

我终于憋不住了，直瞪瞪地盯着老板问，你真的就这么当孙子了？

老板用手搓抚一下下巴，扑哧一声笑道，你看我是当孙子的人吗？

说着一把将我塞进车里，屁股坐稳后像换了个人似的，满脸神爽地告诉我，实话告诉你吧，咱们公司真正的标书这时已经交上去了，现在姓甄的在开标大厅一定见到了王副总和阿爽。等会儿一唱标，他的脸就变成猪屁股了。

靠，跟我玩，还嫩了点儿！

河豚宴

一

李春生又数了数河豚，满意地直起酸困的腰，把墨色太阳镜推上额头，每一粒挂在脸上的汗珠子里都闪耀着一颗燃烧的夕阳，金色河涌滩涂在脚下放射状地向天际蜿蜒。

李春生和开饭店的舅仔忙碌一整日，终于搞到了六六三十六条野生河豚，期望六六大顺，拿下王高峰。

李春生知道王高峰不敢食河豚。生活在广东的人都知道河豚很鲜美，亦最毒，来势凶，先是舌尖发麻，接着就恶心、呕吐、全身麻痹、呼吸困难，最后会因呼吸衰竭而死亡。所以，当觊觎省经管学院太阳能热水工程的意念占据全部身心，当对拿下王高峰无计可施时，李春生脑海里腾起的第一个浪花就是想到请王高峰吃河豚。

经管学院太阳能工程他李春生能不能够拿到，关键就要看王高峰愿意不愿意退出竞争。原因很简单，王高峰搞掂的是一把手，李春生搞掂的是二把手。一把手和二把手，表面上一字之差，实际上却是天上地下，一个皇帝一个太监。李春生自己都承认让王高峰退出纯粹是意淫。一百多万利润呢！在珠海能买一套四室两厅的商品房，而且还是华发或是格力开发的高档商品房。常言道：山不厌高，水不厌深，钱不厌多。李春生和大多商人一样，性格里有极强的赌徒特性。他现在就在商场这个大麻将桌上，手里正玩着清一色的一条龙，就糊一张捏在王高峰手里的绝牌，他就期望王高峰像傻子一样将这张绝牌打出来。世界就是这样，什么事情都有可能由冇可能变成可能，或由可能变成冇可能。

再说李春生现在急需要钱。人到中年，花钱的地方太多。这两年经济形势不好，前几年赚的钱，先是给自己按揭了一套商品房，再按照爸的要求给老家盖了三间房，剩下的要么是给员工开了工资，要么是垫进工程里至今收不回来。年初，他的老娘病了，要换肾。他爸三天两头打电话死命地催。去年二爸家出事，他无奈之下，向老板由前途借了三十万，说是年底还，到现在也没还。老板不好意思问他要，他也没钱还。经管院工程的业务提成和分红，他早早就安排了用途，准备钱一到手，先给老娘换肾。还有儿子上高中跑关系、应酬、租房，需要钱；商品房贷款没还完需要钱；人情来往衣食住行，需要钱；这里需要钱，那里需要钱，还没到手中的这几个小钱，就像十个酒瓶两个盖，都不知怎样安排好了。如果没有这几个小钱，可怜的两个瓶盖都没有，李春生不知道该咋应付眼前这一摊糟心事。他告诉自己必须拿下经管院太阳能工程。

李春生在和老板由前途商量请王高峰吃饭时，就提议请王高峰吃河豚。王高峰越是不敢吃，他就越想请。李春生讲过，他中意做的事就是强迫他的对手做不想做的事，这是一种高级的精神享受，到不了老板的层次体会不到。他不请则已，要请就要不惜代价食野生的。请客就是这样，吃得越稀奇，花的钱越多，越显得有诚意，越显得大气，越容易让对方服软。在拿定主意时，李春生的脑海里曾经打过一次闪电，呼啦啦，从天到地，几万米长：如果王高峰食河豚意外中毒会咋样？当然这只是个闪电，后面还没有雷声。

李春生人微言轻，请不动王高峰，这个饭局还需要老板出面。王高峰再牛，再拉风，也不能不给由前途面子。

省经管学院在珠海建立的新校区学生公寓要安装太阳能，李春生打听到学院主管后勤的张副院长嗜酒，号称教育系统四大酒徒之首，尿的尿都有六十五的酒精度。现在这个年代，有酒好办事。你送人家三万五万，人家未必瞧到眼里，但你请人家在高档饭店喝上一场大酒，一切都有可能搞掂。李春生以前老以为他们四川人能喝酒，和张副院长一交往，才知道广东人毫不逊色。但他们不似四川人性子急，一上来就要饮个痛快，亲爹亲妈老婆娃儿全抛到九霄云外。广东人饮酒喜欢慢慢来，细细品。一场大酒下来，十个人中至少有九个倒地呕吐，有一个是搂着路灯杆痛哭流涕，向领导道歉，大骂自己贪杯误事；向老婆忏悔，千不该万不该，不该酒后乱性。经管学院主管基建的王处长就给张副院长编了这么一个故事，说是有一个星期日早晨，张副院长在卫生间拉屎，他夫人在厨房准备早餐。夫人忽然停止切菜，扭头对着卫生间问：你昨晚饮了多少酒呀，还在呕。张副院长说：你冇看见我屙屎吗？夫人在厨房嘟囔道：这么大的酒味，我在厨房都被熏得天旋地转。摸清张副院长的嗜好，李春生请示了老板，飞到贵州茅台镇，从四道贩子手中买了三箱真茅台直接快递到张副院长家。又一想，张副院长久经考验，见多识广，火眼金睛，三箱茅台能否搞掂，心里没底。李春生又在茅台镇掘地三尺，搞到一瓶50年代的茅台，重金购得，献给张副院长。张副院长两眼登时由红变蓝由蓝变绿，五彩缤纷起来。李春生一举成了张副院长的酒肉朋友。一个月后，李春生终于对张副院长说出想做经管学院珠海校区学生公寓太阳能工程，并明示给张副院长10%的回扣。那是个星期日，张副院长右手紧揽着靓女，左手高举酒杯，在空中优美地画了一道弧线，横扫千军万马一样，说：我是院长，经管院我一言九鼎，这单工程今天就定给你李总。谁让咱们是哥们！语气豪迈，掷地有声。李春生向老板汇报时，声调都成了广东音乐步步高：老板，这一百多万我们公司是稳赚啦。

三日前，在办公室精心制作标书的李春生接到张副院长电话。张副院长细声告诉李春生，院长刚刚将他叫入办公室，交代他，太阳能工程让天峰公司做。

副院长无可奈何地讲：我就是个副的，伺候人的。我已经尽力了。你有没有关系能和院长联系上？抓紧时间，还有希望。我等待着你的好消息。

李春生说：你可不可以将我介绍给院长？

张副院长大叫：找死呀！

挂了电话的李春生像截木化石。阿霞心慌得长草，忙给老板打电话。

慢慢缓过来的李春生牙咬着墨色太阳镜腿，同老板由前途坐在办公室里，品着工夫茶，一遍又一遍地在各自的人脉资源里百度着，看有冇可以友情链接的。他们像是走进了一个云山雾罩的游戏区。

最终，李春生叫老板去见王高峰，让天峰公司高抬贵手，配合天之源公司。他说也只有这一招了。

由前途讲：这是珠海今年最大的标，能赚一百多万。我们都舍不得，王老板搞掂了院长，更不会放弃啦。

李春生满脸跳动的都是急切，四川话破口而出：哪唧个办？

由前途低头看茶杯，看得茶水都荡漾起无奈。

李春生转弯抹角地求老板：老板啊，我这个人，你清楚，嘴贫，爱喝酒，爱吹牛，爱交狐朋狗友，这是我的表象。我骨子里全是古蜀的精魂，四川人百折不挠的耐力，办事执着的韧劲，可以说在我的行为中处处都有闪光。不管是什么业务，只要是你老板交代给我办的，或是让我碰到了，我都会全力以赴，钱色火力全开，软磨硬泡，不达目的不罢休。

由前途抬起头：好吧，我来请王老板。

李春生笑了：就是嘛，饭桌上一切事情都好讲。

李春生又讲：咱们就请王老板食河豚。

由前途说：王老板不敢食河豚，这个我清楚。

李春生说：敢不敢吃河豚是他的事，请不请他吃河豚是咱的事。我来安排，你只管打电话请人好啦。

由前途拨通了王高峰的电话。

二

王高峰吃过眼镜蛇、蔗鼠、禾虫、穿山甲、果子狸，就是没吃过河豚。他想吃，就是不敢吃。倘若再年轻十岁，他可能就想也不想地把河豚塞进嘴里。现在老了，不是拿生命去冒险的年龄，也不想犯低级的错误。他也知道河豚很鲜美，肉质细嫩，营养丰富，河豚肝更是极品，营养与保健作用无与伦比。他也知道吃河豚的危险性。他有一个搞防水工程的朋友就是吃河豚命丧黄泉的。但由前途亲自请他吃河豚，他就得三思啦。他清楚这餐河豚是一出鸿门宴，一定和经管学院太阳能工程有关。之前，他几次想直接同由前途讲他搞掂了经管院院长。但他没有开口。工程这种事情，不到白纸黑字签了合同，始终都存在着沧海桑田的变数。

为表示对由前途的尊重，王高峰开着别克林荫大道车提前半小时到唐家湾镇。李春生请客的唐氏私家菜馆坐落唐家湾的深处。这一带清一色岭南民居，家家灰瓦、青砖、飞檐，建筑布局整齐，外形色调一致。偶尔会有高大豪迈的祠堂，威风凛凛地雄踞在路边，任凭时代变迁，风云无常。

在情侣路进入唐家湾第一个十字路口处左拐，跟着一棵三百年榕树进入静谧幽然的山房路，在浓荫庇护中，经望慈山房，过后坑街，再入大同路，再拐九道弯，再沿幽静的共乐园围墙往西北行驶二百米，向右一拐就到了唐氏私家菜馆。唐氏私家菜馆设在一座老屋。据李春生讲，这间老屋已经有两百多年的历史了，共三进，厅之间用小天井相隔，天井有上盖，靠天窗采光通风。厅的两侧为偏厅、偏房，偏房的两侧还有巷。老屋采用加厚墙，其厚度在一米以上，用砂、泥、灰捣固，非常坚硬，具有十分强的防御功能，可见当年主人的富贵。老屋前过去是个大晒场，这种晒场不单只是晒谷，还是人们活动的场所。炎夏傍晚，男女老少，在这里聊天乘凉。现在这个大晒场摆了十多张饭台，上面撑着天地壹号醋饮料的广告遮阳伞。

紧挨唐氏私家菜馆左面，是一座祠堂，硬山顶，青砖墙，门廊、月台、屋脊上都是精美的石雕装饰。祠堂的对面，当年为了解决背山末面水的问题，修建了一个大池塘，池塘既是风水组合的一部分，又可供农田灌溉，村落消防，气候调节。夏天从南边吹来的热风经水面降温，穿竹林，吹进住宅，使屋内空气清新凉爽。池塘边种植树、竹，围成的天然屏障，作为防御实体，同时还可遮挡台风对房屋的侵袭。

祠堂的左面，就是唐家湾的标志性建筑——共乐园。

由前途来得更早，他的银色君威就卧在菜馆旁边古老的小叶榕树荫下。旁边摆着一套工夫茶的茶具。看见王高峰的车拐进来，由前途和李春生连忙起身迎接。

李春生将饭店的老板介绍给王高峰，这是我舅仔，饭店的老板，今天的河豚他亲手来做。王老板一百个放心。

由前途对李春生讲：你去厨房里睇住。

李春生点头：好，我一定盯紧，百分之五百处理干净。

李春生又说：现在河豚还未处理完。时间尚早，二位老板先到共乐园转转，享受享受国家总理的待遇。到珠海不来共乐园，等于冇到珠海。

进共乐园要花二十元门票钱。共乐园占地五百亩，坐落在鹅岭北麓的两座山冈之上，依山傍湖，亭榭相招，林荫蔽日，风景幽美。它原是“中华民国”首任内阁总理唐绍仪的私人花园，名叫玲珑山馆。1932年唐绍仪任中山模范县县长期间，改为共乐园，意思是要与民共乐，并将花园赠予唐家湾村。大门口是一座典雅的石牌坊，两只石狮镇门，门横额阴刻共乐园三字，是唐绍仪手书。两边石柱有汪精卫游园时撰书的楹联，上联曰：百年树人十年树木，下联曰：知者乐水仁者乐山。

李春生介绍说：唐绍仪一生游历多国，见多识广，所以共乐园造园风格十分独特。西部，小径幽幽，古树森森，假山鱼池，牌坊石狮，青瓦白墙，中国士大夫淡泊归隐的情怀呼之欲出；东部，全是异国风情，优雅浪漫，尼泊尔风格的信鸽巢国内罕见，硬地网球场亦是当时闻所未闻的时尚玩意，观星阁更有我国唯一的近代私人天文台。唐绍仪对珍稀植物十分钟情，他出任东南亚国家使节时，从那里带回大量的珍贵花木和奇石，有法国桃花心木、皇后玫瑰，菲律宾的洋葡萄、番石榴，泰国的番荔枝，马来西亚的洋紫荆、素心兰、人参果等。

李春生地主之谊尽到，便以准备饭菜为借口，留下两位老板协商大事。

几只白鹭翩翩飞过，在蓝天展示自己优美的姿态。

一只流浪狗舒展地躺在树荫下，一只流浪猫，坐在它的上方，两个小脸对着，眼睛勾着，含情脉脉。猫不时用爪子抚摸抚摸狗。一对异国恋人似的。

两位老板互相看看，各有心事，场面有点尴尬，索性背着手，迈着八字步，放松心情，认真观看园景。不像是两位面对激烈竞争的商人，倒似神清气爽的游客，要放荡思无涯，看尽长安花。

他们观赏唐绍仪当年为迎接同学兼好友美国第31任总统胡佛的来访建造的西式大屋——暖房；欣赏孙中山送来的日本黑松，瞻仰京剧大师梅兰芳所植的柠檬桉树，爬上两米高的标志塔，摸摸浓荫如盖的盘石孤榕。最后来到了蓉镜湖，徜徉在苏堤、莲影、曲桥、假山、亭榭之上。

天边起了火烧云，大半个天都红彤彤的。云朵翻滚着、追逐着，不断地变换颜色、形状。蓉镜湖里的云跟着燃烧、变幻。满世界童话。

两个人背着一身火烧云，逆着看去，像是行走在画中的剪影。

王高峰理理头发，感叹道：来珠海几十年了，每天黑就埋头赚钱，不知道享受。早就听过共乐园，一直没来，今日才一睹真容。

由前途心里翻腾着经管院太阳能的事，大半日，才吭吭哧哧讲出想谈谈经管院太阳能工程的事。

王高峰不自然地笑笑，那笑就像是刚从冰箱冷冻室里拿出来似的。他把目光搁在塔式信鸽巢上，两只信鸽在东，有一身雪白的羽毛。一只黑脸琵鹭在西，端着一张琵琶形的黑嘴巴不知在想什么鸟类大事。

王高峰又把目光收回来，放到脚底下的石板地面上。一队黑蚂蚁列队横行，气势恢宏。两片粉红带金色的叶变花瓣从树上飘落下来，在空中打着旋，最终心不甘情不愿地躺在马尼拉草坪上。他又把目光转向由前途，说：我从设计就开始跟进了，两年时间哪。

王高峰又说：我们一开头沟通一下就好了。搞到今日，都下了大血本，左右为难。

由前途讲：我是前两日才知道你也在跟进。

王高峰讲：我早就叫院长将我介绍给张副院长。院长讲，离投标还远着呢，到时候张副院长负不负责这一摊还不一定呢。我一想，也对。于是就死靠院长一人。

由前途说：这都怪院长，他要是早同张副院长打招呼，哪会有今日这尴尬事。

两个人埋怨了一通经管院院长，实质性的话题聊不下去，就开始东拉西扯，聊着聊着就聊到吴天明身上。由前途告诉王高峰，前几日在广交会上，碰到了吴天明，他去年产值五个亿。

王高峰说：不想讲他。

由前途讲：不想讲也回避不了，现在就是吴天明这种人的天下。

王高峰无奈地笑笑：是呀，现在就是一个物欲横流的年代。强取豪夺，成了魄力；谎话欺骗，成了智慧；损人利已，成了获利的通道。

由前途说：以前我们受的教育讲，做人要有底线，君子爱财，取之有道，不义之财君莫取。

由前途突然问：吴天明的人不会来搞搞震吧？

王高峰讲：我已经应承所有的设备全采用他们公司的。我现在也彻彻底底成了他的销售公司啦。

由前途还是不放心：你不是常讲，易涨易退山溪水，易反易覆小人心。哦，老板，吴天明这家伙，从不按常理出牌，还是提防着点好。

王高峰说：吴天明是个明摆着的不是东西。真正坏人并不可怕，可怕的是像李长安那样披着人皮的假好人。

由前途深有同感：不怕别人背后捅一刀，只怕回头看到捅刀的人是用心换来的朋友。

王高峰和由前途在共乐园转了三圈，也没找到一个能解决目前困境的办法。

火烧云不知几时熄灭。迎面吹过来的风里有了淡淡的夜色的气息。成群成群的雀恋恋不舍白天的繁华，在榕树上空一圈一圈优美地飞着空中芭蕾，迟迟不归巢。

王高峰最后无奈地说：再想想。

返到菜馆，凉菜已经上桌。李春生从车后备厢里拿出三瓶酒。一瓶汾酒，北方人中意的清香型酒，这是为王高峰准备的；一瓶拉菲红酒，是给由前途预备的；还有一瓶五粮液，是李春生老家的浓香型酒。

由前途说：我今日陪王老板饮汾酒。

李春生说：我也喝汾酒。起身又到车后备厢里拿出两瓶汾酒，往台上一搁：车里还有一箱，一醉方休。

第一道河豚三宝端上来，由前途邀请王高峰剪彩。王高峰迟迟不动手。

李春生笑着说：王老板你放下你的一百二十条心，我舅仔在珠海做河豚生意是好有名气的。

由前途讲：今日是请你吃饭，你不剪彩，我只好眼睁睁看着流口水。

王高峰笑着拿起筷子夹起一条河豚。

李春生却是第一个把河豚塞入口里的。几秒钟，一条标本样的河豚骨头架子被李春生放在眼前英国产的骨瓷碟里。

河豚白牡丹，河豚两食，河豚小炒皇，红烧河豚，雪梨炖河豚肝，河豚紫菜卷，河豚鱼烧卖，翡翠河豚鱼羹，八菜一汤。

王高峰对由前途说，我们吃饭，用得着这么破费吗？

李春生讲：只要王老板把经管院工程让我，我天天请你吃河豚。

李春生这句话就像翡翠河豚鱼羹中突然间浮出的一粒狗屎，整桌的气氛一下子变了。

窗外落起了雨，有雨点飞进来。

李春生赶紧起身关上窗门，打开空调。

王高峰和由前途对雨没在意。

由前途一个劲叫王高峰多食河豚。

李春生一个劲给王高峰敬酒，还不时向由前途使眼色。

由前途好似冇看见。

中间，李春生好几次试图再把话头引到经管院太阳能工程上，都未能如愿。

为了打破饭桌上的沉闷，李春生讲了一个在网上看到的笑话是有那么一天，市政府开会。市长在上面讲话，有人在下面睡觉。市长大怒，问办公室主任：带头睡的是哪个单位的？主任回答：发改委的。市长又问：打呼噜的呢？主任回答：地震局的。市长又问：梦里还哼小曲的是哪家？主任回答：文化局的。市长再问：说梦话还大叫弄死你丫的呢？主任回答：公安局的。市长又问：刚才喊叫老板再来几个靓女的又是谁？主任回答：市长，那是你的秘书。

讲完，李春生笑得一把鼻涕一把泪。

两位老板只是面上的肌肉痉挛了两下。

李春生拼命地给王高峰敬酒，他将一肚子不满都集中到酒上，他的身体需要酒精。他想将王高峰也泡到酒精里。经管院工程的事谈不成，再不将王高峰灌醉，李春生这两天可真的是白忙活了。

王高峰的手机响了，老婆李凤云打来的，说是老家来人了，三个，下这么大的雨也不说先避避雨，也不说花上十元钱买把伞遮遮雨，一个个淋得落汤鸡似的，家里马上就要水浸啦。要王高峰赶紧去宾馆订个房间，把老家人安排一下。

王高峰放下老婆的电话，便给新恒润酒店老板许岱红打去电话，订了两个标间。

接下来的饭局气氛就淡成了一瓶加林山矿泉水。

把老板和王高峰送走，李春生整个人软在椅子上，像谁从后面抽走了他的筋，脸上厚厚一层失落的雾霾，达到红色预警级别。舅仔给他倒了一杯浓茶，啥话也没说就出去了。他茫然地看着菜馆窗外闪烁的霓虹灯。一片勒杜鹃花在夜里自由自在地怒放。有辆小轿车驰过，留下一堆车轮和水泥地面摩擦的噪音。包间外充满着相互敬酒的喧哗和丁零咣啷的碰杯声。不知从哪里传过来黄华欢的沙田民歌，抒情悠扬，犹如清溪流水般珠圆玉润。李春生的脑子就像菜馆后厨的一堆择剩下的烂菜。他突然后悔刚才没有安排一道没有清理河豚毒素的菜品，让王高峰一口下去，十分钟就驾鹤西游，一了百了。他也知道自己的胆量也就是一条水虎鱼，在黎明或是黄昏吃点昆虫、蠕虫、鱼之类，不像吴天明，那是一条绝对的吃人不眨眼的大白鲨。他想，如果今天是吴天明，肯定是不假思索，该出手时就出手。可惜，他是李春生。都是爹妈生的，心肠却有天壤之别。

他狠狠地拍桌子站起，手指疼得直叫妈。

他没回市区。他戴上墨色太阳镜，开着红色本田雅阁一头扎进京珠高速公路，直奔广州找张副院长，寻求制胜之道。

三

李春生未能见到张副院长。他急糊涂了，忘记今天是周末。张副院长还没下班就被搞土建的昌盛公司的王昌盛请去了珠海。打电话，关机。李春生无奈，红色本田雅阁又返回珠海。进入情侣中路，李春生看表，已过了宵夜的时间。他想，张副院长这个时候应该在温柔乡里潇洒起来了。红色本田雅阁便在张副院长可能会去的珠海度假村桑拿中心、海湾大酒店桑拿中心、国会桑拿中心、粤海桑拿中心、十字门桑拿中心兜了三四圈，亦冇看到张副院长的黑色3.0奥迪。凌晨一点。桑拿中心、歌舞厅的停车场几乎空空荡荡了。活力四射的口岸广场、迎宾广场、柠溪文化广场，也只剩下LED灯打了鸡血一样精神焕发地支撑着深沉的夜幕。出租车在街上晃晃悠悠瞪大眼睛寻找晚归的潮人。街边大排档划拳行令的声音已经疲惫不堪，到了偃旗息鼓的时候了。几张彩色广告随风在地面上茫然无目的地游荡。月亮很圆，养眼。晚风咸咸的，可口。霓虹灯五颜六色，诱人。珠海的夜，色味俱佳。

夜越来越深，李春生心里焦急，他恨不得用手把珠海翻它个底朝天，把张副院长揪出来。

油箱仪表亮起了黄灯，李春生愁苦的大脑里厚积的云雾才让海风吹散。猛然的清醒让他手足无措。他的右嘴角痛楚地咧了咧，手不由自主地扬起，啪啪，结结实实赏了自己两个响亮的耳光，蠢猪！白痴！是呀，张副院长那样一个聪明之人，咋会傻不叽叽地开着个黑色奥迪专车在珠海招摇。昌盛公司的老板王昌盛把张副院长请到珠海，是为了单独消费！

李春生摘下墨镜，凝望着汽车油箱仪表亮起的黄灯。在吉大加油站加了两百元的97号油，他把车停在园林路边。他不知道自己下面要去哪儿。被海风吹散了的云雾又不祥地漂进他的脑际。他把下巴放在方向盘上，茫然地看着缤纷的夜。他不打算回家，回家也睡不着，看电视吧，影响儿子休息。儿子上初三，到了关键时刻，能不能上珠海一中，就看这一学期了，能上珠海一中，北大清华就在眼前，上不了珠海一中，就只能坐在夜里看日出。和老婆说说话？已多年和老婆无话可说了，老婆比他小五岁，娇小玲珑，鹅蛋小脸，细眉大眼，皮肤白皙，圆圆的屁股，修长的细腿，如此一个绝对够得上现代靓女的老婆，结婚以来，却三天两头打架，李春生总是在床上，或是沙发上，甚至地上，稳稳地骑在老婆身上，揪住头发让她无法动弹，然后退下老婆裤子或是裙子，露出白白的大屁股，打得昏天黑地。老婆在他的身下，像鱼一样无用地扑腾，拼命挣扎，惊天动地地大呼小叫救命。前半夜打累了，叫乏了，睡上一觉，后半夜却又把爱做得死去活来。周围的都说没见过这样的两口子。有了儿子后，俩人的架打得少多了，只是因为李春生在外面总是彩旗飘飘，老婆难免叨叨，甩脸子。开始他还解释掩盖，时间一长，脸皮厚成了城墙，耳朵磨起了老茧，任由老婆说三道四。后来，李春生半公开和阿霞同居，老婆不干了，跑到公司把阿霞撕得只剩下丁字裤衩。由前途老婆奉命前来劝说李春生老婆，说，“花无百日红，人无千日好”，世事风云变幻，令人难以逆料，老公的婚外情一旦成为事实，如果计较结果，于事无补。咱们女人应该学得聪明些，用包容去体谅对方，用关怀、体贴去感动对方，时日一久，所谓“野花哪有家花香”，夫妻重归于好，指日可待。在醋海里扑腾的她哪听得进去这些。那天回到家，她又像一只发情的雌猫，把李春生的脸抓得河流纵横，李春生没控制好，出手过重，把老婆屁股打成了采蝶轩的奶油蛋糕，白天晚上，只能爬在床上，不停地叫妈。由前途在公司当着阿霞的面指着李春生的鼻子骂李春生对待老婆咋像个日本鬼子，说那是要和你过一辈子的人。王高峰还对李春生伸出了大拇指，冷笑着说：你在实践尼采的真理：去女人那里吗？别忘了带上你的鞭子。还说，应该打得再狠点，把她打死，你儿子就能得到一个新妈，你就能再娶一个靓女，最好娶个电影明星，当奶奶供起来。说得李春生脸红脖子粗，光看地板砖不抬头。刘天利笑话李春生还不如他，连李长安也不如，他和李长安是联合国彩旗飘飘，家里红旗不倒。恰巧这话让来给老公送老火靓汤的由前途的太太听到了，她严肃警告：亲爱的大老爷们，别总把女人当衣服。彩旗虽然多姿，没有红旗专一，摇着彩旗的时候，请想想家里的红旗。如果真爱，就好好珍惜，红旗忍无可忍的时候也会倒的。家成了李春生的旅店和饭店。老婆成了他的收藏品。多长时间没和老婆做爱了？上次做爱的时间似乎有从地球到月球那么长。李春生想着老婆，心情的温度计的液泡没有发生任何变化，直视凸形弯月面的最高切线方向，读数的状态十分稳定，接近冰点。他想老婆，脑际却出不来老婆的相貌。摇摇头，眨眨眼，使劲按按太阳穴，又使劲转动脑轴想。老婆的模样依旧一片模糊，像清朝民国的老照片。

他的睡意跑到了天涯海角。他本能地开着本田雅阁往前走着。从园林路拐上九洲大道，从九洲大道拐进迎宾路，又从迎宾路穿越板障山隧道到柠溪，又莫名其妙地在2000年大酒店拐上了人民东路，又从人民东路转上了吉柠路，又翻山回到了九洲大道。他无奈地把车停在白莲洞公园巴士站，下巴搁在方向盘上，茫然地也不知道在看哪里。冰冻了十五分钟，他又挂挡开车，来到吉莲花园。阿霞住在这里。

凌晨两点二十分，阿霞的窗户还亮着灯光。她躺在沙发上盖着毛巾被睡着了。茶几上一堆方便食品和水果。地上扔满了五颜六色的撕开了的食品包装和蜿蜒曲折的水果皮。美的空调轻轻哼唱着摇篮曲。海信电视轰轰烈烈地播放盗版的周星驰无厘头电影光碟。

阿霞揉着未醒的眼，脸颊的酒窝喷发出醉人的玫瑰花香。

她拿出拖鞋，伺候李春生换上，问：饿不？保温锅里还有留给你的老火靓汤呢，今日我见老板娘给老板送壮阳老汤，就趁机讨来秘方。老板娘讲，绝对壮阳。

李春生懒懒地趿上拖鞋，踱到沙发前，摘下墨镜，放到茶几上，把自己扔进沙发，一身厚重的疲惫深陷进去。

阿霞将老火靓汤放在茶几上，看着李春生充血的眼，心痛，喂他饮汤。

阿霞问：我煲汤的水平有长进吧？

嗯。

你就每日都来，我日日帮你煲，让你日日二十岁。

好。

干脆你从你家里搬出来得啦。

冇可能。

什么都是可以发展变化的啦。

唯独这个冇门。

我想嘛。

你还想怎样发展变化？

当然是嫁给你啦。

我有老婆。

我这个人冇远大理想，当小三就好满足啦。

那也要看你把我伺候得爽不爽。

嘁！别把话说得那么难听好不好？讲几句好听的话，又不花你的钱。

我这人就这个德行。

我知道，我仅仅是你的炮友，连个小三都不是。

我可冇将你当炮友。

阿霞用手指在李春生的额头上戳了几下：我脑子又冇入水。你如果一点都不中意我，和我做爱你就不会那么快乐。

阿霞眼睛的瞳孔渐渐扩大，她靠近李春生，眼睛眨得像小嘴说话。手指不停地在他的敏感区动。

接下来便没了悬念，两个人像外面的夜晚一样醇香甜蜜。

第二天李春生醒来，阿霞已上班走了。他又开始想经管院太阳能的事，突然间，他浑身一激灵，一骨碌跳起，冲进洗手间，草草擦把脸，百米赛跑一样下了楼，发动引擎，红色本田雅阁直扑西区。

红色本田雅阁没有碰到张副院长的黑色奥迪，却碰上了李长安的奶酪色现代。在经管院太阳能工程上，李长安也算是李春生的一个竞争对手。据李春生掌握的情报，李长安把主管基建的王处长搞掂了。李春生笑话李长安一天到晚还装模作样地拨着藏传佛珠，念着阿弥陀佛，烧香也不找对真佛，找个拍不了板的小毛贼顶×用。

李春生摇下车窗玻璃，对李长安说：滚回家搂你那个广东老婆去吧，别像个跳蚤似的到处乱蹦跶，给珠海丢人现眼。

李长安说：你跑你的工程，我跑我的业务，碍得着吗?

李春生说：碍眼。

李长安说：我又没花钱请你看我。

李春生腾地从雅阁跳下，冲到现代前。

李长安赶紧按下车门锁，斜眼瞟着李春生，像一只争夺猴王位置的公猴瞟另一只争夺猴王位置的公猴。李长安已经从王处长那里了解到院长已经在办公室郑重地给张副院长打招呼的事。李春生现在的境遇和自己一样，都是天涯沦落人，都是跑到经管院的工地做临死前的挣扎。他故意用轻松口气说：李总，你不去广州抱你那个院长的粗腿，跑到这里想给谁下蛋啦?

李春生已经控制住心海掀起的巨浪。他摘下墨色太阳镜，用手摸着车窗玻璃上的标识，说：我是过来想看看能不能在这里召开个省委常委会，把你那个主管基建的王处长提拔成院长。这样，你小子就不用磕头拜佛了。多辛苦。

李春生说着，眼光从标识移到李长安在阳光下发着白光的脸，忍不住伸手摸摸李长安涂着美白防晒霜的脑门，心疼地咂咂嘴：啧啧啧，你看，你看看，这磕头磕的，脑门都起茧了，比故宫的宫墙都厚。

李长安打开李春生的手，恶狠狠地骂道：一看见你我就怀疑国家的优生优育政策出了问题。说罢，升起车窗，扬长而去。

李春生戴上墨色太阳镜，看着奶酪色现代车在凹凸不平到处都是积水的填海围起来的经管院工地越滚越远，脸笑得像小孩子一般天真。

李春生的红色本田雅阁是在三天后才在工地碰到张副院长的黑色奥迪的。

张副院长永远是那样平易近人。他端着标准的明星一样醉醺醺的笑脸，搂着李春生的肩膀，把嘴都快粘到李春生耳朵上了。李春生沉浸在茅台的醇香中。张副院长小声地、谆谆地、关切地告诫李春生，他过去不是，现在也不是救世主。眼下唯一能救你李老板的，就是你本人；眼下最好的办法，就是想办法不让天峰公司去投标。张副院长说，以你李老板过人的聪明才智，会想出妥帖的招数的。张副院长最后使劲地拍拍李春生的肩膀，坚定地这么说：我相信你。

望着消失在绿叶花丛中的黑色奥迪，李春生狠狠地抽了自己两个耳光。他后悔那天吃河豚没有设计把王高峰毒死。吃河豚死人，绝对是一个意料之中的意外，就是把福尔摩斯、狄仁杰、李昌钰、明智小五郎全部集中到珠海，也只能认定是食物中毒，意外死亡。世上没有后悔药呀。

请王高峰再吃一次河豚！李春生脑际的沼泽地里冒出一连串气泡。气泡在太阳能集热器的作用下，温度越来越高，产生了大量的蒸汽，蒸汽体积膨胀，产生巨大的气压，气压推动活塞运动，产生强大的机械能，带动了连在后面的轮轴，李春生这台蒸汽机就转动起来，停不下来了。

他一分钟也不耽误地赶回公司。

四

由前途的态度就像太阳能集热器阵的温控装置，当探测到李春生的温度达到设定的最高值时，就立即启动下循环水泵，把储热水箱里的低温水抽出来，输送进太阳能集热器，把沸腾的热水挤出太阳能集热器，通过上循环管道送回储热水箱，让李春生的高温水和储热水箱里的低温水进行中和，把高温降下来后，由前途又鼓励李春生说，再想办法，再想办法。办法总会有的。办法总比问题多。

李春生闷重的头放在沙发背上。两手大大摊开，整个身子随时都有可能从沙发上出溜下去。他不时地大出一口气，大叫：不请他吃河豚，怎么办呀！怎么办呀！

由前途抬起头，说：要不……这一单，咱们放弃。

李春生一下子从沙发上跳起来：啥？放弃？凭什么放弃？说得轻巧，老板，你又不是不知道，这笔业务，花费了我多少心血，为了拿下狗屁张院长，我往广州跑得比我家还勤，陪喝酒陪得我胃出血，陪沟女陪得我三天两头吃伟哥，九九八十一难，我一关一关往过闯，眼看着就到了通天河，我咋能放弃？

由前途说：有话坐下慢慢说。

李春生又坐回沙发。他说：我咋能放弃？我没法放弃！我老娘还在医院躺着，等我拿钱换肾，儿子上高中，银行还贷，我急需这笔业务多赚点钱。我压力山大。我必须拿下这单工程。

由前途讲：我还是那句话，咱俩拍档多年，早就形同兄弟，你的事就是我的事，需要多少钱，你说话，我给你。

去年借你的钱还没还！我一个大老爷们，不聋不哑，不缺胳膊不短腿，咋能靠借钱过日子？

嘁！和我还见外！

这是我做人的底线！

你拍拍脑门想一想，张副院长敢不听院长的？

老板，我真的非常需要拿下这一单。就是杀人放火，坑蒙拐骗，我也要拼到底。

由前途缓口气，问：倘若你是王老板的话，再请你吃河豚，你去吗？

……

你会咋想？

……

讲句不好听的话，别说王老板啦，我听了你的建议，都知道你心怀鬼胎。

……

再想想。天无绝人之路。条条大道通北京。

我的脑袋都想得快有电啦。

市场经济就是这样，把人推到悬崖边上，就看谁有办法跳过去。要不然我们都成李嘉诚啦。

办法我想总会有，活人还能让尿憋死？关键是有了办法之后，还得有胆量和狠心。

李春生拿下墨色太阳镜，双手搓搓疲惫的脸，又戴上，从沙发上直起身子，看着由前途，说：老板，说实话，你就是把王老板请去吃河豚，关键时候，就我这点胆量，结果十有八九是前功尽弃。我不止一次这么想，我要是吴天明就好了，上次请王老板吃河豚可能就把问题解决了。咱俩也不用在这里愁眉苦脸。

由前途讲：这就说明这个社会还是好人多。好人和小人，就好比水和油，好人堆里有个小人，就像水锅里面的一滴油，不相融，但可以接受，能看见油漂在水面上。要是社会上小人多，好人少，就像油锅里进了一滴水，立马炸翻天。

李春生承认这是事实。

由前途深情地讲：你的人品我清楚。咱们都是传统人家出身。没那么多邪门歪道。

李春生失眠了，满脑子全是有关经管院的太阳能工程。他努力地打开脑中的杀毒软件，试图一键云查杀，结果是白费力气。张副院长、王高峰、由老板、太阳能集热器、全玻璃真空管、工程方案、图纸，一个一个，放幻灯一样，连绵不绝出现。他无奈地摇头，看天花板。远方的高楼大厦、附近的店面及其他建筑物上的LED轮廓灯、五彩霓虹灯、灯箱、广告灯、彩色路灯，毫无顾忌地势不可挡地透过厚厚的窗帘钻进来，厚颜无耻地争相闪烁着，把卧室变成了不夜城。没过五秒钟，天花板上的不夜城，就成了张副院长、王高峰、由老板，还有太阳能集热器、全玻璃真空管……看着看着，皇家太阳能的李长安、乐普太阳能的刘成、天明太阳能的吴天明、红日太阳能的曾绍开、五星太阳能的胡增，还有阿霞，全跑来凑热闹。他只好变换个睡觉姿势，由仰卧，变成侧卧。侧卧能看见挂在墙上十七年的他和老婆的结婚照，照片还没有看清，又幻化成张副院长、王高峰、由老板、太阳能集热器、全玻璃真空管、工程方案、图纸……

越想睡，越睡不着；越是告诫自己明天还要精神抖擞地海底捞针寻找经管院的突破口，必须好好地睡一觉，大脑越是揎拳捋袖，慷慨若狂。

李春生突然想起吃安眠药。又想起家里从没有准备过此类药物。

他又想起了有一次洗桑拿，在大堂等候迟迟不出来的张副院长时看到的一本《精彩》杂志，那上面有一篇教每天殚精竭虑的企业家们如何快速入睡的文章。他努力地回忆着。渐渐地，文章便出现在眼前。文章说：自古以来，不论哪一门派的所谓气功，在谈到睡眠时，都相当重视呼吸的调节。古人称呼吸为“息”，一呼一吸，就是一息。呼气叫出息，吸气叫入息。最好的快速入睡法就是数息法，就是通过计数自己的呼吸，来达到心理放松，平静入睡之目的。李春生按照文章的要求，尽力放松全身，先深呼吸几次，然后开始数息，从第一息数至第三百息，大脑的细胞连睡眠的边缘都没有摸到。

睡眠的按钮丢失到了哪里？

李春生想起了老婆教儿子的数羊入睡法。他闭眼数羊，数了不到十只羊，就懊恼地长出一口气放弃了。他又想起了由前途说的放松入睡法。又闭上眼睛，把呼吸调整到自然，然后全身肌肉放松，把注意力集中在双脚上，用沉重感来体验肌肉的松弛程度。默念自我暗示的语句：我的脚越来越沉重了，我的下肢越来越沉重了，我的全身都越来越沉重了……反复了多次，还感觉不到一丝一毫的睡意。

他拿起手机，滑动屏幕。眼晃得睁不开，眯着眼，适应了三秒钟，屏幕上的时间是一点四十七分。

他又躺下闭上眼睛等待睡意来访。睡意仍在遥远的美国。

周围又是张副院长、王高峰、由老板，还有太阳能集热器、全玻璃真空管，看着看着，皇家太阳能的李长安、乐普太阳能的刘成、天明太阳能的吴天明、红日太阳能的曾绍开、五星太阳能的胡增……

他又拿起手机，滑动屏幕。眼又晃得睁不开，眯着眼，适应了三秒钟，屏幕上的时间是一点五十六分。

李春生起身来到客厅，打开落地灯，踱到酒柜前，弯腰巡视整齐列队的酒类。茅台、五粮液、汾酒、Hennessy（轩尼诗）、Absolut（伏特加）、Chivas（芝华士）、Remy Martin（人头马）、Martell（马爹利）、剑南春、西凤、泸州老窖、洋河大曲，应有尽有。他目光恍惚，久久地游动在一瓶瓶酒上。他不知道自己想喝哪瓶酒。迟疑了两分钟，伸手拿出一瓶珍藏多年的五粮液。这是结婚第一年过生日时老婆给买的，五块多钱，在当时算是相当贵的啦，舍不得喝，也想留个纪念，就珍藏起来了。现在这样的酒要好几千。物价现在不坐老牛车改坐火箭了。他进厨房找到一袋麻辣牛肉干，一口酒、一粒麻辣牛肉干，独自喝着、品着。一股辣辣的，热热的，集天、地、人之灵气，富含高粱、糯米、大米、小麦、玉米之精华，香气四溢，味道醇厚，甘美净爽，出类拔萃的精品液体，由嘴唇缓缓到牙齿，拜访每颗牙齿，滋润一番后，又滑向舌尖，和所有的味蕾亲热亲热，再打几个旋，鞠躬作揖，才恋恋不舍地由喉咙，而食道，而胃。整个过程雍容娴雅，超凡脱俗，引人入胜，扣人心弦，如诗如歌。

李春生遨游在五粮液的神仙境界，经管院太阳能工程项目也暂时随着酒香进入了他的胃里。一瓶五粮液把晕晕乎乎的李春生带入了朦朦胧胧的梦境。

第二天，李春生面色苍白，浑身无力，后脑勺砰砰砰地疼。晚上早早回家，早早吃饭，想睡个好觉。头一挨枕头，大脑就像开足了马力的汽车，精神饱满，斗志昂扬，心跳也像遇到了靓女。李春生知道这个晚上又要失眠了。

他出门把红色本田雅阁开到吉莲花园，不由分说，上去就粗暴地把坐在沙发上看电视的阿霞按倒，左手抓住头发，右手撕开超短裙，又用脚蹬去小底裤，有力的臂膀死命地搂着阿霞的脖子。阿霞的脸歪歪扭扭，喉咙发出小兔子痉挛时的呻吟。一番云雨过后，两个人都大汗淋漓，从海底钻出来似的。冲过凉，李春生觉得全身疲惫，丝丝睡意爬上脑门。他长长出了一口气，对阿霞说：终于可以睡个好觉了。

阿霞急忙关了电视，小鸟一样，钻进李春生的怀里。刚合上眼，李春生大脑里的发动机突然启动，全身细胞随之都兴奋跳动起来，一点睡意的边角料被抖动得掉到了地球另一边。

李春生无可奈何。

阿霞明白都是经管院太阳能工程折腾的，便拿出浑身解数，一边给李春生按摩放松，一边讲着宽心的话。

凌晨两点，李春生还是入不了眠。

李春生肚子饿了。

阿霞提议出去宵夜。

李春生懒得出去。

阿霞打开冰箱，里面有两个木瓜、五个蜜橘、一个火龙果、两盒冰激凌、七瓶啤酒、一包徐福记饼干、一小袋碳烤鱿鱼丝、两条吉百利巧克力。

李春生一样一样地拿起来，夸张地举到灯光前看着，还兴高采烈地叫着：精美青岛、液体面包、夏威夷木瓜、台湾火龙果、和路雪冰激凌，美味佳肴，丰盛宵夜，靓女佳人，此生足矣。

阿霞努力调整自己的情绪，全心全意陪着李春生兴奋。她拿起一瓶啤酒，用牙咬开瓶盖，递给李春生，又拿起一瓶，咬开瓶盖，对着嘴，抬起瓶底，一仰脖子，咕咚咕咚，像潘长江一样，不换气把一瓶啤酒灌了下去。

阿霞抹去嘴上的白色泡沫，要李春生也学潘长江，做不到，学狗叫，当马骑。

一连五日睡不好觉，全靠喝醉酒进入昏睡。李春生明显消瘦，尖嘴猴腮。老婆没有注意到。反倒是阿霞心痛了。想方设法给李春生增加营养。

李春生说阿霞，你最近好像变了一个人。

阿霞骄傲地说：我是得到高人指点。

阿霞向李春生讲，老板娘传授给她秘诀。老板娘讲时好自豪的。老板娘讲，好多女人苦于留不住男人，其实留住男人并冇想象中的那么难。只喂他们三个饱，你就是拿鞭赶也赶不走啦。

阿霞讲：第一个饱就是要喂饱男人的胃。男人都好食。若你有一手好厨艺，煎炒烹炸、特色小菜、南甜北咸、东辣西酸，都能做出几道，每日荤的素的、稠的稀的搭配适中，再加些许有滋有味的泡菜调剂口味儿，让男人食得舒心上口。有句话叫要想留住男人的心，首先得留住男人的胃嘛。第二就是要喂饱男人的性。食色，性也——男女之性事和吃饭一样是人的自然需要，别让你的男人的性欲长期处于压抑状态。作为女人要懂得床第之欢，性爱之道。无论是做爱的技巧还是氛围和情调的营造，都要事前热场，事中全身心投入，事后疼爱呵护，真正做得到位贴心。千万不能虎头蛇尾，亦不可以直奔主题。即使闹矛盾亦不好对他进行性惩罚，只有傻×才会对男人不满时用拒绝同他做爱来惩罚他。这样就有可能让你那个精力旺盛的老公耐不住压抑和寂寞出去采野花。第三是要喂饱男人的心。就是喂饱他的精神，让他的心灵不寂寞。无论你爱的人做什么工作，你都利用业余时间用心学习一下他的工作内容，掌握他工作所需的基本常识和他职位的工作范围。这样，可以不时在工作上给一些合理化的建设性意见。再好的谋士也比不过枕边人做军师来得更可靠。如果你做到把男人的胃、性、心，都喂得饱，喂得好，那么这个男人还会走吗？

李春生设计出了几套不让天峰公司参加投标的方案，别说老板了，连阿霞这一关都没过。

阿霞讲，都是你近几日睡不好觉，不在状态。到医院看看好不好？叫医生开点安眠药，好好睡两日。

李春生不愿意去医院。

有一天，阿霞硬拉李春生去爬山，在山上一块大石头上休息时，她提醒李春生：老公，你看你成日围绕着不让天峰公司参加投标一个问题去兜圈圈，这样容易使人钻牛角尖。我觉得你上次在处理昌安投标问题上的思路就很好，那次你自始至终，都是站在怎样中标的高度来综合考虑。你想过冇，咱们也打通了关系，为啥可能中不了标？原因就在于帮咱们的人是个副院长，地位没有帮天峰公司的院长的地位高，如果咱们能找到一个比院长大的，能够掌握院长命运的官，由他给院长说句话，咱们中标，是不是就可以十拿九稳了。

李春生如梦初醒。

李春生到经管院工地找到搞土建的昌盛建筑公司项目经理陈德标。从陈德标那里得知，该项目是昌盛公司的老板王昌盛通过省里一个大领导和经管院的院长打招呼拿到的。

李春生按下大脑里的搜索引擎，百度出华发设计院的副院长刘全利有个大学同学是位省级领导，他请刘全利吃饭。

刘全利问：你的工程标的是多少？

李春生回答：几百万。

刘全利笑了：几百万？你开什么国际玩笑。省领导关照的项目，怎么说也要十亿八亿的。你这是用洲际导弹打蚊子。玩笑开得太大啦。老弟！

李春生只好扭回头请陈德标吃饭。陈德标懒洋洋地摇摇头。李春生又请陈德标洗桑拿，还叫了两个靓女，送了三条五叶神烟。陈德标总算勉强答应考虑考虑。李春生感激不尽，说：小弟就等你的电话。电话是第二天下午来的。陈德标说，李总，我给你请到了我们老板，明天晚上安排个饭局。陈德标又问：听说唐家的唐氏私家菜馆是你舅仔开的？

是是是。

我老板说，那里的河豚做得不错。

那就说定了，明天晚上，唐氏私家菜馆见。

陈德标又叮嘱道：我们老板就喜欢吃野味，只要你伺候到位，太阳能工程的事也就是分分钟的事。

吃着河豚，李春生把太阳能工程的事向王昌盛简单地说了一下。

李春生说，项目现在到了节骨眼上，王老板无论如何也要帮帮这个忙。这个事，对我李春生来说，是个大事，对你王老板来说，就是喝杯工夫茶的事。

在李春生的再三央求下，王昌盛终于点头答应。

吃完饭，买了单。王昌盛告诉李春生，准备三十万，他抽空去一趟广州，面见省领导，帮你把这事搞掂。

李春生说：你看这样好不好，事成之后，我们给你三十五万好处费。

王昌盛的脸拉长了，说：你这个人怎么这么不懂事。我为你办事，去见省领导，难道我空着手进省领导家门？现在这社会，帮不帮你办事，就看你进门手里提的是什么礼。现在是凭礼办事。

李春生笑脸相陪，答应回去就准备。

王老板、陈德标一行人三辆轿车的尾灯一拐弯就消失了。

李春生给老板由前途打电话。

由前途说风险太大，八字没见一撇，三十万就出去了。

李春生说：那个王八蛋，眼里只有钱，不见钱不办事。

电话那头沉默了一会儿，讲：这样，你通过张副院长了解一下，看看昌盛公司是怎样拿到土建工程的。如果昌盛老板真的认识省领导，咱们就赌一把。

红色本田雅阁和黑色奥迪见面时，李春生了解到土建工程的真相。原来中标的昌盛建筑公司根本就不是王昌盛的公司，王昌盛的公司叫湛江建筑第三公司。中标的昌盛建筑公司的法人代表叫赵星记，赵星记和省领导一根毛的关系也没有，和省领导有特殊关系的是一个叫邝生的人，是省里管钱的副省长的大兄哥，学院珠海校区的钱是副省长帮助协调解决的，副省长提了个小小的要求，就是把土建工程交给他大兄哥来做，院长同意了，张副院长也是求之不得，大家都有利可图。副省长的大兄哥拿到了土建工程，赚了大钱，院长规划中的珠海校区顺利建成，有了政绩，张副院长具体负责基建，没钱建校，空手套白狼。副省长的大兄哥搞土建，学院没钱给他，他就得找副省长，副省长为了大兄哥，就会想办法从别的地方给学院钱。实际上，邝生连土建是怎么一回事，到现在都还没搞清楚。不懂土建，并不妨碍人家拿土建工程，就像当院士的人不见得都是科学家，不懂法律的人照样能当法院院长。邝生以昌盛公司的名义中标经管院的土建工程，一倒手转包给昌盛建筑公司老板的一个铁哥们。昌盛公司老板的铁哥们是个民营建筑公司的老板，手上有七八个工程在做，顾不过来，便又把这个工程转手给广东七星建筑工程公司，七星建筑工程公司也是个国有公司，公司的老板是湛江人，他的弟弟就是湛江建筑第三公司这个王昌盛。所以，这个工程就到了王昌盛手里。不明白底细的人还以为昌盛建筑公司是他王昌盛的私人公司。实际上，昌盛建筑公司是个国有公司。学院是国家的，学院建校工程原则上是让国有公司来做。国有公司做国家的工程，左口袋的钱掏出来再装进右口袋，里里外外都是国家，就是肉烂了，也在锅里头，对上好交代，对下好推脱。

张副院长讲：现在搞土建工程的王昌盛，别说副省长了，就是昌盛公司的老板赵星记的面他都冇见过。只有傻×才到处吹牛。

李春生听得冷汗直流。

五

李春生一进公司门，阿霞甜甜一笑，食指放在嘴上，嘘一声，拦住他。

躲开！他说，有急事找老板呢。

她凑近他，右手护嘴角，嘴里出来的热气搞得李春生的耳朵痒痒的。她细声讲：老板请了个香港著名的风水佬，把办公室搞得手忙脚乱。这个都是为了拿到你跟进的经管院工程。

又讲：今晚我煲好老火壮阳汤，等你。

李春生眉头皱得能滴下水来，说：刚请风水佬看过……

她讲：上次请的那个是广州的风水佬。广州的风水佬哪有香港的风水佬有水平。广州风水佬是横琴蚝，香港风水佬是南非鲍鱼；广州风水佬是泰国红宝石，香港风水佬是南非钻石。

李春生扔下她向前走。

她说：老板讲了，不让人去打扰。

他说：我是哪个？

她说：今日风水佬不是一般人。老板讲，这个风水佬对风水命理等有独特的个人见解，在好多电视台做过风水节目。好难请到。

李春生蹑手蹑脚到老板办公室门口，从未关严实的门缝朝里看。墙角壮实高大的发财树、鸡翅木树根茶台、西式沙发。老板台那边看不到。不看他也知道老板台的左边放着吴天明当年送的配有莲花座的金属材质的“风水球”，右边是一对汉白玉貔貅。再一拐弯，供奉的是关老爷。在门后的两边，还安放着瓷器财神，帮助发财致富。

一个陌生的鸭公喉好有磁性地响着，水波荡漾过来：办公室风水布局相当重要。摆设得宜，工作顺遂，财源广进。由老板，老板台的方位对公司发展尤为重要，必须与年命配合。今年是蛇年，蛇年三煞位在正东，最有利的方位是东南太岁方，所以老板台一定要摆放在东南方，面向西北而坐。所以你的老板台必须动一下，否则就流年不利，运交华盖，眼着着大把大把到手的钱财随风飘的啦。

谢谢大师，我立马就重摆置。这是由前途的声音。

门缝里出现了香港风水佬，他弯腰从茶台上的LV皮箱里拿出罗盘。

由前途扫见门缝里的李春生努力睁大的眼，招呼他进去。

干瘦干瘦的香港风水佬双手分左右把持着外盘，双脚略为分开，将罗盘放在胸腹之间，保持罗盘水平状态，以背靠为坐，开始立向。罗盘上的十字鱼丝线与办公室的正前、正后、正左、正右的四正位重合。固定好十字鱼丝的位置之后，他用双手的大拇指动内盘。天池随之而转动。直到内盘转动至磁针静止下来，与天池内的红线重叠在一起。

李春生站在一边仔细地看着香港风水佬。突然他发现香港风水佬的鼻子底下黑乎乎的。他起初以为是鼻屎掉了出来。摘下墨色太阳镜，把头探近点，才看清是鼻毛髭出来了。他想提醒一下香港风水佬。嘴刚张开，忽然想起一位局领导，话在喉咙打了一个转，又咽回肚子里。那是两年前的事。他跟进一个政府项目。有天晚上看珠海新闻，节日里那位局领导接受电视台采访。李春生总觉得领导鼻子那里怪怪的，好像有一只小苍蝇从鼻子里面往外爬。一个特写镜头才让李春生辨认出那黑乎乎的东西是鼻毛。第二天，他特地到珠海百货买了一套韩国777指甲美容九件套装，当然其中包含了李春生以为领导最需要的鼻毛剪，送给了领导，并对领导说：你的鼻毛应该剪一剪了。领导龙颜大怒，把九件套装摔得粉身碎骨。当然那个工程项目也就理所当然地花落他家。事后，局领导的手下说李春生是个大傻×，说领导找高人看过相，鼻子长在脸上，脸是什么？是人身上的上层建筑，鼻毛从鼻子里面髭出，表明领导上层建筑有贵人，是领导时来运转的标志，只要鼻毛继续长下去，不出半年，领导就会宏图大展，官升三级。你李春生不问青红皂白，就送给领导鼻毛剪，还让领导把鼻毛剪了，你这是要断送领导的美好前程！

接受教训，李春生只好看着从香港风水佬鼻子里面髭出的鼻毛，像苍蝇一样在鼻孔那里自豪地摇曳飞翔。

在香港风水佬的指点下，李春生和老板把老板台重新摆放好。

香港风水佬又在办公室认真地巡视了两圈，对植物花卉提出建议。他讲：由老板，我又要批评你啦！摆放植物花卉亦是好讲究的啦。摆放这些植物花卉不仅仅是为了好看，更是为了借助植物花卉的勃勃生机，提升主人的精气神。你看看你在案头上摆的这些是啥玩意儿，这些娇小又难伺候的植物，不但不美观，反倒把人的灵气给截走，必须马上拿掉的啦。还有，办公室里摆放的植物，一定要注意好好打理，过气的、半死不活的，都要及时进行修理养护，实在不行就丢掉，在这上面不能心疼钱，舍不得小钱，会丢掉大钱的。看看你这盆花，发霉了，办公室有发霉的花草，主人肯定是要触霉头的。很灵验的。我在深圳有个朋友，就是因为一盆有霉变的发财树舍不得扔掉，最后在商战中失败了，倾家荡产。

由前途连连点头，不时地将对方的话重复一遍，就像把香港风水佬的指示一字不落地输入电脑。

安顿好办公室的风水，大家坐下来细品工夫茶。

香港风水佬这才注意到李春生，细细打量几眼，讲：这位帅哥看你头顶冒出的气色发灰，最近一定有不顺心的大事。

由前途对香港风水佬讲：他是我的拍档。又对李春生讲：大师不光是看风水在行，算卦也很有水平。

李春生一听，马上就想将经管院工程的事同香港风水佬讲，让对方给算算，看能否中标。

香港风水佬扬扬手，讲：你写个字，我帮你睇睇。

李春生伸手从老板台上拿起一张A4纸，歪头想了一下，提笔写下一个大大的中标的中字。

香港风水佬接过纸，边睇边讲：笔迹是人书写后留下的痕迹。字的笔迹常会袒露人的心迹，呈现人的个性。从这位朋友写的字来看，字体写得好大，说明写字人个性刚强，喜欢冒险，有本事，有水平，为人光明磊落，秉心爽直，不足之处是做事往往操之过急，不够细心。收笔圆满，有始有终。末笔出去好长，说明书者性格外向。从字的笔画力度来看，书者笔画着力过重，说明写字人主观好强，自尊心重，意志坚定，思想固执，精力充沛。书写速度快说明写字人有进取精神，个性爽快，有创新见解。

香港风水佬继续讲：李佬你最近是在为公司忙一个大单，这个大单利润可观，但是里面有小人挡道，有点麻烦。

李春生便把经管院工程的事讲了一遍，又问：你睇睇我公司能否中标。

香港风水佬放下茶杯，讲：这个标按理应该是贵公司的。中，凡事上下一心，齐心协力，和睦共处，得人心者得天下。只是你写的中字，末笔一竖书写过长。

香港风水佬拎起纸，把中字的下部三分之一折到后面去。

李春生讲：请大师明示。

香港风水佬讲：只能意会，不能言传。

由前途把装有八万元的红包恭敬奉上。

香港风水佬送给由前途和李春生七个字：该出手时就出手。

由前途看看手表，快到饭点，礼貌地邀请香港风水佬一起吃饭。

香港风水佬笑着讲：我们香港人食遍全世界，嘴巴好叼啦。你们珠海还没发现能满足我的菜品。

李春生讲：唐家湾的唐氏私家菜馆有一道名菜，唐绍仪在世时就经常食，不知先生有冇兴趣？

噢，你讲的可是唐家湾那个唐氏私家菜馆？

珠海只此一间。

这家菜馆我听朋友讲过，他们的河豚做得不错。

那咱们就去这家菜馆？

由前途讲：这家菜馆就是我们李总舅仔开的，好方便。由前途扭头对李春生讲：打个电话，看看还有冇野生的。

李春生即刻问舅仔有冇野生河豚。舅仔讲有六条。李春生假装没听清，大声讲，还有十六条？

电话那头讲：不是十六条，是六条。

李春生又大声说：好，好，十六条，一条都不准动，全给我留下。我二十分钟后到。

李春生的红色本田雅阁带路，香港风水佬的银色奔驰居中，由前途的君威殿后，直奔唐家湾。

舅仔将李春生拉到一边，讲：姐夫，你玩我啦，只有六条野生的，我能做出十六条来？

李春生右手食指狠狠地戳戳舅仔的脑门，骂道：蠢猪，你不能再搞十条人工养的吗？

舅仔讲，两种河豚口感相差悬殊。香港人在吃上面很挑剔的。野生的，家养的，他们门儿清。

讲什么？你搞掂！

舅仔直挠头，将头发抓成个鸟窝。

在大厨的精心烹调下，六条野生河豚和十条人工饲养的河豚让香港风水佬食得惊喜交集，輾然而笑，临走时还向李春生舅仔要张名片，说要介绍香港的朋友来这里尝鲜。

送走香港风水佬，李春生把从张副院长那里了解的情况向老板汇报。

两个人面对夜空，发了一通经商环境处处隐藏着陷阱的感叹。

末了，由前途讲：要不我再去找王老板谈谈。

李春生笑了：还商量什么呀，风水佬已经讲把中字下面折掉一截，就大功告成啦。

由前途提醒：不要胡来。

李春生回答：我这种人，有贼心，冇贼胆。

你知道我同王老板的关系。

王老板对吴天明更好。吴天明不是照样反骨？吴天明如果当年没反骨，他能有今日的几亿资产？

其他人我不理。我不会允许你乱来的。

好好好，老板，我晓得，有分寸。

人生在世，不单只是为了钱。

有钱，谁能瞧得起你？

钱多能做啥？吴天明几个亿，还不是同你我一样一日三餐？

生活质量不一样。

他敢每日三顿大鱼大肉？不出半年就会糖尿病！他敢日日鲍鱼海参？不到三个月就会痛风！老百姓的生活最实在。食好，喝好，睡好，就是幸福。

李春生恭恭敬敬地听着老板说话，左耳进，右耳出，脑子里不断地刷新搜索引擎，百度着对付王高峰的天峰太阳能公司的奇招、绝招、妙招、高招。

电话响了，是老婆的。老婆说，儿子近来学得很辛苦，黄金周就要到了，她想带儿子出国放松放松，老婆征求他的意见，去哪国好。李春生身心全在太阳能工程上，顺嘴回答，越国、吴国、楚国、秦国、齐国、晋国、赵国、燕国、魏国、郑国、蜀国，随你挑。

六

河豚宴后好几天，王高峰的心头都像珠海梅雨季节的天空，被密密的乌云笼罩着，难以呈现亮光。两年多来，他把一半的精力都投入到经管院这个工程上，现在叫他让出来，等于拿刀割他的心头肉。他想和由前途商量，看看两家公司如何合作，最佳方案是由天峰公司来中标，中标后，工程可以两个公司分着做，天峰70%，天之源30%；实在不行，天峰60%，天之源40%。不这样，他真的是黔驴技穷了。

王高峰等由前途的电话。这个时候谁先打电话，谁就失去了主动权。好友之间也是如此。

在等电话的日子里，王高峰忽然觉得与由前途之间有了距离，虽然天峰公司和天之源公司相距只有几十米，两个人的心却好像一个在南极，一个在北极。

这中间，王高峰去了一趟广州，给院长送去了一斤冬虫夏草。离开经管院时，看见一个熟悉的车影。就近瞅瞅，是李长安奶酪色现代。王高峰的心就像被雷击了。他顾不了许多，就给由前途拨电话。

由前途讲他听李春生说过，李长安有个亲戚认识经管院主管后勤的王处长。

王高峰说：你别光顾了咱们两家，疏忽了李长安。

由前途讲：应该有事吧，春生还笑话李长安是烧香找错了庙门，找个拍不了板的小毛贼顶×用。

王高峰说：泥鳅也能翻起大浪。

又等了几天，王高峰没有等到由前途要求协商的电话，却等来了奶酪色现代的主人李长安。想见的不来，不想见的，自己找上门来了。

王高峰的第六感觉看着李长安走进自己的办公室。他懒得理，继续看窗外。李长安像回到了自己家，在茶台前坐下，给电热壶加水，点电磁炉面板上的加热键，电磁炉嘤嘤地哼起了加热小调。不一会儿，水开了，李长安在茶台上选择了一款凤凰单枞，冲泡起，细细地品。中午吃了一肚子大鱼大肉，急需刮刮油，凤凰单枞就是去油的最佳选择。

当李长安觉得自己的前戏进行得差不多了，抬起谦逊的目光与王高峰对接。王高峰像市委书记一样，端着一张高贵得看不出表情的脸，把目光搁在天空的一朵白云上，手指有节奏地弹着桌面，给白云伴奏。

李长安拨动手腕上的藏传佛珠，清了清嗓子，说：老板，我来了半天，你也不问我来干啥？

王高峰继续看白云，说：好家伙，你都快成了董明珠第二了，我高攀不上呢。

我是你的马仔。

你是我的爹还差不多。

李长安尴尬地笑了两声，说：我曾是你的马仔，也就是你的徒弟，徒弟到了师傅家，就是回到了自己家。所以我就不讲究那么多礼节了。

王高峰收回目光，看着李长安，直截了当地问：说吧，今天来有啥事。你是无事不登三宝殿。

李长安又拨动了几下藏传佛珠，说：我最近看了一本书，是明代学者归有光写的，我才知道三宝殿的三宝指的佛、法、僧。佛是指大知大觉的人；法，是指佛法及佛所说的道义；僧，是指继承和宣传教义的人。三宝殿是佛、法、僧三大活动场所。这三处地方，外人不能随便进，进出的都是佛门弟子。我呢，是你王老板的弟子，我无事到“三宝殿”来拜拜，也是理所当然的。对吧。

王高峰说：我可担待不起，我还想多活几年呢。有什么事就直说吧。

李长安说：真的没什么事。

王高峰鼻子里哼了一声，说：你不就是为经管院的太阳能工程来的吗。

李长安竖起大拇指：高，高，实在是高，姜还是老的辣。

王高峰说：别给我戴高帽子了，有屁就放。

李长安说：我想在经管院的工程上配合配合咱们天峰公司。

王高峰说：我还在琢磨着找谁赚点茶水钱。

李长安说：我知道你搞掂了院长。

王高峰说：你不是搞掂了主管基建的王处长？

李长安笑了：基建处长在院长面前算个×！

王高峰说：你不怕这话传到王处长耳朵去？

李长安说：王处长也知道他在院长面前就是个服侍主子，任其驱使的小丫鬟。

王高峰说：小丫鬟也有被主人收为小妾，甚至还有可能成为夫人的。

李长安说：老板，我来就是想配合咱们天峰公司投标，你看着好赖给几个茶水钱就行。

王高峰也不想得罪眼前的李长安，想了想说：你容我考虑考虑。

送走李长安，王高峰想给由前途打个电话，让他在防吴天明的同时，也要注意李长安从中渔利。按了十个键，最后一个键他犹豫了，没有按下去。他想，由前途考虑不到，李春生应该考虑到。

七

李长安不得不承认在经管院太阳能工程项目上，撞到了南墙。他咽不下这口气，跑到广州王处长家。王处长正全神贯注看韩剧，他悄悄坐下陪着看。好不容易看完韩剧，王处长又发起感慨，问李长安一个大问题：你说，韩国女神那么多，为什么韩国有地位有身份的男人不找本国的女神，反而找咱们中国的？王处长不等他回答，又说，我思考了一个多月，终于找到了答案。

你知道答案是什么？王处长眯着眼问，神情格外得意。

李长安傻笑着摇头。

王处长一拍大腿，大声道：因为他们知道本国的女神都是整容整出来的，那像我们的汤唯、刘亦菲、戚薇，个个天然。

王处长发了多半个小时的感慨，李长安才小心翼翼地把话题嫁接到太阳能工程上。

王处长说：两个院长，我哪个得罪得起？

李长安不甘心地说：那就眼睁睁地看着花落仇人家？

王处长说：你有什么高招，能让我们院长改变主意？

李长安老实地苦笑：你要是当了院长，就好了。

王处长说：我要是院长，放个屁，你都能中标。你信不信？

我信。

投标的日子日益迫近，李长安恰似一片离开了大树的绿叶，虽恋恋不舍，频频回眸，但于事无补，无可奈何。他现在就是电脑里看美金，海报上看靓女。他把自己关在办公室里，像一头困兽，转圈圈。一会儿背着手狂走一气，突然停在王高峰给他写的“尔也西已”条幅前，像一辆高速奔驰的车没了油，失去了动力。一会又慢慢地踱，像走太空步，怕踩死蚂蚁，就这么一步两步三步，猛地又定格在窗户前，呆呆地看外面的高楼大厦。看着看着，李长安啪地一拍脑门，哎呀一声。他想到万一王高峰的天峰公司的标书表述上出点什么差错，抑或投标时因堵车迟到，或是投标头一天王高峰猝死……那么受益的就是李春生的天之源公司了，也就是说，从理论上讲，只要王高峰出现了意外，狗屎一堆的李春生就有了中标的机会。想到这里，李长安的肚子里就一阵阵波起云涌，台风呼啸。在李长安的眼里李春生中标比强奸他还难受。想到这，他给王顺东打电话，叫王顺东这几天放下手头的一切工作，跟踪李春生，设法找到李春生和张副院长一起腐败的证据。王顺东说他老家倒了霉，一个月里死了三个人，这些日子不在珠海。李长安只好自己亲自出马。只要有了李春生和张副院长的腐败证据，投标那天如果天之源公司真的中了标，他李长安把这颗重磅炸弹投出去，让李春生殚精竭虑铸造的成果血肉横飞。

一连几天，李长安都发现戴墨色太阳镜的李春生和粤海修理厂老板频繁接触。先是一起在新海利酒店吃早茶，再就一起去大良保健中心洗脚，再就一起进得月舫饭店吃饭，再就一起去国会桑拿中心洗桑拿。李长安觉得这里面有戏了。他请公安局的老乡吃饭，老乡告诉他修理厂的老板有黑社会背景。李长安兴奋得精神错乱。公安局老乡又告诉他，这个汽车修理厂有个老乡当副总。李长安要了那个老乡副总的手机号码，约出来吃饭，一见面，发现两个人在拱北的九江同乡会馆见过面，只是没有缘分说话。有了这一层浓浓的老乡关系，就等于有了一条高等级高速公路，跑起来，又快又顺畅。头一次吃饭，李长安只和老乡副总谈乡情，谈乡思，谈乡愁，谈缘分。老乡副总是个诗歌爱好者，到处发表诗歌，在五粮液美酒的滋润下，两个人的话题渐渐就融入了诗意。

李长安没想到老乡副总好酒贪杯，一瓶五粮液下肚，又叫了一瓶。第二瓶喝起来，老乡已经进入豪放洒脱、倜傥不羁、天马行空的境界，高举酒杯，爬上饭桌，手舞足蹈，唾沫如雨，对着天花板，大声朗诵：

故乡的歌
是一支

清远的笛 总在
有月亮的晚上
响起 故乡的面貌
却是一种
模糊的怅惘 仿佛
雾里的
挥手别离 别离后 乡愁
是一棵
没有年轮的树 永不
老去

这场酒一直喝到老乡副总追着饭店的靓女乱啃。李长安在饭店大堂经理的协助下，把老乡副总扶进车里。老乡副总还拉住大堂经理不放，说什么如烟似梦，桃花源一睡千年；亦颠亦痴，有心人一醉方休。

第二次请对方吃饭时，李长安在两瓶五粮液没开瓶之前，先向老乡副总打听李春生的事。老乡副总告诉李长安他认识李春生，并再三要求李长安一定要保密。他说，他的老板正和李春生密谋一件事，要给一个叫天峰太阳能公司的老板制造一个小小的车祸，借以阻止天峰公司去投一个什么鬼标。老乡副总说：办法已经商量好了，现在就剩下好处费有谈妥。

李长安的嘴张得能开进去一辆吉利汽车。

那天晚上，豪爽靓女阿芳几次邀请他，他都不耐烦地严词拒绝，一个人钻在办公室里，两束目光静静地放在对面墙壁上的一片水渍上，手里缓缓地拨动藏传佛珠，思绪以光的速度纵横驰骋。老乡副总提供的信息，让他在深夜看到了黎明的曙光，他要深思熟虑，他要精心策划，他要一举拿下经管院太阳能工程。

当蓝色的海风和甘甜的晨露陪同七彩霞光叩响办公室窗户玻璃时，一个十分完美的击败天峰和天之源，顺利拿下经管院太阳能工程项目的方案在李长安脑海里形成。他把拳头火箭一样冲天举起，在空中兴奋地跳腾，狂叫：耶！耶！末了，还不忘表扬自己：李长安，你真是个天才！

他给王处长打电话，恳求王处长投标那天就是打20级台风，天上下刀子，也要亲自参加评标。

李长安说到最后成了哀求，王处长，我后半辈子的幸福就拜托你了。大恩不言谢！

放下电话，心情仍像台风中的大海一样的李长安，按捺不住自己的汹涌澎湃，又给李春生打电话。先把李春生夸成珠海的史玉柱第二，董明珠第三，比靓女还要靓女，比爷们还爷们，接着又故意恳求李春生答应在经管院太阳能工程项目上让他配合天之源公司投标。

李春生说，你烧香进错了庙门。

自我感觉已经胜券在握意气风发的李春生没想到，在他准备给王高峰制造麻烦的同时，李长安同样在准备给他制造麻烦。

八

直到投标前一天，王高峰在办公室也没等来由前途要求见面协商的电话。只是李长安来了几次，最后商谈好了配合费。不过，让王高峰意外的是，李长安没有像以前那样死皮赖脸地要先拿配合费。王高峰在窗户上看着李长安的现代车越走越远，渐渐没入车的河流，肚子里还在嘀咕这个讨吃鬼啥时立地成佛了。当他拿起毛笔准备练会书法时，一道闪电从脑际划过。他全身一阵抖动。一片不祥的云雾从心底飘起。李长安这反常的举动后面会不会隐含有啥不可告人的目的？他给思绪的汽车发动机一脚油门，一阵急速转动过后，也没得出个所以然来。他双目紧闭，咬紧牙关，细细过滤，期待着能从脑海里捞针一样捞出个子丑寅卯，甲乙丙丁。他看看外面的天空，又觉得自己可能是杞人忧天，鳃鳃过虑了。

其实在几十米之外的天之源公司，由前途坐在老板台前，双手托腮，心在没完没了地摇摆、煎熬，针刺般地疼痛。他好几次手离开腮帮，拿起手机，要给王高峰打电话，都让李春生给拦住了。李春生说他已经安排得妥妥的了，保证天之源太阳能公司如愿中标。还说老板你就安安心心地静候花熟蒂落，如愿以偿，大功告成吧。胜利是属于我们的。李春生自信满满。

由前途问李春生到底怎样做。

李春生说：简单，就是按香港风水佬的指点，把多出去的部分折掉。

由前途真的担心：千万别给我闹出什么事来！

李春生说：老板，我办事，你放心。如果王老板身上少了个什么零件，我拎头见你。

由前途长叹一口气，讲：我就怕你学吴天明，一头钻入钱眼里，为了钱，啥缺德事都敢干。

李春生说：老板，说真的，有时候我还真的羡慕吴天明。我要是有吴天明的胆量就好了。

投标那天，天气出奇地闷热。空气凝固了一般。高大的大王椰树垂头丧气，一排排景观花树萎靡不振。天上乌云翻滚，看不见一只飞翔的小鸟。这是大雨的先兆。风睡了，树睡了，花睡了，草睡了，只有一群群蚂蚁似的人紧张地忙碌着，为钱，为饭，为房，为父母，为子女，为自己。

经管学院太阳能开标地点在珠海市金湾区政府采购中心。为防万一，十点钟开标，王高峰八点钟就坐着奥迪车出发。路过天之源门口时看见由前途和李春生的车还面朝马路，停在公司门口。皇家公司门口却没看见李长安的现代车，想必是已经出发了。

奥迪出三台石路，向左拐进明珠南路，再蜗牛一样爬上前山立交桥，立交桥上是望不到头的汽车长龙。用了十二分钟才挪到珠海大道上，过了南屏街口，王高峰看看表，八点三十九分，再往前走六百米，多出两条辅道，车流就会稀疏一些，一般情况下，如不是遭遇车祸等意外，是不会塞车的。也就是说，再有半个小时，九点零九分，就能顺利到达投标地。

司机阿林也出了口气，全身舒展开来。他打开CD，车里回荡起谭晶演唱的电视剧《乔家大院》主题曲《远情》：

尘缘苦短叹人间路长
不能够容我细思量
繁华瞬间如梦幻一场
世上人有几番空忙
……

无伴奏演唱，让歌词在没有干扰的环境中用人声感染听觉，充分享受浅唱低吟，声断情牵的声乐魅力。谭晶的唱法兼容并蓄，传统与现代交融，民族与流行贯通，大气、简约，再加上音质清丽纯正，音色丰富，情真意厚，高亢嘹亮，真乃天籁之音，极品享受。紧接着是一阵“咚呛哩个隆咚呛”的男声衬腔，富有弹性和力量，极富民族特色的旋律，淳朴浓厚的乡土气息扑面而来。王高峰最喜欢这首歌。

王高峰陶醉了，随着音乐节奏，脑袋悠闲地左右晃着，右手指轻轻地在右大腿上叩击着。右脚尖也不甘寂寞地上下打着拍子。

春去秋来叹世事沧桑
算人生成败相当
登临远望看山水迷茫
情通天下一路奔放
几番起落雨暴风狂
转眼间鬓已成霜
……

咚！一声响，王高峰感到整个人像被台风掀起，扑在副驾驶靠背上。嘴里冒出令人窒息的咸咸的腥味，一抹，一手血。

王高峰明白出了车祸。他动了动四肢，没有大碍，只是腿部有点疼痛。他从车里爬出来。

撞奥迪的是辆白色丰田车。

王高峰看看表对司机说：你留下处理事故，我打的去。说着扭回头就从车里拿标书。

丰田车上下来四个人，拦住王高峰。一个穿白T恤的靓仔，大声叫道：这位老板受伤了。快，快送老板去医院。

王高峰急忙摇手：不要紧，轻伤。我没事。

穿白T恤的靓仔说：我的车撞了你的车，我们不能不管。马上送医院。

一招手，几个人架着王高峰向路边的另一辆红色没有牌照的轿车冲去。

王高峰挣扎着：不用你们管。我今天有急事。我要赶着去投标。

几个人根本不听王高峰的，一扇猪肉一样，把他塞进车后座。汽车引擎轰响着飞起来。

王高峰大叫停车，说：我要赶着去投标。我不去医院。

车里的人把他按在座位上，没人理他。

王高峰立即警觉起来，问：你们这是干什么？

还是没人理他。

你们要去哪？

仍然没人理。

王高峰似乎明白发生了什么事。

他掏出手机试图打电话。

白T恤的靓仔夺过他的手机。

支撑身体的交感神经系统进入混乱状态。王高峰像全玻璃真空管爆裂，太阳能集热器阵全面瘫痪。

车速越来越快，像参加世界一级方程式锦标赛，在车辆中间穿行。大道两旁的景观树模糊不清。车很快就过了南屏开发区，驶上珠海大桥，过了桥八百米，右拐进入去白蕉灯笼沙的小路。又飞驰了三分二十秒，闪过新马墩村、西七村，白T恤的靓仔要司机开慢些。司机一抬脚松了油门，车速明显降了下来。白T恤的靓仔还嫌快，说再慢些。司机一个点刹，车速又慢了，二十迈的样子。白T恤的靓仔从口袋掏出一盒五叶神烟，友好地递给王高峰一支。王高峰用手挡了回去。白T恤的靓仔笑着说：不抽白不抽。便给同伴每人散了一支烟。一时间，车厢里乌烟瘴气。王高峰忍不住咳了几声。白T恤的靓仔让同伴打开车窗，呼吸外面的新鲜空气。

车像水牛，哼哼着往前爬。白T恤的靓仔显得很悠闲的样子，一边抽烟，一边吐着烟圈，一边看外面的景色。

零零散散洒在路边的二层三层小楼，纵横交错的河涌，两只捕鱼的小船，被河涌分割的一个个小岛，太阳光下银光闪闪的鱼塘，鱼塘中旋转的增氧机，一个黑黑的中年人坐在围上用水烟竹吸烟，身边席地坐着一个光屁股小孩，几只狗，三头猪，绿莹莹的菜地，水上婚嫁景区。

十点整，水牛样的红色没有牌照的轿车挪到了灯笼中心小学不远处，屁股撅了两下，在路边停了下来。

白T恤靓仔让王高峰下车，把手机还给王高峰，说了声，对不起，还看着王高峰的脸说应该不用去医院吧。说完钻进轿车，一声轰响，屁股冒着白烟，扬长而去。

王高峰就像丹尼尔·笛福笔下的鲁滨逊流落在荒岛上。

他沮丧地坐在马路边。时间已是十点过三分，也就是说经管院太阳能工程项目投标三分钟前已经截止递交标书，他用两年多的时间和精力经营的经管院太阳能工程项目，像风，呼的一声，就没影了，就永别了。

王高峰被悲哀沉闷的空气和呛人的汽车尾气包围着。四肢无力，脖子断了似的，脑袋耷拉到地面。两年多的心血呀，一百多万的利润呀，在残暴的阳光下，变成一缕缕虚无缥缈的蒸汽。

一只流浪狗踱过来，歪着脑袋看王高峰。它不知道这个人遇到了什么伤心委屈的事。它不知道自己能不能帮帮这个人。它试探着接近王高峰，友好地摇摇被人砍去的秃尾巴骨，伸出粉红色的舌头，舔舔王高峰的手，见王高峰没有拒绝它的好意，它又把头抬高点，舔舔王高峰脸上的泪。流浪狗觉得人的眼泪比狗的眼泪还要咸，还要涩，海水一样。一辆中型卡车打着鸣笛呼啸而来。流浪狗吓得撒腿就窜出去二十多米远。惊魂未定，又来了一辆小轿车，流浪狗又窜出去二十米远。再回头时，看看空中的太阳，觉得离午饭的时间不远了，便昂昂头，远远地，恋恋不舍地，多看王高峰几眼。不远处另一只狗汪汪地叫了几声，那是呼唤它一起赴宴。流浪狗仰起鼻子，朝王高峰嗅了嗅，调头陪同另一只流浪狗，去水上婚嫁景区午餐。

一只小蛤蟆跳到王高峰面前，哇哇叫了两声。见王高峰不理睬，顾自玩去了。

一个小时后，王高峰死机的大脑才来了电，刷新了三下，恢复正常。好多东西就开始在大脑的屏幕上出现。今天这起汽车事故的猜测竟有一万九千九百九十九条。每一条都直通天之源太阳能公司，直通由前途和李春生。

可一想，他又觉得以由前途的人品，不可能干出这号事。

他无力站起来，继续坐在地上，弯起腿，支撑着胳膊，给由前途打电话。

听筒传出来靓女的声音：你拨打的电话已关机。

他对着天想了想，又给李春生打电话，仍是靓女的声音：你拨打的电话已关机。

九

司机找到王高峰时，已经十二点，他把老板送回家。

草草吃了两口饭，王高峰就钻进卧室，把自己扔到床上。他合上眼，想把倒霉事屏蔽掉。窗外的光线太强烈了，闭上眼和睁开眼，没多大区别，他恶声恶气地骂了一句，下床把紫色的非常有助睡眠的遮阳窗帘拉上。他侧向右面睡，上下眼皮刚吸合到一起，就感到一种十分剧烈的碰撞，整个人像被台风掀起，那是上午车被撞时的感觉，刀刻斧雕一般。翻身左侧睡，又感到嘴里咸咸的，好像有血，一抹，啥也没有。他又仰面睡，又看见沮丧地坐在路边的自己，被一层灰色的悲哀的沉闷的凝固的呛人的汽车尾气团团包围着。他用意志的包装箱把今天的种种倒霉全部装进去，这些倒霉的东西就像带着无数枚钢针，不断地从里往外把他的包装箱刺破。渐渐地，他觉得自己的意志已经成了一碗刚出锅的米粉，没有骨骼，支撑不住。折腾到第十三次，他终于清楚，床上盛不下他，想用睡眠来解决问题的想法的大门关闭了。他只好坐起来，靠在床头，四肢无力，耷拉着杂乱的脑袋。

平静怎么也回不到身上。心里还是一个劲地长草，发毛。他穿鞋下地。在卧室转了几圈，踱到窗口看天空。他常在难过的时候看天空，天空那么大，总能容下他的委屈。卧室的窗外是一棵高大的大叶榕树，前些年，想看榕树，还得打开窗户低头看，现在，不服输的榕树已经长得快与楼房一样高了，它还要长，不超过楼房，它是不甘心的。榕树把天空遮挡得严严实实，看不到蓝天白云。他又踱到客厅。客厅里老婆又在打扫，每天打扫一百遍的地板，看见就心烦。他又踱到阳台上。阳台对面是板障山，楼房和板障山之间镶嵌了一长条蓝天，天上没有白云。一股风吹过来，风里满是滚烫。从有空调的房间带出来的凉爽一下子全被热浪裹挟了。

王高峰努力地控制着，不让自己的思绪像海里的鱼四处乱窜。半个小时后，他用诱饵诱惑住了思绪，让思绪停留在今天发生的撞车事件上。越思越想越坚信这次车祸事件天之源公司脱不了干系。

他又给由前途和李春生打电话，还是靓女的声音：你拨打的电话已关机。他看了看没有白云的蓝天，又看看手表，估摸投标的结果应该出来了，便给乐普太阳能公司老板刘成打电话。刘成的回答大大出乎他的意料。中标的是李长安的皇家太阳能工程有限公司。

再一打听，由前途的天之源太阳能公司根本就没有去参加投标。

王高峰的大脑里腾起一股龙卷风。

他急忙又给由前途打电话。连拨了十七次，十七次都是靓女的声音：你拨打的电话已关机。

给李春生拨了十六次电话，仍然是：你拨打的电话已关机。

自来水停了，储热水箱没水了，给水泵无法补水了，太阳光强烈得火一样，王高峰这套太阳能集热系统不知道该如何运作。

他一咬牙，开车去天之源公司找由前途。

天之源办公室的阿霞愁容满面，她细声告诉王高峰，倒霉透顶，他们老板和李副总去投标的路上出了车祸，两个人现在躺在市第二人民医院。惨得很呢。

由前途的眼睛就像汶川大地震形成的堰塞湖，王高峰的到来，就像是挖掘机在堰塞湖上开了一个口子，湖水奔突而出，泛滥成灾。

由前途拉住王高峰的手，半天才把事情说清楚。

原来，李春生为了拿到经管学院的太阳能工程，找到粤海汽修厂的老板，安排了一场人为的车祸，以此来阻止王高峰去投标。这是上了前去投标的君威车，像憋尿一样永远憋不住的李春生才把计划告诉由前途。由前途火冒三丈，要李春生立马取消计划。

李春生说：为了安全起见，他没有和制造车祸的执行计划人发生直接的联系，当然也就没有那人的手机号码。十分钟以前，人马就出发了，现在阻止来不及啦。

由前途大叫：作孽呀！

李春生给由前途解释道，安排的车祸不会伤害王高峰，最多就是个车与车的剐蹭，然后车上下来几个人，把王高峰拉到另一辆车上，让王高峰不能脱身，直到过了投标交标书的时间。

不能为了两个烂钱，就干这号下三烂的事。

这是正当的市场竞争。

市场竞争亦要有个底线。

不收拾了王高峰，咱们到手的一百多万就飞啦。

我宁愿不去赚那狗屁的一百万！

终止不了啦。定金都付啦。

定金不要啦！

当初安排时，我也怕我自己事到临头心软，就对他们讲不要同我联系。他们肯定都关机啦。

由前途靠到车座后背，拍拍脑门，叹息一阵，说：如果真的把王老板整出个事来，我们就麻烦了。

李春生保证不会伤害王高峰。你再见到的王高峰肯定毫发无损。

让李春生没想到的是策划车祸的他和他的老板半路上也因一场意想不到的车祸住进了医院。

由前途心慌意乱，满眼都是王高峰遭遇车祸的悲惨镜头。王高峰鲜血淋淋的场面压在由前途的眼前，让他喘不过气来。

车驶出明珠南路时，由前途的手机响了，吓得他全身打战，就像热得要沸腾的太阳能真空管里突然流进来一股冷水，由前途这支真空管快要爆炸了。还好，是工程队长的电话，请示老板工地的一些问题。由前途应付了几句，就把手机关掉。他实在是怕接到王高峰出车祸的消息。

车在前山西门塞了十几分钟才顺利通过红绿灯。跟着望不到头的车屁股，司机阿童直按喇叭。喇叭按得震天响也没用，车流仍像蜗牛一样移动。好不容易拐上了前山立交桥。过了前山立交桥，进入珠海大道，道路就畅通啦。到了前山立交桥中间，一辆长城皮卡车突然变线，从里道窜出，脱缰的野牛似的撞向处在外车道的由前途的君威车。阿童用尽全力也控制不住方向盘，君威车一头撞到立交桥的护栏，又反弹回来，要不是护栏质量过关，阿童和老板由前途还有李春生早就和君威一起翻到三十米的立交桥下了。

恰好那辆长城皮卡后面就跟着一辆120救护车，救护车上的人就像每天24小时都时刻准备战斗的消防战士一样，三下五除二就把由前途、李春生和阿童塞进了120救护车，送到珠海市第二人民医院急诊室。

李春生墨色太阳镜粉身碎骨，眼部受伤，锁骨骨折。由前途右腿骨折。司机阿童伤最轻，仅软组织损伤，稍加处理即可，不用住院。

由前途用十分干燥的声音讲：报应啊！老板。

王高峰无言。

李春生靠在病床上，对王高峰说：王老板，对不住，我见钱眼开。老天爷惩罚我。

王高峰只好安慰说：事已过去。也怪我，其实我心里头有一个方案，就是我们两家不管谁中标，费用一家一半，工程一家一半。我老在公司等你们过来。我要是主动找你们，就不会有今天。现在真后悔呀。

李春生说：我更后悔。

王高峰问：你们安排撞我的车是啥车？

李春生说：白色的丰田车。

王高峰说：就是你安排的车撞了我。

李春生说：对不起呀，王老板。我不是人。

过了半天，靠着床头的由前途说：这起车祸大有名堂。王老板，我们制造一起车祸阻止了你去投标，李长安制造一起车祸，阻止我们去投标，最后肯定是他中标。

李春生说：一撞车，我就想到肯定是李长安这狗小子干的。这个猪狗不如的东西！一定是他！

王高峰问李春生：你安排给我制造车祸的事，都有谁知道？

李春生说：截至昨天晚上，还只有我和粤海老板两个人知道。

王高峰奇怪了：那李长安咋会知道？

由前途说：我公司有李长安的卧底？

王高峰仰天长长地出一口气，苦笑说：我们都把自己看高了。今日击中我的子弹，一定是昨日就射出枪膛的。生存一年的企业靠创意，生存五年的企业靠勇猛，生存十年的企业靠运气，生存二十年的企业靠智慧。我们都是草木之人，冇智慧啊。

王高峰对由前途和李春生说：这事要想办法保密，要是传出去，咱哥仨的脸可真要掉进裤裆里了。

李春生伤好出院，查找撞他的那辆长城皮卡车的线索。那辆车像一股风一样消失了。他想肯定是被卖到万山岛上去了。好在爱车的李春生对车十分敏感，他记住了那辆拉他们到医院的120车。他请120

司机吃饭，希望对方能如实相告。对方说他只是拿人钱财，帮人办事。问他收的是谁的钱财，对方守口如瓶。李春生想忍没能忍住，盛怒之下，把对方痛打了一顿，满脸是血趴在地上起不来的对方招了实情，的确是李长安雇佣的他们。他们也是救死扶伤。李春生去找李长安，他看他的眼神能把楼房点着了。李长安矢口否认和车祸有关联。他还拿自己的爸妈爷爷奶奶十八辈子祖宗诅咒发誓。一副窦娥冤屈的模样。更让李春生没想到的是，李长安不仅摆出一副窦娥的嘴脸，还挤出了几滴鳄鱼泪，还来了几句冤枉可怜，天地大无处申辩，我还要向苍穹诉苦一番……

李春生的两只铁拳已经攥紧，嘎巴嘎巴作响，像迫击炮弹已经滑进炮管，只待撞针撞击炮弹底火，这个炮弹就出去了，李长安的小脸不开花都难。

最后关头，李春生控制住了自己。他想，揍这小子一顿，太便宜了，得另想办法复仇。

李春生在公司喝工夫茶时对老板说：老板，我真的咽不下这口气。

李春生还说：这事要是放在吴天明那里，李长安早就被扔进海里喂鱼了。

李春生说这些话时，满脸蹦跳着愤怒，各块肌肉也各自为政，嘴角歪到了耳根，瞳仁痉挛地抽缩，鼻翼忽扇着，鼓风机一样，喷出的粗气闪耀着愤怒的红色。

他对阿霞吼道：我要收拾这个××！

阿霞知道，以李春生的性格，只有报复了李长安，他才会恢复正常。她祈祷李春生别把事情做得太过分，别越过法律的红线。谁越红线谁就是笨蛋。阿霞想劝劝他，说：有句话我想对你讲，我这人说话直，怕你生气。李春生猜出她要说啥，便以开玩笑的方式把她的话堵在嘴里，他说：我这个人下手重，怕你疼。

李春生又开始失眠了。阿霞百般地安慰他，配合他。要做爱就做爱，要喝酒就喝酒，想唱就唱，想跳就跳，想咋折腾就咋折腾，只要他能睡着觉。看着他因失眠一圈圈消瘦，眼窝深陷，脸色发黄，说话的声音都细成了粉丝，她心疼得失声痛哭，用拳头猛砸他的胸大肌。她怀疑他吸上了毒。他笑着骂她脑残：我吃安眠药都怕上瘾，还能去吸毒？她紧紧地抱住他，把他的脸埋在怀里。她说，你能好好睡两日，让我去死我都有关系。她唱道：我愿意为你，被放逐天际。只要你真心，拿爱与我回应。我什么都愿意，什么都愿意，为你……

有天晚上，李春生又睡不着，阿霞陪他喝酒到半夜，酒喝光了，喝醋，醋喝完了，又找出半瓶酱油，酱油太咸，李春生摇晃着下楼到便利店搬回两箱斗门产的青岛纯生啤酒，一箱十二瓶，一人一箱。啪啪啪，都打开，他从中拎起一瓶，擎在空中，闭一只眼，另一只眼透过酒瓶看她。她努力把舌头往直捋，跟着拎起一瓶，大喊：干个痛快！你一瓶，我一瓶，硬是让二十四瓶啤酒见底。她上洗手间吐了三次，吐得山呼海啸，满天金星。他屁股连窝也没挪。她怕他憋坏，努力站起来，模糊中，连拉带扯，把他弄到洗手间。他笑着，抖抖擞擞着，却怎么也找不见平日昂扬的屌在哪儿。她打着他，骂着他，骂他是傻瓜。她蹲下，眼睛贴着他，全身寻找，好不容易找着裤口，拉开拉链，把那个可爱的玩意儿拉出来，还热热地亲了一口。她吹口哨嘘着，他哼哼唧唧尿着，淅淅沥沥，叮叮咚咚，像雨一样狂，像海水一样多，像前山河一样长。第二天她从头疼中醒来，癔症了半天，才搞清自己爬在马桶上睡了一晚，她想不起是如何栽倒在洗手间。循着呼噜声去寻他，只见弯在洗衣机和墙的缝隙里的他，不时吧唧着嘴，嘴角还流着口水，睡得像死狗。他的身下有一摊水，颜色浑浊，发黄，是尿。

十

上个月的十八日，李长安参加珠海市平沙中学太阳能工程项目投标。头天晚上标书封装好后，直接拿回了家，第二天，从家直奔政府采购中心。第一节唱标结束，进入投标文件评审环节，所有的投标人退场，在大厅等候评审结果。

这时，李长安的手机响了。公司主管销售的刘平来电话，说大事不好，公司门前的石狮吐血了。

李长安脸色如土。

刘平讲，看现场，应该是昨天晚上有人下了黑手。

李长安脑子里的鼠标一下子就点在了今天开标的平沙太阳能工程项目上，事情再明白不过了，黑手下手，让石狮吐血，就是要给他的公司带来煞气，造成厄运。今天能让皇家倒霉的事，就是平沙中学太阳能项目中不了标。李长安第一时间，第一个怀疑对象锁定李春生。在大厅，他闪着寒光利剑一样的目光一下子从人群中捕捉住李春生。看着李春生和乐普太阳能公司的刘成旁若无人地谈笑风生，李长安腾地站起来，猛扑过去。在离李春生一点三三米远的地方，他站住了，默默地转身面向窗外，看着窗外的凤凰山和蓝天上的白云。从他肩膀像海浪一样剧烈起伏来看，他心头愤怒的烈火里注入了不少汽油。只见他的双手慢慢地攥了起来，像小孩拨浪鼓的鼓槌一样猛烈地敲打。他深深呼吸了几口，侧身斜视李春生，复杂的眼神里，无比的愤怒，难言的痛苦，深深的无奈，交织地闪烁。他深知自己和李春生动手，是以卵击石，是鸡蛋碰石头。他深深地吸了一口气，咬紧牙关，颤巍巍走进男洗手间，关上门，用尽全力，对着马桶，大声咆哮，拳头把马桶打得浑身哆嗦。他以自残的方式来发泄满腔怒火。

在李长安的心目中，石狮吐了血，给皇家公司带来了不祥，这中标的希望已经渺茫。果然，经评标委员会五个小时的辛苦评审，皇家公司以0.01分的微弱劣势，落后中标的天之源太阳能公司，名列参加投标的十九家太阳能公司第二名，无缘该项目。

李长安请公安局的老乡一起在新海利饭店的218包间吃饭，说，公司的对面世邦建材大厦有一个监控摄像，请求老乡帮忙，调出监控录像，看看是谁给公司门前的石狮的嘴里倒红油漆。李长安恰到好处地递上一万元辛苦费。第二天，公安局的老乡告诉他那段录像调出来了，让他过去看。监控清晰地记录了往皇家公司门前的石狮的嘴里倒红油漆的全过程。具体实施的人一眼就看出是个流浪汉。

你的竞争对手雇佣的。公安局老乡肯定地说。

李长安也这样想。

谁雇佣的?

录像里看不出来。

没有证据。

没有证据也可以怀疑。

李长安当然是怀疑李春生。

李长安发誓，一定要以其人之道，还治其人之身，十倍百倍地报复李春生。

为了重振公司雄风，李长安又花大价钱买了一对形体更加巨大，筋骨更加强健，肌肉更加饱满，更加凶悍无比的西洋石狮。

他给旁边一个商场的保安每月五百块工钱，保卫他的石狮不受侵犯。

三个月后的一天下午六点钟，正是下班吃饭时间，李春生戴着从澳门新买的墨色太阳镜和几个好友在皇家门口的雌狮前碰见李长安。李春生主动和李长安打招呼，说从深圳来了几个朋友，要到他舅仔的唐氏私家菜馆吃河豚。

李春生背对着阳光。

李长安往那个身子带来的阴影处躲，还在眼前搭个凉棚。李长安说：好好好，我也是早就听说河豚好吃，就是没吃过。

李春生邀请李长安一起去吃。

李长安说：我不敢吃。听说河豚毒性很大，常常死人。我老婆都轻易不敢吃河豚。

李春生说：狗屁。那是吓唬胆小的。我就不相信你老婆邝梅梅没吃过河豚！哄鬼！哪个广东人没吃过河豚？对真正的美食家来说，越有风险，越有诱惑力。你说是不，李总？我深圳的朋友还是很有福气的。他们昨天给我打电话要来吃河豚。我给我舅仔打电话，正好有二十条野生河豚。二十条野生河豚啊，相当相当金贵。一般人没有这个口福，让我深圳的朋友赶上了。这就是口福不浅。你说呢，李总？

李长安连连点头：有口福。

李春生再次邀请李长安一起去吃，说：二十条野生的河豚，加上李总你，咱们五个人，一人能吃四条。今天我请客。

李长安心动了，假意推辞了一番，便开着自家的奶酪色现代车跟着李春生的红色本田雅阁，直奔唐家湾。

到了饭店，李春生专门领着李长安把唐氏私家菜馆里里外外巡视一番。

李长安看到饭店后面放着两大桶臭烘烘的东西，问那是啥。

李春生抿抿嘴：你猜。

李长安摇摇头。

李春生说：你不是怕吃河豚中毒吗？这就是解毒药。

解毒药？

对。

咋这么臭？

当然臭了。里面装的是厕所里的大粪。古时候吃河豚中了毒，就用这个办法解毒。吃河豚时，一旦发觉舌头发麻，立即灌大粪，吃下去的东西就会吐出来，就解毒了。就和现在咱们喝酒中毒去医院灌肠洗胃一样。

李春生缓了一下，接着说：不过一般情况下不会有事。放两桶人粪尿只是为了预防万一。不怕一万，只怕万一嘛。

倒是。

放心吃吧，不会中毒的。

李春生又问李长安：日本人吃河豚中毒你知道如何解毒？

李长安还是摇头。

李春生说：日本人吃河豚中毒后，解毒的办法就是把人埋进土里，只留脑袋在外面，听说，一夜过去，毒就解了，叫作土性解毒法。

李长安说：那不和日本人过去活埋咱中国人一样？

李春生说：日本人的解毒法，只是一个传说，没见过。中国人的解毒法，倒是偶尔能见识一回。不过不容易见到，这要有缘分。有点像买彩票中大奖，不是谁都有好运气啦。

李春生建议李长安看看那两桶大粪。

李长安摇着头，余光却不由自主地扫了过去。夕阳从树叶间隙滴落下来，大粪桶里有许多白花花的小东西在快乐地玩耍。李春生从地上拾起一块小石子朝大粪桶扔过去，一群受惊的红头绿身大苍蝇屁滚尿流地四处逃散。

李长安捂住鼻子跑开。

李春生开心地说：这家伙很有效的。

李长安提出想看看饭店厨房如何处理河豚。

李春生说：我舅仔开这个菜馆十几年啦，做河豚在珠海赫赫有名，从没出过事。

李春生带着李长安去厨房。

一个戴白帽子的厨师正在杀河豚。只见他拿起一条河豚，用刀尖从河豚的肛门处挑起剪开，河豚挣扎着，身子像气球一样鼓起来。厨师很快就把河豚的肚皮剪开，迅速把河豚的内脏挖出来。

李长安问厨师：靓仔，河豚有毒部分在哪儿?

厨师说：肝脏和生殖器。

厨师用刀把河豚的眼睛剜下。

李长安又问：眼睛也有毒?

厨师头也不抬，说：有。

李长安继续问：听人说河豚的血也有毒?

厨师说：有。说着，把刚杀完的河豚扔进大水盆里。

李长安还问：河豚咋就有了毒?

厨师说：河豚是杂食动物，水里的肉类它都吃，鱼呀虾呀，河豚还吃人，有一次处理河豚，我还在它的肚子里发现了一颗人牙。

李长安张嘴还想问啥，让李春生推出了厨房。

舅仔把李春生叫到静处，问：今日真的要给你的人吃人工养的河豚?

李春生讲：你几时变成了美国人？我的话你听不明？

舅仔挠着头讲：我是怕你们哪个东东懂行。一露馅，影响我的声誉。

李春生讲：嘁！不是姐夫小瞧他。告诉你，那个狗东东连河豚的屁都冇闻过！

李春生又提醒舅仔：搞掂？

舅仔回答：四个靓仔，个个都是大力士。

李春生讲：我问的是河豚里的调味品，一吃，即刻使人感到麻麻的那个东东。

舅仔讲：全是从云南搞的花椒，挥发得相当快。告诉你，为了加强麻效，我还将花椒用酒浸泡三日三夜，然后与葱白一齐剁成细泥，加豉油、糖、醋，又麻又香。我办事，你放心。

菜品还得一会儿才能准备好。李春生问李长安有没有去过唐绍仪的共乐园，如果没去过，不妨去转转，开开眼，看看大人物是如何享受的。这次李春生没有花钱买门票，他领着李长安从矮墙处跳进去。没走两步，就碰到一条小溪，小溪里不光流着水，还流着烂菜叶子、废弃塑料袋、臭鱼烂虾。一群群苍蝇追着小溪撒欢。两只兔子一样大的老鼠在小溪边吃着各色美食，看见李春生和李长安走过来，直起前身，笑笑，挥挥前爪，礼貌地打招呼。浑浊的小溪在草丛里钻进钻出，最后流进了蓉镜湖。

李春生没有给李长安讲述共乐园的过去和现在，若有所思的目光四处流浪。他没有游园的兴致。他突然对李长安说：一会儿吃过河豚，咱们去威龙中心潇洒去吧。那里的靓女一点不比市里的差。

李长安说：全珠海的男人都知道。前几天经管院太阳能工程验收，我还带着我的亲戚去过。

李春生说：啥亲戚呀！不就是你高中同学的小姨子的老公哥哥的小舅子的二大爷的儿子的科长的老婆的侄儿，帮你拿下经管院太阳能工程的那个王处长嘛。

是他。

拐九十九道弯，飞十万八千里，从地球到火星，还亲戚呢。

舅仔来电，菜品准备妥当，回来享用吧。

五个人围桌子坐下来。留下一个位子上菜。先三个凉菜，后四个热菜，只差河豚这道主菜。

李春生不让动筷子，也不让喝酒。李春生解释说：一喝酒，舌头就麻木了，味蕾不灵敏，河豚的美味就品不出来了。

大家齐声说听李总的。

李春生对穿中式半袖的朋友开玩笑说：这次吃河豚是你提议的。所以，一会儿河豚上来，你第一个先吃。要中毒，你先中毒，要灌大粪，先给你小子灌。

穿中式半袖的朋友爽快地讲：冇意见。想尝鲜，就不能怕受罪。这也是我的河豚处女秀。

另一位深圳朋友说：我的胃不好，听说河豚皮养胃。我能不能多吃点河豚皮。

李春生说：没问题，咱们是啥关系，我的四条河豚皮全归你了。

不一会儿，香气四溢，味美纯正的河豚呈现在五位食客面前。精心熬制的河豚肝，鲜美至极的河豚肉，丝滑带刺的河豚皮，雪白嫩滑的河豚汤……

耶！

爽！

正！

尖叫声声，像海滨沙滩音乐会。

穿中式半袖的朋友第一个果断地拿起筷子。

李春生笑着大骂这位朋友太自私，光顾自己，不管朋友，还顺手用筷子敲打了一下他夹河豚的筷子。

李春生让想多吃河豚皮的深圳朋友先把属于自己的河豚皮吃了。

李长安见大家都吃了起来，也夹起了一条河豚。

每人先吃一条河豚。

李春生让大家停下来感受感受，说，这是吃河豚的规矩。

过了片刻，李春生问：注意，有冇感到麻痹的？有冇……有的话，讲……我好解毒。冇的话，我们就放开肚子吃！

大家都张张口，吐吐舌头，说冇。

刚开始吃第二条河豚，穿中式半袖的深圳朋友叫道：不好，我的舌头发麻了。

李长安也张张嘴，吐吐舌头，对李春生说：吃第一条时我就觉得舌头发麻。

李春生瞪大眼睛：不可能吧？

李长安又动了动舌头，说：真的是麻啦，真的麻啦，真真真的麻啦，麻啦！我的妈呀，真的麻啦！

李长安的眼泪像海水一样泄出。

李春生变声失色，大喊救人。

早就等候在门外的舅仔带着四个身强力壮的帅哥冲进来，驾起李长安，龙卷风一样刮出包间，两步就抢到臭烘烘的大粪桶前。

后面跟着的李春生跳着脚，拍着屁股，大喊：灌大粪！灌大粪！

两个人一边一个拽住李长安的胳膊，另一个人捏住李长安的鼻子，再一个人舀起一瓢带着白森森蛆虫的大粪，就灌进了李长安的嘴里。

李长安十分配合地喝了下去。大粪和蛆虫刚下了喉咙，李长安就呕吐起来，嘴张得大大的，哇哇，鼻涕带眼泪，肠子带下水，都吐了出来。

李春生手舞足蹈地叫道：再灌！再灌！

拽李长安胳膊的两个人干脆把李长安的头按进了大粪桶。

李长安咕咚咕咚地喝着，四肢像网游中的武林高手一样朝天挣扎。

李春生嫌不过瘾，一个箭步上前，提起李长安乱蹬的两条腿，一声他妈的！吃屎去吧！就把李长安整个人插进了大粪桶。

海风舒展地在唐家湾头上掠过，带着白白的鱼腥和红红的花香。

钱本草

一

诗人老朱在外商投资管理中心工作，朋友多，信息广。中心设在风景优美的南油大酒店。王朝阳和老朱既是老乡又是牌友，跑业务跑得山穷水尽时，就车头一调，找老朱喝茶，谈今论古，借遐想取暖心灵，散淡闲适中，顺便捕捉点有价值的商业信息，或是招呼牌友，找个棋牌室斗斗地主，乐在其中，把一切烦恼抛到九霄云外。这天，老朱给王朝阳提供了一条重磅信息，著名企业家姚三纯又有大手笔：在金鼎科技工业园区以十元一平方米的价格，购地三十万平方米，新建一个服装加工厂和研发基地，容纳七千名员工，年产值九个亿。老朱说：市领导这两天高兴得裤带快绷断了。

王朝阳听说过好些姚三纯和三纯服装的传说。姚三纯原是在吉大百货租柜台的服装小商贩，一次正常的商业拖欠，却逼着他不得不接手了一家濒临倒闭的服装厂，阴差阳错地进入了服装制作行业。经过十多年的艰苦奋斗，服装厂被姚三纯打造成了一家集研究、设计、制造、销售为一体的综合性集团公司，企业净资产八点五亿元，拥有世界一流的服装生产设备和技术，连续三年产品销售收入、利润总额名列全国服装行业前十强。

老朱说：姚三纯这家伙野心大得很，他的目标是香奈尔、迪奥、范思哲。他要在国内外多个城市构建研发基地，还要建立全国性物流仓储中心，进军国际市场，还要依托服装优势资源，进行多品牌经营并涉足社会公共设施、金融保险等领域，逐步完善三纯牌战略布局。

老朱靠在转椅上，手指着王朝阳说：你个靓仔如果能搭上姚三纯这列高铁，就不愁没有工程做了。三纯发展到哪里，你的太阳能工程就做到哪里。世界是姚三纯的，也是你王朝阳的。你王朝阳将和姚三纯一样像大海那样辽阔、澎湃、富有。

王朝阳说：可惜我认识人家，人家不认识我。

老朱说：你认识老朱啦。老朱的朋友就是你的朋友啦。珠海人都知道三纯公司司歌《世界三纯》的歌词是我写的。是我把他的目光引向世界。

老朱骄傲地说：十八行歌词，给了我五万元酬劳，是我最多的一笔稿费。

老朱说：老姚人很大气，够意思，够哥们。

老朱又补充说：当然那个时候，我的名气比他大。《诗刊》《星星》《花城》，都发表过我的作品。那时的姚三纯开着一辆走私丰田，半路还要下去推车。

半个月后的一天下午，老朱手气好，斗地主赢了两万多，王朝阳输得精光。他大骂老朱手太黑，不江湖。老朱讥笑王朝阳太贪心，情场得意，还想在赌场收获。吵着骂着，老朱便把王朝阳带进姚三纯豪华得像皇宫一样的办公室。

姚三纯穿着大裤衩，趿拉着一字拖鞋，正虔诚地为一件“马上封猴”的玉器打蜡上油。

老朱问：姚老板，啥时候又喜欢上了玉器？

姚三纯说：老子大老粗一个，眼里只有钱，就喜欢钱，喜欢数钱。一屋子的钱，躺在钱堆上，一张一张地数，那感觉，最他妈爽。

老朱又问：那你伺候祖宗一样伺候这玉器干啥？

姚三纯说：不是我想伺候不伺候的问题啦。姚三纯手往天上指了指，上面喜欢这玩意儿的啦。我想往大发展，没有靠山能行？又指指“马上封猴”的和田玉：为这玩意儿，我拉着省玉石协会会长去新疆跑了十多天，累得像狗熊。

姚三纯问：朱大诗人，你知道这件玉器价值多少？

老朱摇摇头：我眼小。

姚三纯说：二百多万。

老朱故作大吃一惊：天哪！

姚三纯说：你朱大诗人能给我批三百亩建厂用地，这件“马上封猴”就是你的啦。

老朱说：给你介绍三五个港台女明星，我还是有本事的。

又问：今晚要不要？只要你不怕府上的河东狮，我现在就打电话。

姚三纯摇摇手：让我多活几天吧。

姚三纯给“马上封猴”和田玉器打好蜡，上完油，净了手，看看手表，又看看老朱和他侧后面的年轻人，招呼在茶台前落座，三杯工夫茶过后，笑着对老朱说：你是夜猫子进宅，不是来孝敬我的。有什么事，就直说。半个钟后，我要去见市长。

老朱赶紧把王朝阳介绍给姚老板，要他关照关照，把金鼎新工厂的太阳能热水工程让天益公司做。

姚三纯爽快地说：朱大诗人亲自出马，我哪敢不听！让秘书叫来公司主管基建的刘副总，做了交代。还一再强调，这是朱大诗人介绍来的，绝对不能怠慢。还严肃地说，伺候不好，我炒你鱿鱼。

刘副总带着老朱和王朝阳到他的办公室，又叫基建处的苟经理把设计图纸拿过来，对老朱说，本来这个工程是要交给七星太阳能公司做的。今天你来了，老板发了话，我只能服从。

刘副总看看老朱，又盯着王朝阳看了片刻，说：一个星期内拿出设计方案和报价。

王朝阳跟着老朱从三纯公司出来，请老朱吃饭。老朱说你今天输得光屁股了。王朝阳说我还有信用卡。老朱说外商送给我的饭店金卡我送小姐都送不完。边说边指挥王朝阳把车开到九洲大道东一家红灯笼山西小饭店，要了一斤猪头肉、一碟花生米、一瓶汾酒。

老朱说：我就爱吃猪头肉。又搓搓脸说，小时候，我家对面是一家国有熟肉店。我经常坐在门墩上，看着对面案板上卤好的猪头肉，看呀看呀，色泽红润，香糯浓醇，口水哗哗哗，挂流三百丈，喷壑数十里。上初中时，有一次写作文，老师出的题目是《我的理想》。我在作文中写道，我的理想是天天能吃上猪头肉。

吃完饭，王朝阳过意不去，说，应该庆祝庆祝，拉着老朱去桑拿。放松完，靓女们缠着要宵夜，回到家已是凌晨两点。老爸半躺在沙发上打着呼噜看电视。儿子一开门，老头一个鲤鱼打挺就站起来了。

王朝阳把三纯的事说给了老爸。

王家宝一拍大腿：天上掉馅饼啦！五秒后，脸上又变天了。他看着儿子：你不是拿你老爸开心吧？

王朝阳说：是真的。

王家宝捂住胸口看屋顶，又歪头看儿子：这里面不会有什么圈套吧，来得也太容易啦。

王朝阳说：人家姚老板是给老朱的面子。

王朝阳去卫生间冲凉。

王家宝又看屋顶，他看见一只蜗牛在慢慢地爬。他很揪心，担心蜗牛会掉下来。

二

踩着《步步高》曲调走路的王朝阳亲自捉刀三纯公司的设计方案和报价。

刘副总细细翻看后，感叹道，我还以为在广东只有七星做的太阳能好。

刘副总让苟经理亲自领着王朝阳和建筑设计院、土建公司、装修公司进行对接。最后才谈价格，谈合同。在付款条款上出现了分歧。王朝阳想要点预付款，刘副总不同意，坚持工程完工验收后一个月内支付90%，余款10%转为保修金。说着，送给王朝阳一个让王朝阳糊涂了好多年的浅笑。苟经理解释说，这是我们姚老板定的规矩。想做三纯的工程，就得全部垫资。刘副总说：我们公司这么大块蛋糕，眼馋的人能从珠海排队到深圳。刘副总见王朝阳还犹豫，又说：七星太阳能公司在后面眼巴巴等着呢。

王朝阳咬咬牙，签！

他对老爸说：无非就是紧张半年左右。咱们加紧施工，一完工就验收，一验收就能拿到钱。王家宝心里踏实不下来。他老是担心屋顶那只小蜗牛会掉下来。但儿子已经做出了决定，他只能全力相帮。父子俩来自农村，公司创建时间短，底子薄，签这个合同就等于赌上了身家性命。拿下工程后，他们到处求爷爷告奶奶，磕头作揖说好话，工程材料赊账一年行不行？一年不行半年咋样？实在不行五个月也行。只要能赊账就行。他们还到工行、中行、建行、农行、广发行、华润银行都申办了信用卡，拆东墙补西墙，折腾了整整半年，总算大功告成。

王朝阳跷着腿，坐在办公室沙发上，和老爸聊半年来的艰辛。说着说着，就张着嘴巴睡着了。

王家宝扭回头看了好几回，最终还是揪住耳朵把儿子扯醒，说，钱要回来你他娘的睡十年老子都懒得管。

王朝阳冲了个凉，打起精神去三纯公司找刘副总安排验收打款。刘副总说：按公司规定，要等员工入住后才能验收。一等，就是三个月。员工使用了两个星期，刘副总说，可以办验收手续了。一个验收手续让王朝阳在三纯公司上上下下跑了两个月，才让苟经理签了字。苟经理说，我签了字还不行，太阳能热水是后勤部门管理的，还要后勤部门的领导签字认可。王朝阳这才回过味来，这是三纯公司拖欠工程款的套路。明知是进了圈套，还不得不继续走下去。找人，请客，送礼，又折腾了一个半月，搞掂了后勤部门负责人。后勤部门负责人说：你还要找物业管理部门。刚和物业管理部门经理混个脸熟，公司习惯性地大面积轮换岗位，脸熟的变成了脸生的，又得从头再来。眼看着春节拿不到钱，王朝阳不敢在公司多待，常跑到王高峰的天峰公司喝工夫茶。他隔窗看满街的芒果树开花，有时想：如果工程款能像芒果花一样，一临近春节就自然开多好。

王朝阳没想到的是向三纯公司要款比上李白笔下的蜀道还难。三年时间，回款不到50%。在讨债过程中，王朝阳看明白了，三纯公司的跳跃式发展，就是拿别人的蛋孵自家的鸡。好在姚三纯家大业大，如日中天，大家都只是鸡身上的一根毛，也就不怕了。

王朝阳再找老朱帮忙。热心的老朱耐着性子打了三十次电话，姚三纯一次也没接。老朱苦笑着对王朝阳说：现在的姚三纯已经不是以前的姚三纯了，人家活动的范围已经进军北上广了。

两个人的脸色都难看。王朝阳咬着嘴唇，看着门外遮天蔽日的百年榕树发呆。

老朱直骂天气憋闷，打开窗户，嚷嚷着要斗地主。王朝阳打了一通电话，牌友出差广州、深圳，四零五散，凑不齐。眼看着天黑了下来。老朱一挥手，说：走！上楼顶看月亮去。俩人坐在窝耳山墙上，转头找了半天，没看见月亮。王朝阳一拍脑门：哦！今天是农历初二，没有月亮。老朱说咱们就想象着今夜是明月当空，群星灿烂。老朱从窝耳山墙上站起来，朝南面向大海，摆好架势，沉吟片刻，仰头向天，高声朗诵张若虚的《春江花月夜》。没尽兴，又朗诵曹操的《观沧海》、李白的《把酒问月》，直把天空朗诵得月儿阴晴圆缺，皎洁妩媚，两个男子汉超凡脱俗，羽化成仙。

三

王朝阳觉得自己这个老板当得很猥琐，还不如以前给别人打工潇洒。给老板打工那是短工，想干就干，不想干就拍屁股走人。自己当老板，就是扛长工，一年到头，没日没夜，好赖都要自己承担。企业是你的，没人可怜你。没钱你就得想办法去挣，挣不到你就得豁命去挣，谁也不会因你没有钱而同情你。该发的工资你要发，该拿的提成你得给，该交的税款你要交，还有养老保险、失业保险、医疗保险、重大疾病保险、工伤保险、生育保险等保险，还有办公费、房租、水电费，一个不能少。

特别是过年，对于王朝阳这样的老板来说就是过鬼门关。

当老板的第一年，离过年还有两个月，王朝阳就和财务人员把公司欠员工的工资、业务员的提成加奖金、供应商的货款，算得清清楚楚，又把完成并验收了的工程应收款算得明明白白。两项相抵，还余三十万，这就是他搞企业一年的利润。他的心在胸腔稳稳当当地搏动。老爸担心儿子年前把事情处理不好，在家里千叮咛万嘱咐还不踏实，又跑到公司，找财务部。

王朝阳说：爸，劳累了一年，您老也该回家歇歇了。我好赖也是个大学本科生，还怕过不了这么个小小的火焰山？

王家宝说：我吃的盐比你吃过的饭多。

离过年还有一个月的时间，应收款回来不到五分之一。用了一个星期的时间，王朝阳把欠款最多的荛丰服装厂的老板堵在办公室。谈了一上午，老板才答应三天后给钱。到了第三天，王朝阳八点钟就赶到了荛丰服装厂，工厂已是一派迎春新气象：大门两旁贴上了春联，各种喜庆的装饰把工厂装饰得红红火火。过了九点，不见工厂开门，王朝阳感觉有点不妙，喊了半个小时，才过来一个保安。保安说，你叫唤个鬼！公司昨天就放假了。王朝阳打老板电话，关机。打财务部经理的电话，也关机。王朝阳被晒在沙滩上。他天天开着车四处讨债。最后，应收款收回来勉强达到估计的三分之一。年关一天天逼近，员工们开始不稳了。安装工也不去工地干活了，坐在公司等着拿钱过年。他们说，谁家不是上有老下有小。还质问王朝阳，要自己的血汗钱咋就这么难？ 供应商也打电话或是上门开始逼债了。最后，还是老爸把家里所有的存款全部拿出来，再加上求爷爷告奶奶的哀求，才算度过了第一个年关。

当老板的第二个年关，王朝阳提前做足了准备，最后，还是因为没有足够的钱给员工发工资，被工程部的安装工打了。末了，不得不把车子抵押出去，借了十二万高利贷。父子俩还商量不让家里人知道，说是汽车借给客户玩两天。

第三个年关前，王朝阳连三纯公司的行政办公大楼都进不去了。一家同样进不了大楼的装修工程老板凑过来和王朝阳商量，看是否能联手爬上三纯的办公楼或是市政府大楼，以跳楼自杀相威胁，索回工程款。愁眉苦脸的装修老板说，我黔驴技穷了，还说以跳楼自杀相威胁要工程款，全国各地屡试不爽。王朝阳眯起肿泡眼，不屑地扫了对方一下，冷笑一声。他骨子里觉得自己是大学生，是文明人，文明人就要有文明人的情怀，有文明人的行为。经商中，他有自己的底线，他做儒商，不做奸商，不去嫖娼，不去行贿，不去偷工减料，更不可能以自杀去要挟任何人。经多方打听，找到姚三纯在板障山下的别墅。大门安着门禁。按门铃，没回应，只好站在门外干等着。一边等候，一边欣赏别墅，借以消磨时间。别墅依山而建，造型端庄、典雅、奢华、大气。这是一座典型的古典欧式风格别墅。王朝阳早就从书本上知道它。他站在大门外，闭上眼睛，也能看到里面的合理对称所呈现的空间美感布局，色彩以白、黄、金三色系为主，地面铺着大理石，墙面贴着花纹墙纸。家具按说应该是英国塞特维那用名贵柚木手工制作的欧式风格家具，但土豪级的姚老板家里可能是仿明清宫廷家具，材质不是海南黄花梨就是印度紫檀。客厅的吊灯采用的是进口的欧式的古朴造型的吊灯。里面的装饰大概不外乎巴洛克和洛可可风格，究竟是哪一种呢？古典美感的窗帘把王朝阳的视线挡在外面进不去。他不好下结论。

半个小时过去了，大门里没有动静。大门外也没人来。王朝阳有点累，就坐在路边一棵棕榈树的荫凉下。脸上的汗小溪一样不停地流。他的眼光漫无目标地四处瞎逛。

两只钢琴鸟站在鸡蛋花树的枝头上表演同音色的二重唱。

一只流浪猫箭一般钻进花丛中。受到惊扰，一群蝴蝶礼花一样飞起，五颜六色，把澳门山庄变成了荷包岛上的蝴蝶谷。

三十米远的地方，有一棵古老的荔枝树，从高大粗壮的身材来看，至少也有三四百岁，它不是本地长的，是从哪个不知名的山村里买来栽到这里的。板障山昂首挺胸，全身绿色，细看能分出浓绿、葱绿、豆绿、墨绿、浅绿、嫩绿、橄榄绿。天空蔚蓝，让风给擦洗得没有一丝云。王朝阳没敢看太阳，他的皮肤能看见太阳如同炼钢炉流出来的炽热的钢水。

一个弱不禁风的保安挎着警棍迈着八字步过来，站在他面前，低头用X光机一样的眼扫描着他。他赶紧回应一脸阿谀奉承，说，我在等姚老板，约好的。保安边走边回头斜了他几眼。

王朝阳从随身小皮包里掏出一瓶加林山矿泉水，抿了一口，把喉咙的干燥安抚了安抚。不知不觉就迷迷糊糊睡着了。他做了一个梦，梦见自己到了姚三纯办公室，姚三纯不给钱，叫来保安架着他往门外拉，他拼命地反抗，保安一拳头打在他脸上，他大声惊叫。睁开眼，看见一头额心白毛，浑身金黄，四蹄漆黑，足足有二百多斤的大肥猪正哼哼唧唧地用嘴拱他的脸。王朝阳呼地站起，抬脚就踢，还骂道：滚！你也敢欺侮人！

额心白毛的金黄猪惨叫一声，四只黑漆小蹄嘚嘚嘚扭头就跑，边跑边哭。

十秒钟不到，那头额心白毛的金黄猪嘚嘚嘚又回来了。在它的后面，跟着一位和它一样又肥又胖珠光宝气的半老徐娘。额心白毛的金黄猪百米冲刺一般跑到王朝阳面前，一个急刹车，停了下来，前腿蹬，后腿弓地拉开架势，回头看半老徐娘。半老徐娘金刚怒目，胸前波涛汹涌，脖子上戴的一个拳头大的观音玉石挂件，跳着要向王朝阳砸过来。

王朝阳下意识地躲了一下。

玉石挂件躲过去了，一只戴着缅甸冰种翡翠镯子的手指戳到了王朝阳鼻子尖：你好大的胆子，敢欺侮我儿子！

王朝阳莫名其妙：我不认识你儿子。

半老徐娘指着额心白毛嘚金黄猪说：他就是我儿子！

王朝阳承认：刚才它拱我，我就踢了它一脚。

半老徐娘一跳三丈高，唾沫飞扬：小瘪三，好大的狗胆！

王朝阳的嘴唇颤抖：不就是一头猪嘛，踢了一脚，你也不该这么骂人！

半老徐娘又把声音调高了一百分贝：老娘就骂你了！就骂你了！古惑仔！小瘪三！

王朝阳回敬道：你回家刷刷牙再出来说话。

半老徐娘拍着屁股跳：妈的！老娘今天教训教训你！说着伸手就要打王朝阳。王朝阳灵敏地躲过。半老徐娘又扑上来，王朝阳又轻松地躲过。半老徐娘的手没够着王朝阳，豆大的汗珠子却往王朝阳脸上砸了七八十颗。

半老徐娘的吼叫引来了五个保安，也引来一大群围观看热闹的，有藏獒、俄罗斯高加索、意大利扭玻利顿、法国波尔多、西班牙加纳利犬、日本土佐、墨西哥吉娃娃、德国拳师犬、英国约克夏更、加拿大拉布拉多，还有一只一看就是流浪家族的土狗带着四只不到满月的杂种小儿女们。还有不少猫，也来看热闹。还有一只贵妇人犬和被它带来的保姆样的小靓女。

四个保安扭住王朝阳。另一个保安好像是保安队长质问王朝阳。

王朝阳说：我来要我的钱，在这里等人，就坐在那儿，这头猪就拱我。我踢了它一脚，只是想把它赶跑。

半老徐娘冲上来给王朝阳一记响亮的耳光：叫你欺负我儿子！

保安队长急忙劝阻半老徐娘：咱们都是文明人，有话慢慢说。

半老徐娘说：我儿子身为贵族，竟然遭到这个××的欺负，是可忍孰不可忍！

扭住王朝阳的一个胖保安小声对王朝阳说：你小子闯大祸啦，你不知道，那头猪是从国外引进的麝香猪，是宠物，好贵重的。

王朝阳愣了一下，只能用嘴指指旁边的别墅，想转移目标，说：我是来找这家人要钱的。

胖保安又小声告诉王朝阳：你要个鬼！那女人就是姚三纯老婆。

王朝阳一下子没了应对的尺寸，大汗飞流直下。

保安队长安抚姚三纯老婆：你消消气，别和乡下人一般见识，别气坏你的身子骨。那个废柴，肯定是吃错了药。我把他带到我们队里，好好教训他一顿。

保安队长想尽快息事宁人。

王朝阳忍不住又嘟囔了一句：我是来找姚老板要钱的。

姚三纯老婆一听，马上跳起来，说是不向她儿子赔情道歉绝对不能走。额心白毛的金黄猪在主人后面，跳着叫着，为主人造势。

王朝阳还有些嘴硬：是你的猪先拱的我，先有它的错，才有我踢它。再说，哪有人给猪道歉的。

保安队长骂王朝阳：瞧你这IQ！少说两句能憋死你！

姚三纯老婆说：老娘今天就要你见识见识你不道歉的严重性。我还不相信在珠海我说的话还有打水漂的。

姚三纯老婆给老公打电话，说儿子在小区被欺负了，马上派来五十名保安，给儿子主持公道。

姚三纯问是谁瞎了眼，敢欺负咱儿子。

姚三纯老婆说：是个仆街仔！

姚三纯老婆把手机递给保安队长，保安队长顺手就递给王朝阳。王朝阳只好接。

电话那头传来一个浑厚的男声，问：谁？

王朝阳说：我就是给你公司做太阳能热水工程的王朝阳，老朱，大诗人老朱的朋友。

姚三纯说：你他妈的闲得慌，招惹那玩意儿干吗！

王朝阳说：你们还欠我二百七十万多万工程款，快过年了，我公司的员工等着发钱回家过年，我到你公司见不上你，只好来你家找……

王朝阳话没说完，那头就挂机了。

姚三纯老婆说：我们三纯集团全世界人民都知道，几百亿的资产，能欠你的钱？我看你是穷疯了！

姚三纯老婆坚持要王朝阳给猪道歉。还说：我们三纯不欠你的钱，即使真的欠你的钱，今天，你不给我儿子道歉，你就休想拿走一分。

胖保安劝王朝阳低个头，给猪道个歉。

王朝阳脖子一挺，说：我是人，凭啥要给畜生道歉。

保安队长一个劲给姚三纯老婆说好话，你凤体要紧，别和不懂事的人一般见识。气伤肝。又说，今天太阳太毒，你先回家休息，你是贵人，身体要紧。

姚三纯老婆被保安队长拥着，另两个保安护着额心白毛的金黄猪，向大门走去。

胖保安给王朝阳使了个眼色，让他赶紧走人。

第二天，王朝阳小心翼翼地去三纯公司财务部要钱。财务部的人说：老板娘发话了，说你不给她儿子赔礼道歉，就一分钱不给你。

万般无奈之下，王朝阳只好再去澳门山庄，期望以理服人。

姚三纯老婆说：好听的话，医治不了我儿子深受伤害的心灵。

动动眼珠，又斩钉截铁地说：给我儿子磕三个响头，我马上给你钱。

王朝阳火了，摔门而出。

他给老朱打电话。

老朱安慰他说：在人生历程和事业奋斗中，会遇到许多困难、风险、挫折和失败，需要有坚强的心理、坚定的意志、宽广的眼界和勇往直前的不屈不挠的精神，做到坚忍不拔、愈挫愈勇。普希金有句名言，大石拦路，勇者视为前进的阶梯，弱者视为前进的障碍。人生无坦途……

他打断老朱的话：我给你打电话，是想让你治疗治疗我流血的伤口，你不给我来点云南白药，还不给我来点红药水？你他妈的给我背狗屁名言，多腌臜！就你那药方，我有一仓库呢，你给我听着：苏格拉底说：逆境是磨炼人的最高学府。茨威格说：勇敢是处于逆境时的光芒。洛威尔说：灾难就像刀子，握住刀柄就可以为我们服务，拿住刀刃则会割破手。

老朱在电话那头哈哈大笑起来。说：我刚给我们领导写了一份讲话稿，脑子乱哄哄得像个马蜂窝。我一时从领导的讲话里逃不出来，只好给你引经据典，也算是思想偷懒吧。说罢，又是一通大笑。

王朝阳不得不让听筒远离耳朵，大骂老朱发神经。

老朱止住笑，说：你非要我给你来一锅心灵鸡汤，那我就送给你几句诗。老朱吟诵道：

你向外看，是你现在最不应该做的事。
没有人能给你出主意，没有人能够帮助你。
只有一个唯一的办法。
请你走向内心。

王朝阳说：很耳熟，谁的诗？

老朱回答：奥地利诗人莱纳·玛利亚·里尔克的。老朱又吟诵道：

你要像一个病人似的忍耐，
又像一个康复者似的自信。
如果你觉得你的生活贫乏，
你不要抱怨生活，
还是怨你自己吧，
怨你心中没有足够的诗意去体会生活的丰富。
没有什么胜利可言，
挺住就意味着一切。
……

王朝阳沉默不语。

老朱说，电脑死机了，咱还可以重启嘛。

朋友的钱该借的不该借的全借了，亲戚的钱该借的不该借的全借了，还不够，去银行贷款，银行说年底头寸紧张，政府的贷款都顾不过来，哪能顾得上你们这些民营的。找小额贷款公司借高利贷吧，王朝阳没有豹子胆，怕掉进这个黑窟窿里出不来。这几年，有好多著名的大公司都因高利贷而陷入危机，最终关门破产。

王家宝替儿子着急。他背着儿子悄悄来到澳门山庄，在姚三纯的别墅前守了三天，终于偶遇上姚三纯老婆。他先是给姚三纯老婆道歉说好话，又给额心白毛的金黄猪道歉，最后按照对方的要求，端着笑脸，恭恭敬敬地给半躺在沙发上的金黄猪，磕了三个响头，嘭嘭嘭，穿云裂石。

姚三纯老婆说：看着你个老东西可怜，心诚，就暂且饶了你。要是你那个儿子来，磕一百个响头我还不干呢。

王家宝尽力点头哈腰，好话说了一汽车，还把姚三纯老婆比作观音活菩萨。

姚三纯老婆趾高气扬地对王家宝说：这不是钱的问题，是面子问题。你给足我面子，我给足你一切，你不给我面子，我让你失去一切。

她给姚三纯打了个电话，王家宝过去拿回来二百万。把支票交到公司财务后，他没回家，跑到海边，面对大海，摸着红肿的额头，一边哭，一边骂，想到谁骂谁，乱骂一通。末了，快到家门口时，还不忘给王高峰打电话，说儿子如果问起三纯的钱是咋要回来的，就说是你王高峰通过自己的关系帮忙要回来的。

那天晚上，王家宝做了一个梦，梦见自己变成了一只小蜗牛，爬上了屋顶，随时都可能掉下来。

四

星期三晚上斗地主。老朱告诉王朝阳，一批中国顶尖的诗人来珠海采风，周日的晚上，也是诗人的人大梁主任要在益健酒店给大文豪们接风。老朱说：你不是急着结交梁主任吗？机会难得，不可错过。经商没有靠山咋行。

老朱补充说：记住，周日的晚上，888包间。六点钟前必须赶到。

王朝阳是五点半来到益健饭店的。穿红色衣服的迎宾小姐排成两列，整齐地站在酒店门口，把职业笑容灿烂地绽放着，异口同声一遍又一遍地说着热烈欢迎。一脚踏进大门，一位穿藏蓝色职业装挂着经理标牌的苗条靓女亲切地迎上来。

王朝阳说：888包间。

靓女看看手中的预定单，问：是姚先生预订的？

王朝阳说：不是，是人大梁主任预订的。

挂着经理标牌的靓女说：不好意思，888是姚先生预订的。梁主任订的是858。

王朝阳给老朱打电话询问。

老朱说：包间换了，我忘了告你。本来是888包间，梁主任亲自给益健老板打电话订的。可后来，改成了858。肯定是比梁主任更大的官要来用餐。要不，以梁主任在珠海的地位，谁敢造次？

王朝阳在沙发上落座不久，老朱就到了。老朱一边喝茶一边不停地打电话，先是问梁主任会开完没有，又询问采风的客人到了什么地方，司机认不认得来益健酒店的路，还挨个询问每位客人累不累，玩得开心不开心。

当客人乘上电梯时，老朱带着王朝阳站在电梯口迎接。一直把客人接到858包间。中国顶尖的诗人来珠海的采风团共有十个人，王朝阳只闻其名，未见其人，如今见到大文豪们的真容，异常激动。

老朱热情地一一介绍，还不忘介绍王朝阳：我的老弟，太阳能专家。也是个文人。

梁主任是最后一个到。一进门就抱拳向大家致歉，说是太忙，一下午赶了三个会。

梁主任坐在主宾席上，大家以身份地位的大小，分别落座。王朝阳挨着老朱，在末座坐下。

梁主任首先致欢迎词，热烈欢迎大文豪们来珠海采风。连敬三杯。

外面传来众人共唱生日歌。梁主任起身说：各位诗友，不好意思，我得失陪一下。我们珠海全国闻名的大企业家姚三纯母亲今天八十八大寿，就在888包间。我得过去敬两杯。

王朝阳一愣。他看看老朱。

老朱凑近王朝阳耳朵说：姚三纯马上就要当××常委了。相当于省部级干部，梁主任充其量就是个厅级。他哪敢不对姚三纯礼让三分？姚三纯要用888，他敢不让？

十多分钟，梁主任回来。

老朱说，我也应过去敬个酒。

老朱叫王朝阳一起过去：你和姚老板有经济往来，过去敬两杯，加深加深感情。

到门外，老朱问：他还欠你多少？

七十多万。

现在欠钱的是爷爷，讨债的是孙子。杨白劳吃香喝辣的年代。

王朝阳跟着老朱进了888包间。

包间LED屏上，打出的全是贺寿祝福词。

主座是一位老太太，不用问，是姚三纯母亲。老人家身着红色唐装，一头银发，红光满面，精神矍铄的样子，远看一点也不像八十八岁的老人，近看就像看到了一款老款狮子头文玩核桃。王朝阳觉得姚三纯八十八岁的母亲比他六十三岁的母亲都要年轻。他在心里感叹：还是钱好。有钱能让母亲吃好喝好，有钱能让母亲年轻健康。姚老太太左边坐的是姚三纯。自从做完三纯集团的太阳能工程，王朝阳就再也见不上姚三纯的面。紧挨姚三纯旁边的那位，王朝阳也认出来了，是那个非要他给猪道歉的恶毒女人。让王朝阳大跌眼镜的是，挨着姚三纯老婆落座的竟是那头额心白毛的金黄猪！额心白毛的金黄猪大眼睛忽闪着，嘴角微微上翘地笑着……还真是那头猪！额心白毛也来给姚三纯母亲贺寿。而且还在上座。

王朝阳跟着老朱，先敬老太太，祝老太太福如东海，寿比南山。再敬姚三纯，祝姚老板超过李嘉诚。敬完姚三纯，来到姚三纯的老婆身边。老朱没有先敬酒，先伸手去摸猪，手还没有挨住猪，人就大叫起来：哎哟哟，好靓！你这宝贝儿子高大威猛，现在是全国第一了吧？

姚三纯老婆摸着猪的头，自豪地说：好开心，冇错！我这宝贝儿子现在就是全国第一。比台湾的记录足足重了三十公斤。我要继续打拼，再用三年时间，把它养到一千公斤，创造吉尼斯世界纪录。

老朱竖起大拇指：有你这样伟大的母亲，别说一千公斤，就是三千公斤，也是指日可待。等你的宝贝创造了吉尼斯世界纪录，一定要请客。

姚三纯老婆笑成了一堆，连说冇问题啦。

老朱敬姚三纯老婆酒。

姚三纯老婆让老朱先给她的宝贝儿子敬酒，还说：刚才梁主任和她的宝贝儿子连干了三杯。

额心白毛的金黄猪好像是为了证实女主人此言不虚，咧着大嘴，冲着老朱呵呵地笑，末了，还像个幼儿园的小朋友一样调皮地张大嘴，喷出一股酒气。

老朱不知如何给猪敬酒。

额心白毛的金黄猪扭转胖乎乎的身子，两只前爪麻利地从桌子上夹起一杯盛满轩尼诗XO的玻璃杯，高高举起，哼哼着，要和老朱碰杯。

站在老朱侧身后的王朝阳瞠目结舌。

姚三纯老婆对还在愣怔的老朱说：快点，和我儿子碰杯。

老朱大声感叹：哇噻，我的妈呀，这哪是猪！简直是神！

连和额心白毛的金黄猪干了三杯，老朱诗兴大发，高举酒杯，出口成章：

一部伟大的史诗
诞生在珠海大地
前无古人后无来者的千古绝唱
回荡在姚氏辉煌的家谱里
全世界新新人类
惊喜若狂战栗不已
如椽大笔因眼前的偶像奋然高举
诗浩浩歌漫漫大海狂澜回肠荡气……

老朱朗诵完，激起一片叫好声、口哨声。

对面一个五岁的幼儿园小朋友满嘴姚三纯母亲的生日蛋糕，忍不住高喊：猪爷爷万岁！

另外几个小朋友可能是姚三纯的孙子孙女或是外孙子外孙女，也跟着高呼：猪爷爷万岁！万岁！万万岁！

额心白毛的金黄猪听到有人高呼万岁，兴奋得不能自抑，迫不及待地高举右前爪，挥着，朝小朋友们致意。如能读出它的唇语，好像是小朋友们万岁！万岁！万万岁！真是个知恩图报的好家伙。

姚三纯老婆说：老朱，赶紧把你刚才朗诵的诗给我写下来，一会儿别忘了。

老朱说：我这记性，超一流，堪称电脑，绝对忘不了。

姚三纯老婆说：我要找音乐家谱个曲子。

老朱说：我回去好好整理整理，发到你的邮箱。

姚三纯老婆说：我儿子满意了，我奖励你一栋别墅。

老朱又叫起来，还夸张地拍脑门。

又有大概是小学四五年级的学生模样的小靓女叫道：大妗，我提议，这首歌请歌星来唱，咱们上星光大道。

又有年龄更大点的小帅哥不同意，说：咱们要上春晚。

又有小靓女说：春晚太难上。

小帅哥说：我舅舅有的是钱。

包间的几个小靓女帅哥为上春晚讨论得热火朝天。

额心白毛的金黄猪一听说给它写的诗要谱曲上春晚，高兴得得意忘形，站到专用椅子上，头朝天四十五度，嘴大张，扭起屁股，哼哼唧唧，如痴如醉。

大厅里来参加姚三纯母亲大寿的亲朋好友被猪吸引，一个个排队搂住猪亲热照相。

额心白毛的金黄猪倒是挺有大明星的风范，很配合，对准镜头，做出一副十分可爱的萌态。

宴会的主角姚老太太和姚三纯被冷落在一旁。他们好像早已习惯这场面，见怪不怪。

在姚三纯老婆的要求下，老朱又和猪干了三杯。额心白毛的金黄猪喝得笑呵呵的，似乎很尽兴的样子。

轮到王朝阳给姚三纯老婆敬酒。

姚三纯老婆哦了一声，说：这个人怎么这么面熟？

老朱在一旁说：这是我的老弟，搞太阳能的。太阳能专家。

姚三纯老婆认出了王朝阳，说：噢——想起来了，你就是欺负我儿子的那个仆街仔。我的儿子从出生到现在，我都没动过他一指头。你竟敢踢他！我不想看到你！马上给我消失！

老朱一跃插到两人中间，拿酒杯和姚三纯老婆打哈哈。

姚三纯老婆拨拉开老朱，一蹦三尺高，胸前又波涛汹涌地压向王朝阳：当年，要不是你阿爸给我儿子磕了三个响头，我绝对饶不了你。

王朝阳惊呆了。

周身的血一下子全涌到脸上，红得像燃烧的火。他的嘴唇被咬得鲜血淋淋。

老朱急忙抓住王朝阳的胳膊，贴着耳朵，小声警告说：控制住！别给我乱。不要忘了你还有七十多万没要回来！

临出门的王朝阳扭回头狠狠地瞪了那个老女人一眼。

从益健酒店出来，老朱没让王朝阳回家，叫来牌友斗地主。一晚上，老朱吃错药似的胡要乱炸，高声叫骂，故意输给王朝阳五千多块钱。

五

忽悠又一年。

公司已订了年假饭，吃过饭就正式放年假。吃年假饭那天上午，王朝阳带着瞎猫撞死老鼠的心态，跑了三家欠债的公司。第一家碰到了十多个和他一样讨债的；第二家碰到了一伙因拿不上工资无法回家的农民工在公司门口闹事，声称今天拿不到钱，明天就要去政府大门口自焚；第三家王朝阳犹豫了一下，最后长叹一口气，偃旗息鼓，打道回府。

公司大门的对联已经贴上，老朱写的。大门中间，倒贴着一个大大的福字，也是老朱的大作。作品以象形的“福”字作为主体，“福”字中的“示”字旁是小鸟落在大树上，小鸟象征着吉祥，大树象征着生命的根和永恒；“福”字的右边被设计成中国传统的“阿福”形象，象征着对幸福的祈祷和祝愿，十分惹人喜爱。

办公室已经被折腾得乌烟瘴气，两桌打麻将，三桌斗地主，三桌打拖拉机。阿叶见老板进来，起身让位。王朝阳摇摇手：你们玩，你们玩。便进了总经理办公室。

阿叶推门进来，给老板倒好茶水。王朝阳看见阿叶又换了一个发型，是好久好久没有见过的两个小辫子。这种小辫子已经在城市里消失，她怎么会想起来这样一个发型？王朝阳多看了几眼。

阿叶读到了老板的眼光，她朦朦胧胧的眼睛里流淌着稠稠的蜜意。她调皮地给老板一笑，出去了。

王朝阳顺手从办公桌上拿起胡适的《哲学与人生》，接着上次看到的地方读。刚入迷，手机就响了。老朱的电话，不能不接。

老朱问：三纯公司还欠你多少钱？

七十多万。

哎！打水漂了。还不如赞助我出几本诗集。

啥意思？

老朱没直接回答，讲了一个故事，说是四十年前，苹果的联合创始人韦恩把他的10%股份，卖给了乔布斯，得了八百美金。现在这部分股份价值五百八十亿美金。可如今的现实是，当年卖掉股票的韦恩还活得好好的，而拥有巨大财富的乔布斯却死了。这就是生活。

你想说啥？

我想告诉你，挣钱就是个游戏，活着才是胜利。

有屁就放。

那我现在就告诉你一个最新的不幸消息：姚三纯跳楼自杀了。现在三纯集团总部大楼围满了债权人，有上千人。

去年初，王朝阳就知道三纯资金紧张。原以为是一个企业发展中的共性问题，企业要发展，就需要大量的资金。报纸电视台还多次宣传三纯公司多元化扩张，跳跃式发展，除了服饰、家纺之外，还涉及房地产、矿产等领域。三纯集团还鼓励员工把钱存在集团内部银行，利息远高于正常的商业银行，实在周转不开时，就到社会上借高利贷。上个月，王朝阳还不解地问三纯的财务人员，你们公司势力这么大，怎么还要借高利贷？三纯的财务人员说，都是银行贷款逼的。到银行贷款，周期大多都是半年的或一年的，企业投资周期至少要三年五年。每逢银行贷款到期，为了还款、续贷，就不得不去借高利贷。一开始还以为，利用高利贷，先把银行前面的贷款还上，然后就可以再贷款，利用银行的续贷款，就又把高利贷还上了。只是银行从归还银行贷款到续贷资金到账，快则半月二十天，慢则长达半年一年。结果，银行贷款越多借高利贷就越多，越陷越深，就像上了贼船。为了保护好资金链，财务部门的人员每天都在申请银行贷款或是到处借高利贷。每个人都是两张脸：一张是对银行的，炫富，请客送礼，言必称高档，大手大脚，似乎钱多得像珠江水；一张是对放高利贷的，哭穷，低头哈腰，诉说着企业的困境。那位财务人员自嘲地对王朝阳说：我们现在是天天演戏，演技炉火纯青，都像是中戏毕业的博士生。

老朱告诉王朝阳，姚三纯在跳楼前几天已将遗书写好，在多封信中，均提到了公司资金链断裂、经营困难等问题，银行还贷，股东要求撤股，放高利贷的要封公司大楼，法院要冻结公司银行账户。每天晚上躺在床上，盼星星，盼月亮，就盼望着天一直黑下去，不要亮。因为天一亮，又是新的一天，就意味着沉重的债务大山又多了一座。他的心就像是被眼镜蛇咬了一口，伤口虽然流血不多，但已经闭合变黑，周围红肿，整个人困倦、头昏、眼花、心悸、四肢无力、声音喑哑、步态蹒跚。每天出门上班都是硬着头皮，拿出吃奶的力气走进集团公司行政大楼的。他实在没办法了。度日如年。他不止一次地盼望自己猝死，驾鹤西游。

老朱认为，三纯集团的多元化扩张是导致资金链紧张、举债发展的重要原因。

猝不及防的消息让王朝阳大脑死机了片刻。当他想把目光转回胡适时，脑子后台运行的却是姚三纯跳楼的镜头和他那个半老徐娘还有那头额心白毛的金黄猪。

他把胡适的书放回原处，夹好书签，踱到窗前，看外面的蓝天白云和花红树绿。

突然间，王朝阳感到阵阵莫名的寒意窜进身体，他感到了来自大西洋对岸的冰冻和恐怖。他下意识地打电话找老朱，来碗心灵鸡汤或是招呼牌友斗斗地主。

无 形 刀

一

三丰铜管厂的总厂在山西，是珠海格力空调的供应商之一。为节省费用，提高竞争力，他们在珠海金湾区建新厂，就近供货。企业形象大门已高高竖起。大门两侧，两溜蓝底白字的建筑工地标示牌，八字排开，像列队的卫兵，军容整肃，英姿勃勃。

万钢去海泉湾拜见港中旅珠海项目负责人，坐608路巴士快过鸡啼门大桥时，似睡非睡中感觉路左边的景色起了变化，急急睁眼扭头看，远远地一道新竖起的陌生的企业形象大门扑入眼帘。作为一个老业务经理人，职业素养让他没有丝毫犹豫，在下一个巴士站就跳下车，心急火燎冲过去。幸运之神没亏待他。他一眼就在右边第四块标示牌第三行看到他最想看到的一行字“五栋宿舍楼”。他的眼睛就像看到了魂牵梦萦的靓女，发红发蓝发紫，周身沐浴在一股甜滋滋的凉风中，花儿在心田上绽放。

万钢是三优太阳能工程公司的业务员，专做集体宿舍的太阳能热水工程，所以看见集体宿舍楼就雄起。

因为时间所限，他不能立马进工地拜访，只好匆匆记下相关信息，继续赶往海泉湾。

第二天，公司开完晨会，处理完手头几宗业务上的事情，他就直奔三丰铜管工地。

他还是来晚了一步。珠海做太阳能工程的二十多家公司的业务员已经像到寺庙拜佛的信众一样，挨肩擦背了。

大家几乎天天碰面，都是商界老对手了，相互皮笑肉不笑地打打招呼，握握手，骂几句牛头不对马嘴的淡话。很熟的，就拍拍肩膀，打闹打闹，男人女人，天上地下，海阔天空，云山雾罩一番。只是三丰厂太阳能工程的事，没人触碰。每个人的心头都翻滚着汲汲遑遑芒刺在背的不安和攻城拔寨志在必得的豪气。

万钢扫了一眼甲方项目经理部，门紧锁，里面好像没人。他趁对手不注意时，溜进工程监理部。监理和甲方人员都很熟，通过监理认识甲方工程负责人，是万钢业务上常用的套路，屡试不爽。他今天想在这里再试试运气，迅速找到通向甲方负责人的桥梁。三丰厂有需求，这是明摆着的。他要做的是找到甲方手中真正有权的那个能拍板的人。这相当关键。做不好这一步，就像烧香进错了庙门，再好的香也是白烧。

万钢像在工程监理部办公室的一个角落，看见了给他介绍过工程的小王。万钢快乐的小鸟一样飞过去，和小王一阵热火朝天他乡遇故知的谈笑风生，中间还多次提到小王上次给他介绍的工程，一而再再而三地表达万分感激之情。被捧得飘飘然的小王主动告诉万钢：这个工地的总负责人是老板的舅舅。万钢说甲方项目经理部锁着，没人。小王说，老板的舅舅从来不进那个办公室，他的办公室门上没标志，就是最左边的那间。小王还特别强调，那是个没见过世面的山汉，你万总动动小拇指头就能把他拿下。

万钢热血沸腾起来：他现在在不在？

小王回答：指定在。

按照小王的指点，万钢来到最左边的那间办公室。

门上光秃秃的，果然没挂牌子也没标志。门开着，墙上的格力空调哼哼呀呀造出来的冷气，全从敞开的门这里跑了。站到门口，倒是前胸凉丝丝，沁心沁脾。屋里有个老汉，满头白霜，一脸沟壑，上身穿印有三丰铜管四个红字的白色T恤，下身穿一件大裤衩，仰面半躺在沙发上，黑毛茸茸的腿跷到半空，脚尖上挑着一双在城中村的地摊上到处可见的塑料凉鞋。老汉两眼望着天花板在抽烟，津津有味，腾云驾雾。抽的是北方常见的长杆烟袋锅子。万钢来珠海这么多年，第一次看到有人用烟袋锅子抽烟。

万钢想工地负责人可能巡视工地了，这个农民工便趁机溜进来，吹吹冷气消消暑。

万钢敲门。

大裤衩歪着头，朝门口看了一眼：嘿嘿，进来吧。

说着，忙放下跷在半空的黑毛茸茸的腿，一边努力把身子坐直，一边喷着浓烟打招呼：来来来，嘿嘿，坐，坐。

万钢环视办公室一周，可供人坐的地方，只有办公桌前那把藤椅和大裤衩屁股下面的长沙发。办公桌前那把藤椅他不敢坐，农民工屁股下的长沙发他不想坐，就只好站着。

大裤衩没在乎万钢的表情，冲着万钢笑笑，伸长手，从办公桌上抓过来一个装满茶水的水果大罐头瓶子。瓶子上面大大的雪梨的包装还在。大裤衩拧开瓶盖，一扬脖子，牛饮一样，两口就下去大半瓶。大裤衩又伸长手，把水果大罐头瓶子推回到办公桌，抹了一把粘在嘴唇上的茶水，问万钢：娃，你做甚？

站在办公室中间进退不得的万钢不知道做甚是什么意思。他斜了大裤衩一眼，说：我不知道你在说什么。

大裤衩说：这娃，连做甚都不懂。做甚就是做甚，做甚还能做甚？

大裤衩突然一拍大腿：嘿嘿，想起来了，想起来了。做甚就是做啥，做啥就是干啥，干啥就是干什么。

万钢扫了大裤衩一眼，懒得回答，又觉得不回答不礼貌。便耐着性子说：给你说了也没用。

大裤衩笑得哈哈的：给我说没用，给别人说了，用不顶。

我是来拜访你们工地负责人。

我不是问了吗，你是做甚？

拜访你们工地负责人。

我知道。

知道了还问？

嘿嘿，这娃，我是问，你是做甚的，也就是说，你公司是干什么的？

我公司是做太阳能工程的。

大裤衩张大嘴，像条从海里钓出来的鱼：噢，知道了，又是个搞太阳能的。我知道，我们用太阳能。你是哪个太阳能公司的？

万钢听着大裤衩的口气，看着大裤衩大大咧咧的样子，着实判断不出他是哪路神仙。他不敢大意，浑身的细胞马上立正，振作精神，端正姿态。他掏出名片双手递给大裤衩。为了安全起见，又掏出烟，抽出一支，敬过去。搞业务多年，万钢知道在生活中间，常常有这样的情况：长得像领导的人，不见得是领导；长得贼眉鼠眼的人，却偏偏是领导。

大裤衩一只手接过名片，眯着眼，老远老远地看，另一只手挡住了万钢的烟，说：你抽，你抽，你们那烟，我抽不惯，稀松，没劲。

大裤衩看完名片，说：三优太阳能，听说过。我公司的名单上有你们公司。你把你们公司的资料，放下，先放下。我看看。有啥事，再找你。

万钢愣了：你是工地负责人？

大裤衩大嘴更大：哈哈，咋啦？不像？

像，像，像。万钢嘴上笑着，心里哭了：你老人家和工地负责人放到一起，也太抽象，太穿越了。

离开工地时，万钢又问监理小王：那个农民工样的大裤衩就是这个工地负责人？

小王说：没错，大老板的舅舅。全工地，他一个人说了算。

万钢说：我的妈呀，山西大老板是不是喝多了三鹿奶粉。

二

万钢看不起大裤衩。在大裤衩面前他有一种天生的优越感。珠海是什么地方？车水马龙，四通八达，高楼大厦，繁花似锦，全国经济特区之一，联合国最佳人居城市，高科技乐园，白领人才集聚的地方，你一个一脸黄土高坡的老农民来这里玩什么哩咯楞！

不就是因为你外甥是老板嘛！

我外甥将来还可能是省长市长!

看不起归看不起，业务上的事还得求人家。万钢再次见大裤衩时，努力把脸笑成一朵花。他还下意识地坚决地把大裤衩看成一个身在高位的可亲可爱又可敬行事低调的珠海市委市政府领导。他想这样工作起来会方便些，顺畅些。

大裤衩抽着长杆烟袋锅子，坐在藤椅上，在电脑里下象棋。

办公室的门依然大开。格力空调仍然费力地嗡嗡着。室内的凉气要出去，室外的热气要进来。窗外有几棵新栽的树，三五个知了，在浓荫里进行着民族美声唱法比赛，它们是天生的歌唱家，不怕声带受损，全部用真音，共鸣腔放在喉咙，放在额头，放在屁股，放在背上，吼得惊天动地。

大裤衩看了万钢一眼，说：哈，哈，又来啦？你先坐，我这盘棋马上就下完。

万钢瞟了一眼大裤衩坐过的地方——长沙发。那里堆满了各种各样的文件、方案、资料，有装修公司的，有电线电缆公司的，有瓷砖公司的，有空调公司的，当然也有太阳能公司的。当万钢判断出有几本太阳能公司的资料时，心尖尖颤了一下，像猎人看见了猎物。

他在最靠近太阳能公司资料的地方，歪着屁股将就着坐了下来。

大裤衩专心致志地在电脑里下象棋。

万钢一只眼盯着大裤衩，一只眼扫描着资料堆，看准了，以追风的速度，抽出一本太阳能公司资料，装进自己的文件包。那是天明太阳能公司做的太阳能中央热水系统工程方案，从方案的厚度上，他能判断出里面的设计方案、设计图纸、工程报价清单、施工方案、售后服务措施，很细致，很全面。万钢像个小偷，但没有小偷的紧张。他经常在客户处干这种勾当，就像孔乙己偷书不算偷一样。这些工程方案在别的工地是绝对保密的东西，一般都锁在工地负责人的柜子里或是办公桌的抽屉里。除了做方案的公司和甲方工地负责人，其他人根本就接触不到这类机密的东西。在这里，这个大裤衩，这个农民老大爷，竟然把这么重要这么机密的东西，公开地放到沙发上。一点常识都没有，一点规矩都不懂。还什么工地负责人！不过，现在的万钢，对大裤衩这种没常识不懂规矩的行为还是暗自庆幸的。因为有了这个大裤衩，他才可以轻而易举地得到他的竞争对手的机密资料。

万钢接连偷了三家太阳能公司的方案。他很为自己的聪明才智自豪。啊，这三家牛轰轰的公司在三丰铜管厂脸还没混熟，就这么被万钢给淘汰出局了。万钢心痒痒得像窗外的知了一样放喉高歌。

半小时过去了，大裤衩那盘象棋还没有下完。

万钢感到口干舌燥。他瞅瞅茶几上的茶具茶叶，忍不住自己动手。治器，纳茶，候汤，洗茶，冲茶，刮沫，淋罐，烫杯，洒茶，最后捧起小杯，闻茶香，思其味。由于杯中茶汤尚烫，万钢先小啜一口，让唇舌慢慢感受茶汤的滋润，慢饮细酌，犹如久旱逢甘露。啜毕，万钢又嗅杯，品味杯中茶余香，这里有一股比从茶汤上溢出的香气更深沉、更浓烈的山韵气。这是工夫茶所独有的雅趣。

品着工夫茶，思考着三丰铜管厂五栋宿舍楼的太阳能中央热水系统方案，万钢十分轻松安逸。他思索着回到公司后，要认真研究研究文件包里三家公司的太阳能中央热水系统方案，这样就清楚自己公司的方案该如何做，该如何巧妙地避开公司的劣势，该如何充分地把公司的优势发挥到极致，并对其他公司的劣势进行富有针对性的攻击。他对做好这个方案胸有成竹。

大裤衩从电脑上下来，顺手从办公桌上端起装着茶水的水果大罐头瓶子，拧开瓶盖，一扬脖子，牛饮一样，两口就下去大半瓶。

大裤衩把水果大罐头瓶子往办公桌上一放，抬起胳膊，抹了一把粘在嘴唇上的茶水。说：我见好多太阳能公司都做了方案，你们公司的方案好像还没做。

万钢忙欠欠屁股，捧着笑脸，说：我这不是来请教你来了嘛。做方案要有好多数据。

大裤衩说：你这娃，咋不早说，数据还不好说。这样，你去往右数第三个屋，找柯工，问他。他比我清楚。你就说是我让你找他的。

万钢看着大裤衩：农民老大爷，憨厚、朴实、善良、愚蠢，像大地一样，踩着踏实；像山一样，靠着稳固。

万钢心里笑得水波荡漾，他对拿下三丰铜管厂五栋宿舍楼的太阳能工程信心满满。他不由得在心里用史丰收的快速心算法计算着拿下这个工程能得到的提成。他乐了。再供一套三室两厅商品房的首付肯定没问题。

万钢习惯地掏出一盒烟，抽出一支，恭敬地递给大裤衩。

大裤衩摇摇手，说：你抽，你抽，你们那烟，我抽不惯，稀松，没劲。我还是喜欢我的小兰花烟。

万钢说：我这是五叶神烟，广东最好的烟，特别适合男人抽，广告上说，有壮阳作用。

大裤衩笑着直摇手：哈哈，自己都没劲，还给别人壮阳。嘿嘿，我给你说，娃，我抽的这烟，叫小兰花烟。我自己种的，上的肥料是豆饼和豆油。长成后，采摘回家，扎成把，挂到屋檐下，晾干。我这烟呀，味重、辣、香，美得很呢。不信，你尝尝。

大裤衩说着，就把长杆烟袋锅子塞过来。

万钢看着刚从大裤衩的嘴里拔出来的烟嘴，胃条件反射地要呕吐。他控制住自己。他清楚，他要拿下三丰铜管厂的太阳能工程，要再供一套三室两厅商品房，就必须尊重眼前这个大裤衩，就必须顺着眼前这个大裤衩，让这个大裤衩高兴、满意、喜欢。只要这个大裤衩接受了自己，就等于三丰铜管厂接受了三优太阳能公司。说简单，就这么简单，说复杂，哈佛大学课堂上讲了上百年都没有讲明白。

万钢屏住呼吸，全身的笑容都努力地往五官上凑。他把被大裤衩的嘴严重污染了的烟嘴想象成黑色巧克力，有滋有味地含着。用力吸一口，极度的辛辣，就把万钢呛了。他故意十分夸张地咳嗽着，捶胸顿足，眼泪横飞。

大裤衩笑得前仰后合，屁股颠得山摇地动，藤椅嘎吱嘎吱叫唤。

大裤衩的高兴，就是万钢的满意。

一口小兰花烟，填平了万钢和大裤衩之间的千山万壑。

万钢进一步套近乎：我叫你大叔好吗？

大裤衩说：行，大叔叫着亲切，近乎。

万钢甜甜地叫：大叔！

大裤衩幸福地答应：哎！

三

万钢请大裤衩大叔去吃饭。

大裤衩头摇得像风铃，说：我个农民，山汉。天生就是一副吃面条喝小米粥的胃，享受不了你们的山珍海味。

万钢再请。

大裤衩还是不去，说：我的胃就像我这个人一样穷，除了一件大裤衩，啥也没有。

万钢采用了激将法：大叔，我请你吃饭，你不去，是看不起我。

大裤衩说：哈哈，不，不，不是的。嘿嘿，你这娃，嘿嘿，一看你那派头，帅样，就知道你是个大学生。我能多见你几面，都是我上辈子修来的福。我对你们大学生就像是供祖先一样。

万钢说：那为什么我请你去吃个饭，你都不给面子？

大裤衩说：我给你说过，我天生就是个穷命，吃不了山珍海味，那东西，好吃难消化。别说吃，一闻那味，我就拉稀。

万钢把穿西装的身子都贴到大裤衩的白色T恤上去了。万钢心里很坎坷。他有点怀疑自己为了拿到这个工程，如此和大裤衩套近乎，是不是在作践自己。

一只知了的叫声不合时宜地从窗外扑进来，吓了万钢一跳。

浓密的绿色树叶在白色的阳光中翻飞着，不时将阳光反射进办公室。办公室的墙上亮点狂飞乱舞。

大裤衩嘿嘿地笑。

万钢说一千道一万，说得天花乱坠，把大裤衩都快摇散架了，大裤衩就是不去吃饭。

看到万钢一脸无奈，满眼委屈，大裤衩嘿嘿一笑，安慰地说：哈，娃，我就是个穷命，享不了福。真的。慢慢你就知道了。

万钢观察了好些天，发现想请大裤衩吃饭的没有一个人能请动。

有几个公司的大老板以为大裤衩是嫌业务员的档次不够，便开着威风凛凛的宝马奔驰亲自来请。

大裤衩依然不给面子。

大老板们像太监求皇帝一样，求大裤衩尝个脸。

逼急了，大裤衩就叫起来：啊哈，不好啦，肚子又疼了，哟，要拉稀喽。就捂着肚子，唐老鸭似的，撅着个大屁股，撒腿向厕所跑去。

面对大裤衩的背影，刚才一副太监模样的大老板们的脸马上就换成了爷爷脸，对着大裤衩的背景像骂孙子一样：癞皮狗，扶不上墙。真把自己当老板。老子还懒得伺候！

骂归骂，恨归恨，第二天、第三天、第八天、第十天，为了拿到三丰厂的工程，这些背后骂大裤衩的老板们仍然像太监见皇帝一样，嬉皮笑脸地拍大裤衩的马屁，拍得极细，分寸极准，轻重极好，节奏极佳。

大裤衩似乎天生的全身麻木，感觉不到别人在拍他的马屁。

万钢和大裤衩开玩笑说：大叔，你浪费了别人的一片孝心。

大裤衩瞪大眼睛问：你说甚？

大裤衩越是不去吃饭，请他吃饭的客户越多。

每次送走一个死缠烂打前来请吃饭的人，大裤衩就如释重负，挥手擦一擦脸上冒出的汗。

万钢明白，请客户吃饭，不过是拿工程的一个手段，如果不请吃饭就能达到拿工程的目的，谁愿意花钱请人吃饭？

憨厚、朴实、善良、愚笨的大裤衩！万钢心里不止一次地笑着，头摇着。每当这个时候，他都会想到在业务上打过交道的台湾人、香港人，他感叹人家那才叫精明，吃着你的饭，喝着你的酒，泡着你的妞，再拿着你的回扣，还要在价格上狠狠宰你一刀。他很敬佩这些人，那才是商界的高人。

有一次，万钢问大裤衩说：大叔，你跟着他们出去吃上几顿饭，又不会让你缺胳膊短腿，你怕啥？

大裤衩说：我不会去的。

万钢说：这里是珠海，不是你们老家，别人请你吃饭你不去，是不给别人面子。

大裤衩说：我给了他们面子，他们就要扫我的面子。

万钢说：此言差矣。在珠海，你看看人家台湾人、香港人，吃饭归吃饭，工程归工程，当成两码事来处理。现在珠海上百个工地，哪个工地的负责人不赴宴？

大裤衩说：他们是他们，我是我。

万钢说：你知道不知道，工地的负责人，严格来说就是职业经理人。职业经理人嘛，有职业经理人的规矩，就是个人关系是个人关系，工作关系是工作关系，井水不犯河水。道是道，桥是桥。吃了人的嘴不软，拿了人的手不短。该压价时就压价，该宰人时就宰人。甚至还有的压了你的价，宰了你的人，回扣还要照拿不误。少一分钱都不行。

大裤衩嘿嘿笑了：真的？

万钢说：我骗你干什么。

大裤衩说：嗯，别人是别人，我是我。嗨嗨，这也是你说的那个井水不犯河水。桥归桥，路归路。是吧。

万钢看着大裤衩，越看越觉得他就是块榆木疙瘩。

下午六点了，大裤衩轰万钢走，说：嘿，下班了，我要去食堂吃饭，你也赶快回家吧。

看着大裤衩撅着屁股去食堂吃饭的背影，万钢心里直为大裤衩惋惜。三丰铜管厂这么大的工程，三个多亿元的投资，工程给了哪个老板，都会肥得流油。别说吃个饭，就是请去澳门赌博，就是去歌厅、去桑拿，都是毛毛雨啦。特别是广东的老板们，为了拿到工程是不惜任何代价的。

出了三丰工地，万钢的手机就响了，是一个设计院的水电工程师的电话。这位水电工程师激动地喊：老万，快来，我在菌香园饭店。

我这里有个客户，他们要做太阳能热水工程。他们的工程大得很，绝对有钱赚。他妈的，你小子的祖坟冒青烟啦，发财的机会砸过来啦!

万钢知道，这位水电工程师是要他去买单的。介绍十个客户，还不知道能不能成一个，每个月光这种饭钱，就要花去一大笔。万钢很是心疼。心疼归心疼，水电工程师的话还是要听的，饭单还是要买的。水电工程师待他不薄。只要是水电工程师所在的设计院设计的工程里有太阳能热水系统，水电工程师都会把太阳能设计成三优太阳能公司的，并且第一时间告诉他。现在是信息社会。谁第一时间掌握了信息，谁就有了成功的机会。这一点，万钢很是感激。依照水电工程师往常的做法，吃完饭，可能要去歌厅，可能要去桑拿，也可能要去洗脚。不管去哪，花钱是一定的，不花钱是没门的。他一面往菌香园饭店赶，一面思考着如何让水电工程师能去洗脚不去桑拿，能去桑拿不去歌厅。歌厅花钱最多，小姐的小费，小姐的出台费，没有个底。桑拿花钱次之，无非就是洗澡、打炮。洗脚花钱最少，几张票票，就能搞掂。

进了饭店，万钢看见皇家太阳能公司的老板李长安请港中旅珠海项目负责人吃饭。他的心情一下子紧张起来。海泉湾的太阳能热水系统工程近些天就要定下来了。皇家公司的李老板这个时候请港中旅珠海项目负责人吃饭，意图不言自明。万钢心底顿时起了龙卷风。他叮嘱自己，明天、明天，必须在明天，要想办法把港中旅珠海项目负责人请出来，全力搞掂，万万不可麻痹大意。

由于碰见了港中旅珠海项目负责人和皇家太阳能公司的老板一起吃饭，这天晚上陪着水电工程师的万钢心神不定，不在状态。回到家，躺床上，合上眼，噩梦连连。

四

万钢配合公司文员阿爽把三丰铜管厂的太阳能工程方案做好，为了显得比别的公司有水平，万钢要求阿爽把方案精装。

阿爽说：精装可能够呛。

万钢问：为什么？

阿爽说：时间来不及。今晚我约了我的几个闺蜜去K歌。

万钢说：求求你了，我的好妹妹，帮帮我。

阿爽说：帮你可以，但你也要帮我。

万钢问：帮什么？帮你生孩子？这个我太有能力了。

阿爽说：今晚K歌，你替我买单。

万钢坏坏地一笑，说：我给你买香蕉。

为了方案的完美，万钢只好忍痛出血。

第二天，万钢拿着精装的工程方案，头顶炎炎阳光，踩着欢快的广东音乐《喜洋洋》，进了大裤衩的办公室。

大裤衩又抽着长杆烟袋锅子，在电脑里下象棋。

大裤衩看了一眼万钢，说：哈，你先坐，我这盘棋马上就下完。

万钢在沙发上坐下，双手捧着精装的工程方案。

大裤衩专心致志地在电脑里下象棋。

大裤衩顺手从办公桌上端起装着茶水的水果大罐头瓶子，看也不看，凭感觉拧开瓶盖，一扬脖子，牛饮一样，两口就下去大半瓶。又顺手把水果大罐头瓶子放到办公桌上。

万钢讨好地端着水果大罐头瓶子，到饮水机前，把水续满。

万钢没见过水果大罐头瓶子里上下翻飞的茶叶，就问：大叔，你喝的是什么茶？我没见过。

专心致志地下象棋的大裤衩头也不回地回答：茉莉花茶。

万钢说：我说你呀，大叔。你这茶几上有喝工夫茶的茶具，你为什么不用？

大裤衩仍盯着电脑上的象棋，说：工夫茶，嘿嘿，那家伙，小气，猫尿一样，喝着不过瘾，还麻烦。

万钢说：我看你这里有铁观音、普洱、金骏眉、凤凰单枞、阿里山高山茶、冻顶茶、文山包种茶，全是好茶叶。你为什么不喝好茶叶，偏喝什么茉莉花茶。

大裤衩说：好茶叶是给你们客人准备的。再说，我喝惯了茉莉花茶。我不懂茶。再说，茶对我，就是个茶。渴了，喝几口，解了渴，泄了火，去了乏，就行。我要喝了那些好茶，就是浪费。

大裤衩的双眼没有离开过电脑里的象棋。

万钢说：我的方案做好了。

大裤衩伸出手，说：好好好。

万钢双手把方案递上去。

大裤衩接过万钢递过来的工程方案，说：好，嘿嘿，好。顺手放到办公桌上。

万钢不满了，又不敢表示不满。他笑着说：大叔，方案放到桌子上面不好，放到抽屉里比较好些。

大裤衩问：为啥？

万钢说：我怕别的公司的人来了看见。泄露了我公司的机密。

大裤衩说：没事的，我在，我哪儿都不去，放心，没事。

出了三丰铜管厂工地，万钢来到斗门富山工业区，鹏程工地负责人王经理要和他敲定工程报价。王经理非要万钢把工程价格降得比最低价格的天明公司还要再低15%。万钢五官疼痛，心尖滴血，不停地打躬作揖。原以为分分钟钟搞掂的事，谈到中午十二点，唾沫浪费了一池子，也没达成妥协。

是吃中午饭的时候。

万钢请王经理去白藤湖吃海鲜。万钢这是在试探。万钢清楚，王经理中午能宰自己，说明自己希望是大大的。下午只要再努力一把，肯定大功告成。

王经理说：要吃就去吃野味。

万钢说：我也好久没吃野味了。

吃了也是白吃。

我愿意。咱俩谁跟谁呀！去哪？

当然是白藤湖。

王经理把在工地的所有同事都叫上，一共十三个人。到了饭店刚坐下，王经理接了个电话，是个靓女。王经理先问对方又在哪里沟仔，又问对方吃饭了没有，如没吃，马上来白藤湖吃穿山甲。

半个小时后，穿着性感的靓女来了，坐在王经理左边的一位同事马上让了位。这个靓女万钢认识，姓卫，是一家搞监控工程的副总，实际上是个挂名副总的业务员。行内的人都叫她是公共巴士，说她天天晚上当新娘入洞房。

一顿饭，两只穿山甲，七千多元，宰得万钢又是心疼又是高兴。

吃过午饭，王经理说有点累。

万钢提议去洗脚。

王经理一边剔牙一边点头。卫副总也陪着，当然是万钢买单。

洗完脚，一行人又来到工地。王经理和万钢接着上午的话题。两个人在价格上云山雾罩，互不相让。相持了一个多小时，仍然没有结果。最后，万钢无计可施，顶不住了，只好给王经理发了个短信，同意他在回扣8%的水平上再提高两个百分点。王经理看了信息，冲着万钢笑笑。在整个工程的价格上，王经理同意万钢的意见，工程价格只降5%。

万钢请王经理晚上一起去放松放松，庆祝庆祝。

王经理瞟了一眼坐在一旁搞监控的靓女卫副总，意思是说晚上已经有安排。并补充说：中午已经把你宰了。你快回去准备合同吧，明天就签。

敲定工程价格的万钢一身轻松，变成了一只快乐的海鸥。他给阿爽打电话，让她立马准备和鹏程公司的合同。看看手表，天色还早，就拐到三丰工地。

刚看到鸡啼门大桥，天上就浓云滚滚，微微的热风也不吹了。怕是有大雨。

万钢下了巴士，快步走着。刚进三丰工地，蚕豆一样的雨点就噼里啪啦下来。万钢拔腿就跑。跑到大裤衩办公室门口，浑身全淋湿了，雨也倏地停了。一缕夕阳挂到万钢胸前。

大裤衩的办公室门像公园门一样大开着。万钢看到天明太阳能公司的业务员正坐在沙发上翻看自家精装的工程方案。

万钢冲进去，一把夺过来，恶狠狠的目光像令狐冲的独孤九剑在对方的脸上胡乱刺了一通。

万钢龙卷风一样呼呼刮出办公室，四处寻找大裤衩，硬是连个鬼影都没碰着。

他来监理部问小王。

小王说：那个山汉把工地当成了家，肯定在工地。

过了一会儿，万钢看见大裤衩戴着安全帽，背着手，迈着八字步，晃悠过来。

大裤衩说：哈，刚才上厕所拉屎，还没拉完，大雨劈头盖脸就到了。没办法，就在厕所里多待了一会。珠海这鬼天气，娃娃脸，说下，就噼里啪啦；说停，连云都回了姥姥家。

万钢把方案塞到大裤衩的鼻子底下：大叔，你怎么能把我的方案到处乱扔？

大裤衩努力睁大眼睛：嘿嘿，你这娃，吃了火药啦！做甚？咋和叔说话。

万钢压低嗓门说：我是说，大叔，你不该把我公司的方案乱扔。

大裤衩笑了：嘿嘿，我乱扔了？

万钢说：这是我的心血，我就靠它养家糊口。

大裤衩说：噢噢。

万钢说：你应该把我的方案锁到柜子里，或是锁进抽屉里。你扔到沙发上，谁都能看。

大裤衩说：噢噢。

万钢说：我的这个方案是让你和你公司的人看的，不是随便什么人都能看的。

大裤衩点点头。

万钢说：你是工地负责人，你应该知道，别的公司人看了，就等于泄露了我公司的机密。商场如战场，这是我公司的高等军事机密，机密，懂不懂？

大裤衩一看万钢急得鼻子眼都凑到了一块，笑着说：嘿嘿，好好，娃，我知道啦。我把你的方案锁进我的抽屉里，外头再加两把锁。保险着哩。

五

万钢又一次来到大裤衩办公室。大裤衩不在。

办公室的门永远那样敞开着。阳光酣畅淋漓肆无忌惮地在办公室里来来去去。

三优太阳能公司的方案和其他公司的资料一样扔在沙发上。

万钢发现沙发上堆放的一大堆资料比几天前瘦下去不少。装修公司的、电线电缆公司的资料和方案不见了，只剩下瓷砖公司的、空调公司的、还有太阳能公司的。太阳能公司的方案又多了几本新的，全是精装，行内人一看，就知道是这一两天才做出来的。万钢再看自家的精装方案灰头土脸像八十岁的老太太。万钢把几本新的太阳能公司资料过滤了一遍，才意识到这几家公司都是珠海顶尖的太阳能公司，势力较弱的十多家公司的方案早没影子了。他明白了，新做方案的这几家公司，肯定经过筛选入围的，入了围，下一步就是价格上的竞争了。想到这里，万钢急忙把几家新方案的工程报价翻看了一遍，一一记下来。他的眼光看直了。他发现自家公司的三百八十九万报价是新方案中第二高的。以前被自己偷走了的天峰、天明、天益、皇家太阳能公司又送来了新的方案，皇家的报价最低，只有三百三十万。万钢没加思索，就把皇家公司的方案、塞进自己的文件包。他清楚，他还是处在危险的边缘。第二高报价就意味着下一步被淘汰。

他的第一反应就是马上回去调整工程报价。

刚出大裤衩的办公室，迎面碰到了大裤衩。

大裤衩大汗淋淋，手里拎着个安全帽。屁股后面跟着土建公司的项目经理。

大裤衩朝万钢点点头。

万钢有点不自在，讨好地问：大叔，你去现场啦？

大裤衩大嘴一咧，说：哈，随便转转。顺口问：来啦？

万钢点点头：哎。

大裤衩说：进屋坐。

大裤衩扭头对土建公司项目经理说：别纠缠了，返工。

土建公司项目经理想进办公室，大裤衩不让他进：嗨，没啥说的。不返工，一分钱别想拿。

项目经理无奈地摇摇头，扭身走了。

大裤衩一屁股坐在办公桌前，伸手就抓起水果大罐头瓶子，一扬脖子，牛饮一样，喝了一大口，又抬起胳膊，抹了一把粘在嘴唇上的茶水，长长地出了一口气，对着天花板说：啊，真他妈的舒坦！

万钢殷勤地拿起大裤衩放在桌子上的水果大罐头瓶子，到饮水机前续满水，双手捧着又放回原处。

万钢后退着坐到沙发上，笑着问：大叔，我公司的方案，你们研究过没有？

大裤衩的眼睛在万钢脸上瞟了一下：嘿嘿，你公司的方案，有毛病。

万钢尴尬地笑笑，说：大叔，这两天我又算了算，我公司的报价仍有调整的余地。你对我这么好，我应该拿出一个实实在在的价格给你。

大裤衩用小拇指掏着耳朵，说：好，好，你是个好娃。就拿回去好好调调吧。价格要报得实在些。我们是私人公司，工程质量要好，价格还要便宜。下周一，厂里进行第二次研究。

万钢说：大叔，你放心。我会让你满意的。

回到公司，万钢向老板做了汇报。经过一番分析研究，老板让把工程报价调整到三百一十八万。一刀下去，七十万就活活地没啦，一丝血都没流。报价下调了，万钢的提成也得跟着下调。万钢在心里用史丰收的快速心算法又计算了一下拿下这个工程能得到的提成。他蔫了。再供一套三室两厅商品房的首付有问题了。万钢觉得肝疼！

第二天，万钢就把调整报价后的方案重新打印装订了一本，送给大裤衩。

大裤衩说：你下周二过来，看看消息。

那天晚上，万钢请真品电子公司的老板在新海利饭店吃饭。

吃罢饭，真品电子公司的办公室主任问万钢下面是什么好节目。

万钢试探着说：要不咱们去前山的海岛歌厅？听说那里新近从东北来了几个靓女，歌唱得好，人长得靓。

真品电子公司的办公室主任的脸马上拉长了，说：万老板，你是不是脑子进水了，哪种歌厅是我们老板去的地方？

真品电子公司老板用手拂去快要落到他那新穿在身的意大利阿玛尼西装上的一粒直径大于PM10的颗粒物，看着脚上穿的瑞士巴利皮鞋，很沉稳地对办公室主任说：还是去海湾酒店的金钻石歌厅吧。

万钢暗暗叫苦：海湾酒店的金钻石歌厅的靓女们的小费是珠海最高的，如果真品电子公司老板再要个洋妞，好几万就要出去了。

万钢急忙给老板发出了SOS信号。

从有业务开始，搞业务的男人，离不开歌厅、舞厅、桑拿这些场所。这里是他们谈买卖的最好场所，是他们之间的高级润滑剂。想拿到客户的业务，就要和客户成为哥们，关系越铁，业务越多。在男人的商业文化中，要想成为哥们，就要一起洗澡，一起嫖娼，一起干了坏事，就成了一丘之貉，沆瀣一气，臭味相投。于是信任就建立起来了，于是就成了铁哥们了，于是就合作起来了。

万钢的老板一个小时后赶到海湾酒店的金钻石歌厅。老板在，万钢就解放了。花多花少，老板刷卡。万钢只要把西装革履风度翩翩的真品老板陪满意尽兴就算完成任务。

K歌：大陆的、港台的、韩国的、美国的，美声唱法、通俗唱法、民族唱法，真嗓、假嗓、本嗓、大嗓，男的、女的、男女搭配的、不男不女的。斗酒：啤酒、红酒、洋酒，一箱一箱，一扎一扎，一捆一捆。掷色子跳舞，拥抱，调情，乱摸，绿茶，伟哥，王老吉，白开水。低频振荡，声嘶力竭，昏天暗地。

玩到十二点，包间里就剩下凤凰传奇激情演绎的《最炫民族风》和半躺在沙发上的万钢还有一位金发长腿靓女。

金发长腿靓女坚定不移地摇晃万钢要去宵夜，说：我的姐妹们都出台了，你再不请我，我真的很没面子的。难道我就那么没有吸引力？

万钢装醉，前言不达后语，东拉西扯。

万钢的手机响了。装醉的万钢一看，是老婆发来的短信，上面显示：马上给我回来交公粮！

万钢掐指一算，自己已经有十多天没有回家了。

金发长腿靓女拿过万钢的手机，笑着说：我来回复。说着就回了个短信：公粮我替你收了。

万钢火冒三丈。

金发长腿靓女说：这是为你不请我去宵夜买单。

万钢五官严重错位：我的小靓女，我的姑奶奶呀，你还不如把我杀了。

金发长腿靓女放肆地笑，说：你早上是不是被猪亲了。

万钢说：你才被猪亲了！

靓女安抚万钢，说：如果是用我的手机回短信，你今天是死定啦。我是用你的手机回的短信。看你表面上长得人模狗样，拉开拉链，跟前列腺似的！

万钢恍然大悟。

金发靓女抱住万钢，风情万种，一对大波压得万钢喘不过气来：帅哥，我还等着你请我去宵夜呢。

万钢又开始装醉。

凤凰传奇的《最炫民族风》不甘寂寞地反复吼着。

六

到了下周二，万钢连公司的晨会都没参加，八点钟就赶到三丰工地。阳光已经一块小白布一样，挂在大裤衩的办公室门上。大裤衩满头大汗，在电脑里下象棋。

大裤衩看了万钢一眼，还是说：嘿嘿，你先坐，我这盘棋马上就下完。

沙发上堆放的资料更瘦了。只剩下空调公司和太阳能公司的了。万钢清楚那些不见的资料和方案是已经决定了的项目。茶几上扔着三优太阳能公司和皇家太阳能公司的方案。更让万钢眼睛直了的是他又看见了被他偷走过多次的天明太阳能公司新的报价。万钢急忙拿起一翻，天明公司新的报价像高压电接触到他的视觉神经，哧啦——，一道亮光，他的两眼就成了两块焦炭。

天明公司的工程报价：二百六十三万。

大裤衩一边下着象棋一边对万钢说：娃，别人的报价你都看见了。我没办法把最高价格推荐给我们老板。我心里是想帮你的。

大裤衩嘴里含着长杆烟袋，有滋有味地吸着，烟锅子里的火随着大裤衩的用力，越来越亮堂，烧成了一个小太阳。大裤衩两个锅炉大烟囱似的鼻孔突突地冒出股股白色烟雾。电脑里象棋的将帅仕象车马炮全在烟雾中。

万钢的眼神半天才恢复光泽。他试探着说：要不我把方案拿回去，和我老板再商量商量。

大裤衩说：娃，哈，回去好好商量商量吧。一口吃不成大胖子。娃，你说，对不？

珠海的夏天多南风。远远的海涛声跟着南风，越过鸡啼门大桥，婆婆娑娑在宽阔的珠海大道上散步。香樟、秋枫、海芒果树和分车带上的特色乔木，在海风里摇曳生姿，像一群民族舞蹈家。古老又新鲜、透明又艳丽的海腥味，像欢快的小狗，到处乱跑，让它特有的味道久久地在空中弥漫、徜徉，时刻提醒匆忙或休闲的人们，这是在沿海。

七

万钢把又一次调整了的方案送来。

大裤衩还是一边抽着长杆烟袋锅子，一边在电脑上下象棋。

大裤衩看了一眼万钢，说：你先坐，我这盘棋马上就下完。

万钢习惯性地在沙发上坐下。手上拿着三优公司调整后的工程报价：二百五十八万。

沙发上还扔着两本太阳能的方案。一本是天明的，另一本是皇家的。他顺手一翻，视觉神经又碰上了高压线，又是哧啦一声，两眼又成了两块焦炭。万钢发现，天明和皇家的报价是今天的报价，天明报价：二百五十五万，皇家报价：二百五十三万。

天明太阳能公司的业务员进来，看见万钢坐在那儿，想说什么，嘴干张了两下，没出声。

万钢努力地让自己的视觉神经从焦炭中活过来。他斜着眼空洞地看天明太阳能公司的业务员，像看一条已经扔到了渔船上快要断气仍在努力挣扎扑腾的鱼。

大裤衩眼睛盯着电脑里的象棋，说：有事就说。

天明公司的业务员说：我公司的报价还是有点高。我是想说，我现在就回去，再和我们老板商量一下，看还能往下调多少，明天上午把新报价给你送过来。

大裤衩说：好的，好的。

天明公司的业务员头点得像虾米。

坐在沙发上的万钢眼眶里有了水分，眼珠子能来回转动。他知道自己已经无话可说，唯一能做的，就是马上回去，赶紧再次降价。

半个月后，三优的工程报价下调到二百三十三万元。

天明太阳能公司的最新报价也是二百三十三万元。天明的业务员半个身子披着阳光，脸一半明一半暗。他略带哭腔对大裤衩说：我的老板说了，再降，就要炒我的鱿鱼。

万钢啥话也没说，扭头回公司和老板商量了半天，最后，一咬牙，把价格降到了二百三十万。

大裤衩把眼光从电脑里的象棋上移开，问万钢：娃，你又报个甚价？嘿嘿，说出来，叫我听听，看看我有没有办法帮你。

万钢说：我公司最终的报价是二百三十万。我的老板说啦，再压价，他就要卖裤子啦。

大裤衩一听，含着的长杆大烟袋锅子和一股浓烟都从嘴里笑喷了。大裤衩说：哈哈，我的裤子卖了，你们老板也不会卖了裤子。

嘿嘿，你们珠海人，猴精猴精。会买的，永远不如会卖的。我太清楚啦。娃，这样吧，嘿嘿，你们珠海人不是喜欢吉利数字，今天，我就破个例，替我外甥做回主，咱们把价格降到二百二十八万，咋样？二百二十八，要要发，多好听，多吉利，二百二十八，要要发，如何？

万钢没回答。他在心里早就用史丰收的快速心算法计算过了，他想再供一套三室两厅商品房的梦想已经成了南柯一梦。

大裤衩又说：嘿嘿。好不？这样，我再给你半个小时，你娃好好想想。不着急。皇家太阳能公司已经同意二百二十八万，我让他再等半个小时。我是真心想帮你的。

万钢给老板打电话。

老板算了算，回答：二百二十八万，只能赚个茶水钱。

万钢问：怎么办？

老板说：你说呢？

万钢说：皇家已经同意二百二十八万了。

老板叹口气，说：有赚总比没赚强。现在竞争这么激烈。

万钢说：哪——就二百二十八万？

老板吼道：他妈的你不懂人话？

万钢对大裤衩说：大裤衩，你把我剥成了光屁股。